O CAOS EM MONSTERLAND

AUTORA BESTSELLER DO USA TODAY

LEXI C. FOSS

Para quem gosta da caçada,
Esses Alfas não vão parar por nada até te reivindicar, te marcar e usar
você para gerar herdeiros.
Boa leitura, doce rainha...

O CAOS EM
MONSTERLAND

UMA RELEITURA DE ALICE NO PAÍS DAS
MARAVILHAS EM ESTILO HARÉM REVERSO

Uma bebida. Três companheiros maníacos.
Beba-me.

Essa não é uma tarefa comum. É um teste de compatibilidade. Uma forma do Rei de Prata encontrar uma companheira adequada. Tudo porque ele precisa de um herdeiro.

Toda donzela elegível do reino precisa beber.
Inclusive eu, Ailsa Marvel, uma simples mortal vivendo em uma terra de magia e maravilhas.

Jamais imaginei, nem nos meus sonhos mais loucos, que me tornaria a Ômega Escolhida.
Mas, no momento em que engulo a poção, começo a cair, cair, cair... e aterrisso bem no meio do caos.

Monsterland está em desordem.
Todos estão caçando a salvação do Rei de Prata. Sua escolhida. Aquela que pode lhe dar um herdeiro. *Eu.*

Mas... e se eu não quiser ser usada para reprodução? E se tudo o que eu quiser for fugir?

Craze se oferece para me ajudar.
Catum diz que mataria por mim.
E Krolic promete me guiar.

Mas a cada passo rumo à possível liberdade, mais dúvidas
surgem.
Em quem confiar. Para onde ir. *Como escapar.*

Meu destino se transformou em um jogo mortal.
Onde eu sou o coelhinho... e minha única salvação é
conquistar os corações de quem me persegue.
Caso contrário, acabarei na jaula de reprodução do Rei de
Prata.
Ou pior... morta.

É hora de brincar, coelhinha.
Corra.
Nós vamos caçar.
***E quando te encontrarmos, vamos mostrar o que
significa ser a Rainha de Monsterland.***

NOTA DA LEXI

A *Desordem em Monsterland* é um romance *harém reverso* de leitura rápida e ardente. É um livro único, sem ligação com nenhuma das minhas outras séries ou universos. Uma história totalmente independente.

Mas sim, é uma releitura de conto de fadas. Então, talvez você reconheça algumas características familiares ao longo do caminho.

No entanto, se existe uma releitura que eu faria questão de deturpar completamente e transformar em algo só meu... é essa aqui. Afinal, qual seria a graça de brincar em um lugar como o País das Maravilhas se tudo o que eu quisesse fosse manter tudo igual?

Essa história é insana. É caótica. É sensual. E foca intensamente em Ailsa e seus companheiros.

Ah, sim, também há uma trama. Perturbadora e divertida. Mas este livro é sobre ser reivindicada. Possuída. Dominada por três homens gostosos e completamente psicóticos.

Ailsa é uma Ômega em um mundo cheio de monstros com energia de Alfa.

Uma Ômega feita para ser marcada.

Uma Ômega destinada a ser adorada.

Uma Ômega que gosta da caçada.

Você vai segui-la até Monsterland e cair nos braços dos Alfas que a esperam lá?

Ou vai simplesmente... correr?

Alguns avisos de conteúdo que talvez te interessem:

✔ Consentimento (entre Ailsa e seus companheiros)

✔ Sem drama com "outra mulher" (sem traições)

✔ Gravidez / Reprodução

✔ Sem MM, mas há cenas em grupo

✔ Energia primal

✔ Machos Alfas possessivos e exagerados

✔ Clima de "tocou nela, morreu"

✔ Jogos envolvendo sangue, estrangulamento consensual, amarrações, facas, cera quente e mordidas sensuais

✔ *Nó*, *ninho*, ronronar, rosnados e apêndices decorativos

Divirtam-se! <3

INTRODUÇÃO

Era uma vez um rei que precisava de um herdeiro. Uma *companheira*. Uma Ômega fértil, capaz de receber sua semente.

Sem Ômegas disponíveis em Monsterland, o Rei de Prata criou um decreto. Um que se espalhou por todos os reinos, tornando-se um mandado para os habitantes deste mundo.

Uma bebida.
No vigésimo primeiro aniversário.
É uma exigência para todos.

Não há como escapar do destino.
Não se pode negar ao Rei de Prata de Monsterland.

Evitar a cerimônia da bebida resulta em morte imediata.
Pois não podemos arriscar nossa relação com os seres de Monsterland.

Bebemos por eles. Bebemos para garantir que continuem sustentando nosso mundo. Bebemos para sobreviver.

Feliz aniversário, coelhinha.
Beba tudo.
Porque chegou a hora de encarar o destino.
E se juntar a nós...
no Caos em Monsterland.

AILSA

Beba-me.

Duas palavras escritas em letras que parecem traçadas com sangue ao longo da borda de um cálice dourado.

Nada de sinistro nisso.

Nada mesmo.

Entrelaço os dedos à minha frente e sinto as mãos subitamente úmidas de suor. Já assisti a essa cerimônia milhares de vezes, mas, agora, sou eu o foco do ritual.

Eu. A criada humana. *Ailsa Marvel.*

Não é de se estranhar que os bancos estejam vazios.

Ninguém espera nada de mim além de lençóis limpos e uma refeição quente de vez em quando.

Ainda assim, o Rei de Prata exigiu que todos, inclusive mortais sem poder algum, aceitem essa bebida no vigésimo primeiro aniversário.

Qualquer um pode ser uma Ômega, dizia o decreto. *Portanto, todos devem ser testados.*

Até agora, ninguém no meu distrito jamais foi considerado Ômega. Pelo que sei, elas são extremamente raras. Tão raras que talvez já estejam extintas. Daí a exigência de beber.

Um arrepio percorre minha coluna, fazendo os pelos da nuca se eriçarem. Há algo de inquietante neste lugar frio e sem vida. Mesmo cheio de gente, isso não mudaria... esse lugar simplesmente exala *morte*.

No entanto, isso nunca me impediu de assistir às cerimônias dos outros. Alguma parte mórbida de mim sempre se sentiu fascinada por esse ritual, imaginando se um dia eu veria uma verdadeira Ômega.

Esse fascínio tomou outro rumo quando Mestre Pillar chegou, substituindo nosso antigo Mestre de Cerimônias. Embora ele conduza o ritual da mesma forma que seu antecessor, há algo em sua voz que me prende. Seu barítono grave e poderoso ficou comigo desde o primeiro dia em que o ouvi falar, dois anos atrás.

Às vezes, até o ouço nos meus sonhos.

Esperei por esse dia durante meses, fantasiando com o momento em que ele diria meu nome naquela voz aveludada.

Mas agora que estou ajoelhada diante do altar, não me sinto empolgada com o processo.

Normalmente, tudo é muito mais rápido. Mas, é claro, Mestre Pillar escolheu justo hoje para se atrasar.

Por que ele se daria ao trabalho de ser pontual por alguém tão insignificante?

Além de mim e dois sentinelas, o recinto está completamente vazio.

Meus joelhos doem, o chão de mármore é cruel contra minha pele nua. Meu vestido cerimonial azul e branco mal cobre o topo das coxas, deixando minhas pernas longas estranhamente expostas.

Era um vestido feito para outra mulher. Uma peça usada, passada adiante pela Baronesa Clarice.

— Rápido, vista isso e se apresse — ela sibilou mais cedo.

Não houve pompa, nem celebração no meu aniversário. Sem presentes gloriosos, penteados elaborados ou maquiagem. Apenas uma túnica usada, feita para alguém com pelo menos doze centímetros a menos que eu e um par de sapatilhas azuis velhas que machucam meus calcanhares e apertam meus dedos.

Me remexo, desconfortável.

O que faz a Sentinela Pinka pigarrear em alerta.

Não importa que eu esteja ajoelhada aqui há mais de uma hora. Espera-se que eu permaneça assim pelo tempo que for necessário.

Engulo em seco e abaixo a cabeça mais uma vez.

Minhas tarefas matinais logo se tornarão tarefas da tarde, o que significa que vou trabalhar até tarde esta noite.

Pobre Fera, penso, suspirando por dentro. Ele sempre me espera para levar as sobras do jantar. Geralmente, ossos e pedaços de carne descartados.

Ele é meu lobo de estimação, se é que algo assim existe.

Nos conhecemos em uma das minhas visitas à floresta vizinha. No começo, achei que ele fosse me devorar. Mas tudo o que fez foi me empurrar para longe de um arbusto particularmente espinhoso. Depois, me acompanhou durante a caminhada.

Achei que fosse coincidência.

Até ele me encontrar no mesmo arbusto na noite seguinte.

E na seguinte também.

Na quinta vez, eu já estava preparada e levei comida para ele.

Isso começou há pouco mais de dois anos, perto do meu aniversário de dezenove anos. Agora, eu o visito todas as noites.

Esperava poder passar algumas horinhas a mais com ele hoje para comemorar meu aniversário.

Mas, infelizmente...

— Onde ela está? — Uma voz profunda ecoa, me fazendo enrijecer.

Mestre Pillar.

Um ar de tentáculos esfumaçados se enrola ao meu redor, anunciando sua chegada.

Percebo esse aroma toda vez que ele entra na capela. Sua presença é uma reivindicação intoxicante sobre meus sentidos.

— Ela está aqui, senhor — a Sentinela Pinka diz, com a voz entrecortada.

Todos em nosso distrito reagem assim ao Mestre Pillar. Ele é visto como uma divindade, sua magia flamejante é palpável até mesmo para mim. Mas não ouso olhar para o seu rosto. Dizem que é belíssimo, quase impossivelmente belo. A baronesa Clarice e suas filhas costumam comentar sobre isso.

— Certo, vamos acabar logo com isso — Mestre Pillar murmura ao se aproximar do altar, segurando a bebida sagrada.

Tudo o que consigo ver são suas botas... o couro fino, macio e caro.

— Ailsa Marvel? — ele pergunta.

— Sim, Mestre Pillar — respondo, sem levantar a cabeça.

Ele não diz nada por um momento, então pigarreia, e o ritual começa.

— Estamos reunidos aqui nesta ocasião memorável para celebrar o vigésimo primeiro aniversário de Ailsa Marvel.

Embora suas palavras sejam positivas e ecoem as milhares de cerimônias que já ouvi antes, o tom deixa claro seu tédio.

— Ela nasceu de pais mortais, Janice e Ralph Marvel. Não demonstrou nenhum traço notável ou habilidade mágica. No entanto, conforme o decreto estabelecido por nosso amado Rei de Prata, todas as donzelas e rapazes devem beber do cálice encantado em seu vigésimo primeiro aniversário.

Luto contra o impulso de estremecer. Minha mente está plenamente consciente do que vem a seguir.

Pelo menos, será rápido, penso.

— Levante-se, Ailsa Marvel do Distrito de Hatter — ele ordena. — Levante-se e prove o elixir enfeitiçado.

Faço um esforço enorme para me erguer como ele mandou. Meus joelhos tremem de dor por terem estado pressionados contra o mármore por tanto tempo.

E, sem alguém para me ajudar, fica ainda mais difícil. No entanto, seria uma desgraça apoiar as mãos no chão.

Cerrando os dentes, consigo me levantar com dificuldade, cambaleando. Meus dedos dos pés gritam dentro das sapatilhas apertadas.

Mas, ao menos, o vestido cobre minha bunda. Não que haja alguém para ver, de qualquer forma.

Ainda assim, quero preservar o que resta da minha dignidade.

Mestre Pillar pigarreia, fazendo com que eu olhe para ele. E, claro, os boatos estavam certos. Esse homem tem um rosto notavelmente simétrico.

No entanto, seus olhos... há neles um toque de violência.

Um brilho que me faz questionar quais pecados esse homem já cometeu.

Uma fascinação estranha, mas nada na minha vida jamais foi considerado normal.

A maioria dos seres no Distrito de Hatter possui algum traço de magia. Mas eu, não. Eu nunca.

Ainda assim, essa criatura exala um poder intoxicante e sua malícia cintila nos olhos sedutores.

Como chocolate quente, penso, me perdendo no seu olhar.

Ele ergue uma sobrancelha castanha, assim como seu cabelo elegantemente bagunçado.

— Srta. Marvel? — ele provoca, levando minha atenção para seus lábios cheios.

É por isso que nunca ousei olhar para ele, penso.

Sempre soube que ele seria extraordinário.

Sua voz me avisou sobre o perigo do seu encanto.

Sua presença me alertou a me submeter e desviar o olhar.

Mas um simples pigarrear foi suficiente para despertar minha desobediência e, agora... agora não consigo parar de encarar esse homem tão belo.

— Concentre-se, srta. Marvel — ele diz, com o tom carregado de dominância. — Beba.

Pisco, como se tivesse sido arrancada de um transe. O ambiente ao meu redor volta à tona com uma onda gélida de realidade.

Os nós dos dedos do Mestre Pillar estão brancos ao segurar o cálice diante de mim.

Beba-me, está escrito.

— Sim, claro. Quer dizer... sim, Mestre Pillar. — Nossa, estou estragando isso de forma espetacular.

Só aceite a bebida e acabe logo com isso, penso, sacudindo a mente.

Dou um passo à frente e, na mesma hora, estremeço quando uma dor aguda percorre minha perna.

Ignore, rosno para mim mesma. *Ignore, pegue o cálice e termine com isso.*

Ainda não comi nada hoje, nem bebi coisa alguma, na verdade.

Mesmo assim, meu estômago se revira com o cheiro adocicado e enjoativo que emana do cálice dourado.

Ainda assim, estendo a mão para a haste enquanto o

Mestre Pillar me observa por entre os cílios longos e espessos.

Envolvo seus dedos com os meus e o cálice que ele ainda segura, e então me perco mais uma vez em seu olhar.

Há um traço de malícia cintilando em seus olhos escuros... um que faz meu interior se contorcer de novo.

Mas não é medo o que sinto. É curiosidade.

Algo está muito errado comigo.

Mas qual é a novidade?

Sempre fui atraída pelas sombras, pelo perigo.

Foi assim que conheci a Fera, é por isso que sempre vaguei pela floresta depois do anoitecer, e também o motivo pelo qual não consigo desviar o olhar do olhar intenso do Mestre Pillar agora.

Suas narinas dilatam no momento em que pressiono o cálice contra os lábios.

Então inclino a cabeça para trás e viro o conteúdo na boca.

No mesmo instante, estremeço com o sabor enjoativamente doce. É como engolir uma colher de açúcar líquido.

Doce demais, penso, lutando contra um engasgo e desejando que alguém estivesse aqui para me oferecer um copo d'água.

Mas, como sempre, estou sozinha.

Janice e Ralph, não ouso chamá-los de mãe e pai, trabalham em outra casa. Vejo os dois a cada poucos meses. E tem sido assim desde que completei doze anos.

O dia em que a Baronesa Clarice me comprou da casa da família Farmington.

Empurro essa lembrança para longe e respiro fundo. Endireito a coluna, pronta para concluir o ritual.

Um simples olhar, serei dispensada rapidamente e poderei ir embora.

Mas Mestre Pillar não diz uma palavra.

Ele me encara com uma expressão selvagem, as íris escuras emolduradas por uma violência contida.

Engulo em seco, desejando não ter sido tão ousada. Porque esse homem, esse ser *poderoso*, parece prestes a me ensinar meu lugar. E não tenho certeza se vou gostar dessa lição.

Um pedido de desculpas paira em meus lábios, mas não sei bem pelo quê. Por manter contato visual? Por ter atrasado o ritual? Ou por algo completamente diferente?

As sentinelas também me encaram, mas com os olhos arregalados, expressando surpresa com uma pitada de medo.

Que estranho, penso. A maioria dos superiores mal me dirige o olhar. Mas essas duas estão agindo como se eu as tivesse chocado.

Mas... elas não estão olhando para o meu rosto.

Estão percorrendo meu corpo com o olhar.

Franzo a testa e olho para baixo, esperando encontrar meu vestido rasgado.

Mas, não.

O tecido ainda se agarra a mim como uma segunda pele.

No entanto, ele está brilhando.

Espere... não, não é o vestido.

Sou... sou eu.

Arregalo os olhos.

Eu sou a fonte do brilho.

Levanto os braços e vejo o brilho dourado dançando sobre minha pele até alcançar as pontas dos dedos e, instintivamente, deixo o cálice cair. Ele se espatifa no chão de mármore, tendo sido solto pelo Mestre Pillar ao mesmo tempo.

Mas mal ouço o estrondo.

Há um zumbido nos meus ouvidos, como o rugido de um túnel de vento ou, talvez, o som de um trem-bala se aproximando.

Eu...

Eu não entendo o que está acontecendo.

Mestre Pillar finalmente diz algo. A palavra "Ômega" sai de sua boca.

Mas não entendo o resto. Está longe demais. É estranho demais. É *errado* demais.

Isso não pode estar acontecendo.

Não existe a menor chance de eu, Ailsa Marvel, ser uma Ômega.

— Isso é um engano — consigo dizer. — Tem que ser um engano.

Mãos agarram meus braços, o toque quente e inesperado.

Olho para a direita e vejo um homem com chifres me arrastar. Outro, este com presas, surge ao meu lado esquerdo.

— O que estão fazendo? — pergunto, minha voz soa estridente aos meus próprios ouvidos. Artificial. Como se não fosse a minha voz dizendo aquelas palavras.

Os homens – *monstros* – não respondem.

— Para onde estão me levando? — Tento mais uma vez.

Nada.

Eles apenas continuam a me empurrar por um corredor escuro que leva a... a... não sei onde.

Mas não quero descobrir.

Está tudo errado.

Não posso ser uma Ômega.

Sou humana.

Sou *nada*.

— Não a machuquem — uma voz diz vinda do vazio à frente. — O Rei de Prata a quer ilesa... e pronta para reprodução.

Reprodução?, ecoo em minha mente, sabendo exatamente o que esse termo significa, mas sem entender como ele poderia se aplicar a mim.

Ah, não, não, não, penso. *De jeito nenhum!*

— Deveríamos trocar as roupas dela. — Aquela voz, cuja origem não é nem feminina nem masculina, continua. — Embora, suponho, que não fará diferença. Ele vai tirá-las assim que a vir, de qualquer forma.

Os pelos dos meus braços, *ainda brilhando*, se arrepiam, como se um choque percorresse meu corpo.

Um silvo escapa da boca do cara com chifres e sua mão afrouxa o aperto.

Não faço ideia do que acabei de fazer, mas quero muito fazer de novo.

Porque não quero entrar naquele corredor.

Nem chegar perto do infame *Rei de Prata*.

Ele vai me destruir. Tenho certeza disso.

Isso tudo é um mal-entendido. Eu não sou uma Ômega.

No momento em que ele perceber, vai me matar.

Outra corrente elétrica atravessa minha pele, arrancando rosnados simultâneos dos machos que me seguram.

O de chifres solta um palavrão e me larga no mesmo instante enquanto o outro voa contra a parede ao meu lado, como se eu o tivesse empurrado.

Um pulso magnético?, penso. *Uma onda?*

Ah, quem se importa?, digo a mim mesma. *Corra!*

CRAZE

Que coelhinha mais adorável, penso, observando Ailsa Marvel paralisar quando meu poder atravessa seu corpo. *Hora de correr, linda.*

Seus grandes olhos azuis se movem de maneira frenética e o terror vibra por seus membros atléticos.

Então ela dispara, exatamente como desejo.

Acompanho cada passo com o olhar, ciente de cada movimento. Seu perfume doce se enrola em mim como um beijo de boas-vindas, o elixir já começa a fazer efeito.

Primeiro, ela vai brilhar.

Depois, vai arder.

E, por fim... vamos *caçar*.

Pelos túmulos, mal posso esperar para *caçá-la*.

Nossa Ômega.

Nossa futura rainha.

Sonhei com esse momento por séculos. O instante em

que nosso círculo finalmente reivindicaria a escolhida. Quando enfim estaríamos completos.

Krolic descobriu Ailsa dois anos atrás, mas ela ainda não estava pronta.

Ah, mas agora ela está mais do que pronta, penso, sorrindo ao vê-la correr.

Ailsa é a salvação que procurávamos.

A Ômega capaz de dar um herdeiro ao nosso verdadeiro rei.

Bem-vinda a Monsterland, minha doce menina, sussurro para ela. *Mas preste atenção onde pisa. A queda... é longa.*

Deslizo de volta para as sombras e caminho pela névoa entre os nossos reinos.

É hora de me preparar.

O elixir agirá rápido, nos dando apenas alguns dias para convencê-la a ser nossa.

Porque, embora sejamos Alfas, ainda valorizamos o consentimento.

Na maior parte do tempo, pelo menos.

Seduzir é uma arte.

E às vezes, tudo o que uma Ômega precisa é de um gostinho do esquecimento para se entregar, de bom grado, ao ilustre abismo do prazer carnal e da luxúria.

Vamos te tentar, com certeza, penso. *E você vai implorar por nós.*

Porque o toque de um Alfa é tudo o que pode salvá-la agora.

O elixir despertou seu espírito adormecido.

Em uma semana, ela estará gritando de necessidade. Exigindo satisfação. E vai precisar dos três para ser plenamente atendida. Comida. *Reivindicada.*

Catum me encontra na escuridão, com os olhos brilhando como chamas gêmeas na noite.

— Aquela voz andrógina foi um pouco exagerada — ele comenta, como se estivéssemos falando do clima.

Meus lábios se curvam.

— Mas funcionou, não foi?

— Acho que foram seus comentários sobre reprodução que a desestabilizaram —ele retruca.

— Humm. — Ele tem um ponto. — Achei que Ômegas deveriam se submeter e implorar para serem comidas. A ideia de reprodução deveria excitá-la, não assustá-la.

— Não acho que Ailsa Marvel seja uma Ômega comum — ele murmura com uma pontada de admiração no tom ao dizer o nome dela.

— Existe alguma coisa comum no nosso mundo? — pergunto.

Ele dá de ombros.

— Suponho que isso dependa da sua definição de "estranho".

Para afirmar esse ponto, o buraco escuro ao nosso redor começa a girar, fazendo os pelos da minha nuca se arrepiarem. Em um piscar de olhos, uma terra cheia de cores, árvores com raízes arroxeadas em forte contraste com os pinheiros do reino que acabamos de deixar para trás surge.

— Pelas chamas, é bom estar de volta ao lar — Catum diz enquanto uma nuvem de vagalumes vermelhos vibrantes gira ao redor de sua mão.

Solto um grunhido.

— Esse não é nosso lar. — Mas em breve será de novo. Graças à nossa linda coelhinha.

Chamas brincam nas pontas dos dedos de Catum, provocando os vagalumes. Seu olhar brilha em triunfo, embora a voz soe entediada ao dizer:

— Preciso de um cachimbo.

Dou uma risada seca.

— Você sempre precisa de um cachimbo. Pessoalmente, prefiro chá de violeta.

— Falou o Chapeleiro Maluco — ele murmura.

Reviro os olhos.

— Odeio esse apelido.

— E ainda assim, combina muito bem com você — ele divaga.

Solto um murmúrio indiferente e volto minha atenção para o horizonte multicolorido. Um novo dia se aproxima. Uma espécie de renascimento.

— O reino sabe.

— O reino sabe — Catum repete.

— Todos vão caçá-la. — Não consigo evitar o tom de empolgação na voz. Eu deveria estar preocupado. Mas a ideia da morte iminente aquece meu sangue com expectativa.

Todo aquele sangue.

Todos aqueles gritos.

Tudo por ela.

— Ela é nossa para reivindicar — meu melhor amigo declara. — Eles só não sabem disso ainda.

— Mas vão saber — respondo, sorrindo. — E logo ela também vai saber.

— Ah, vai sim. — A voz de Catum engrossa com as palavras e sua expressão beira o selvagem. — Que a diversão comece.

Meu sorriso se alarga.

— Te vejo nas cavernas?

Ele assente enquanto tentáculos de cinzas se enrolam em suas pernas e sua energia se acende.

— Você sabe exatamente onde me encontrar.

— E você sabe exatamente para onde eu vou — retruco.

— Boa caçada, de Hatte.

— Bom ninho, Pillar — digo enquanto ele desaparece em uma nuvem de fumaça.

Todos temos papéis neste jogo de cortejo.

E o meu acaba de ser ativado.

Puxo um baralho do bolso. Meus dedos começam a embaralhar as cartas automaticamente, desviando com habilidade das pontas afiadas.

O relógio começa a contar agora.

Tique, taque.

Tique, taque.

Tique, taque.

AILSA

GRITOS E ROSNADOS me seguem enquanto corro pelo pátio.

Já não sinto mais os pés. Os sapatos me apertam tanto que cortam a circulação dos dedos. Mas eu não posso – *não vou* – parar de correr.

Pelo menos, o vestido está mais folgado, penso, sem tentar entender o motivo. Não há tempo. Tudo o que posso fazer é *continuar*.

Se me pegarem, vou acabar em Monsterland, onde o Rei de Prata vai me usar para *reprodução*.

Um arrepio me percorre, apesar do calor fervendo em minhas veias.

Não quero ser usada para *isso*.

Só quero... só quero ser livre. Estar na floresta. Correr com a Fera. Viver uma vida simples, sem amarras.

— Ailsa! Pare!

Ignoro a voz e continuo correndo. Mais rápido. Mais forte. Sem rumo certo... só... seguindo. Para longe. Para qualquer lugar, menos aqui.

Deuses, isso é ruim. Muito, muito ruim.

Algo sibila perto do meu ouvido, um som chiado que parece ecoar ao meu redor.

Ofego quando outra onda de choque vibra pelo ar, provocando grunhidos e gritos por todos os lados.

O que está acontecendo comigo? Desde quando tenho poderes elétricos?

Parece algo estranho, como se o dom nem fosse realmente meu, apenas estivesse me cobrindo da cabeça aos pés.

Uma sensação impossível.

E, ainda assim, o pulso elétrico volta a surgir quando alguém se aproxima.

Como um escudo protetor.

Tremo e tropeço, depois disparo na tentativa de alcançar os portões do distrito.

Passos ecoam atrás de mim. Não sei se pertencem a sentinelas ou monstros. Não importa. Eu só *corro*.

Mais dessa energia estática vibra sobre mim enquanto passo pelos portões de ferro, criando uma corrente atrás de mim. Ou, pelo menos, é isso que imagino ao ouvir o zumbido.

Gritos ressoam às minhas costas. Não me viro para descobrir o motivo.

Estou focada demais nas árvores à frente.

A floresta.

Meu lar.

Meu lugar favorito para me esconder.

A cada passo, sinto um peso ser aliviado das minhas costas, permitindo que eu me esforce ainda mais ao me aproximar da borda das árvores.

Me abaixo sob os galhos crescidos e desvio na direção da trilha que conheço de cor. Mas, pouco antes de alcançá-la, um lobo branco enorme salta no meu caminho.

O grito preso na garganta me escapa quando tropeço, tentando não cair sobre a Fera, mas é tarde demais. Caio em sua pelagem macia com um gemido e rolo para o lado, em direção a um pinheiro.

Ah, não... olho para a borda da floresta, esperando ver muitos perseguidores.

Mas não há ninguém ali. Pelo menos, até que a Fera bloqueie minha visão com seu rosto magnífico. Ele se inclina para cheirar meu pescoço, algo que faz desde o nosso primeiro encontro.

Um leve ronronar vibra em seu peito, mais suave que um rosnado, e então ele recua devagar, inclinando a cabeça com aquele gesto típico de *"me siga"*.

Ele já fez isso antes, mas não tenho certeza se agora é hora para mais uma das nossas aventuras.

Estou prestes a dizer isso quando uma trombeta soa ao longe, arrepiando minha coluna.

Porque o som alto é seguido pelo meu nome em um chamado urgente para que eu volte.

A Fera esfrega o focinho em mim e repete o gesto.

— Eu...

Ele rosna, cortando minha tentativa de protesto antes mesmo que eu termine a frase. Em seguida, inclina a cabeça mais uma vez, soltando um bufo impaciente.

Pisco para ele.

Para onde mais eu iria? me pergunto.

— Está b...

Outro rosnado silencia minha aceitação.

Estreitando os olhos, me levanto do chão e aceno em direção à trilha, dizendo *então vá na frente* sem precisar usar palavras.

Seus olhos encontram os meus por um instante, como se me desafiassem.

Então ele se vira lentamente na direção que indicou e começa a me guiar floresta adentro.

De tempos em tempos, ele olha por cima do ombro para ter certeza de que o estou acompanhando. E a cada vez que me vê, parece acelerar o passo.

Não faço ideia de onde estamos indo, mas a corneta atrás de nós vai se tornando cada vez mais distante.

O que me leva a crer que... por enquanto, este é o caminho certo.

Minutos se passam, talvez até cerca de uma hora, antes que a Fera finalmente diminua o ritmo perto de uma caverna no interior da floresta.

Ele olha para trás com aquele ronronar suave vindo do peito.

— Essa é sua toca? — pergunto.

Ele sacode o pelo, me deixando sem saber se aquilo foi um *sim* ou um *não*.

Em seguida, entra na caverna trotando.

Mordo o lábio sem saber se devo ou não segui-lo.

Sua cabeça enorme aparece um momento depois, e juro que vejo exasperação em seus olhos verde-claros. Como não me mexo de imediato, ele sai e agarra meu vestido com os dentes, puxando com força.

Solto um grito quando o tecido rasga. Já quase não estava preso ao corpo desde que corri até a borda da floresta. Não tinha percebido antes, mas o vestido se rasgou das coxas até o quadril.

Então era por isso que estava mais folgado, penso, olhando para os farrapos azul e branco. Minha calcinha e sutiã brancos estão completamente à mostra.

Não que a Fera pareça se importar. Está ocupado demais tentando me arrastar para dentro da caverna.

— Tudo bem, tudo bem! — digo. — Eu vou com você.

Mas ele não solta. Puxa de novo, me fazendo tropeçar na direção dele.

— Pare com isso — sibilo.

Ele resmunga, ainda puxando.

— Você vai acabar arrancando meu vestido, Fera!

Juro que ele resmunga de volta.

E então paralisa completamente, contraindo as orelhas pontudas.

Seus olhos verdes encontram os meus, e ele solta um rosnado baixo de alerta.

— O que foi? — pergunto, automaticamente sussurrando.

Ele inclina a cabeça de novo, daquele jeito estranho de sempre, e como não me movo, ele dá a volta e empurra minha bunda com o focinho em direção à caverna.

— Que pressa é essa? — murmuro.

O lobo bufa em resposta.

Às vezes, eu juro que ele me entende.

Talvez entenda mesmo.

Estou prestes a comentar isso quando aquela corneta estridente ecoa de repente entre as árvores, arrepiando minha coluna.

Não penso. Me movo e praticamente salto para dentro da caverna para me esconder.

A Fera me segue e logo me ultrapassa, disparando mais fundo na caverna.

Vou atrás, mas as pedras irregulares reacendem a dor aguda nos pés. Cada passo me faz estremecer, a dor aumentando até que eu cogito tirar as sapatilhas e seguir descalça.

A Fera deve perceber meu ritmo lento, porque volta correndo até mim, com os olhos brilhando de forma um tanto assustadora. Ele me observa por um instante e um rosnado repuxa seu lábio.

Em seguida, sua atenção se volta para algo atrás de mim, para o som de arranhões e passos que ecoam ao longe.

— Eu encontrei...

As palavras morrem quando a Fera salta e derruba o dono daquela voz masculina no chão. Um estalo seco ecoa ao nosso redor, seguido por um som gorgolejante que me faz recuar, me afastando da briga.

Porque não foi a Fera quem fez aquele som. Foi ele quem *causou*.

Não faço ideia de que tipo de criatura ele acabou de derrubar. Um monstro? Um humano? Um Fae? As possibilidades são infinitas.

Mas ele fez isso com uma precisão absurda, confirmando aquilo que sempre soube: ele é letal.

Ainda assim, quando volta para mim, apenas se esfrega na minha lateral com aquele ronronar reconfortante e me empurra suavemente para frente.

Eu deveria estar horrorizada com o que ele acabou de fazer, especialmente porque há vestígios ao redor do seu focinho. Mas tudo o que sinto é alívio.

Ele está me protegendo.

Fera *sempre* me protege.

Tem sido assim há dois anos.

E mesmo que provavelmente não devesse, eu... eu confio nele. Ele tem sido meu único amigo aqui. O único que parece se importar comigo tanto quanto eu me importo com ele.

Em um mundo de caos, faça amizade com o lobo, penso. *As intenções dele sempre são claras.*

A não ser agora, quando ele para diante de um espelho d'água inesperado.

Ele o encara como se estivesse em dúvida se deve nadar ou tentar se equilibrar nas pedras da borda para contorná-lo.

Me aproximo devagar e me ajoelho para testar a água, curiosa quanto à temperatura e à profundidade.

Meus dedos tocam a superfície... mas a substância não se comporta como um líquido.

Ela... ela parece cola.

Puxo a mão de volta bruscamente e a escuridão vem junto.

Solto um grito e tento me livrar da gosma pegajosa.

— Ah! — exclamo quando a textura começa a subir pelo meu braço. — O que é isso?

Tento me levantar e me afastar.

E grito quando a substância espessa me puxa para dentro da poça obsidiana.

Meu rosto encontra o líquido estranho, abafando meus protestos.

O pânico dispara pelos meus membros, movo os braços desesperadamente para me erguer, tentando trazer a cabeça de volta à superfície.

Mas só continuo descendo.

Afundando.

Me afogando.

Meu coração dispara, criando um tamborilar nos ouvidos que soa sombrio e gelado.

Não consigo respirar.

Não consigo nadar.

Não consigo fazer nada além de permitir que a cola negra me leve para baixo, para baixo, para *baixo*.

Espero que a Fera não me siga, nem tente ajudar. Não há escapatória desse destino bizarro. É tudo muito escuro. Muito pesado. E... e...

Franzo a testa.

E sumiu, percebo quando minha mão de repente encontra o ar.

Agito os braços e chuto com as pernas, surpresa ao perceber que estão livres.

O quê...?

Outro grito escapa quando o ar começa a rodopiar ao meu redor e meu cabelo longo se embaraça com o vento enquanto a sensação de *queda* me atravessa como uma corrente elétrica.

— Ah! — Agito os braços, tentando agarrar algo — *qualquer coisa* — para interromper a queda.

Mas não há nada aqui.

Apenas mais escuridão.

Ar.

E sons de vento cortando ao redor.

O vestido esvoaça, meus sapatos ficaram para trás, perdidos naquela substância estranha.

Não me incomodo tanto com essa parte.

Mas queria entender o que está...

Uma luz ofuscante me faz erguer os braços e cobrir os olhos com as mãos.

E então tudo para com um *splash* violento.

Ofegante, me debato, a água gelada é uma sensação nada bem-vinda contra minha pele. Sei nadar, mas isso... tudo isso tem sido tão brusco. Tão avassalador.

Tão *impossível* que eu... eu não consigo... eu simplesmente...

Meus pulmões gritam por oxigênio e minha boca ameaça se abrir. Mas estou submersa. Perdida nesse mar gélido de estranheza. Me afogand....

Algo agarra meu pulso, me puxando para fora das ondas enquanto uma faixa firme envolve minha lombar.

Ar fresco atinge meu rosto e eu inspiro com força, os pulmões se enchendo no que parece ser a primeira respiração da minha vida.

— Está tudo bem, querida — uma voz grave murmura perto do meu ouvido. — Estou com você.

Paraliso.

Não foi *algo* que agarrou meu pulso. Foi *alguém*. E aquela faixa firme era um braço musculoso.

Minhas pálpebras tremem enquanto tento focar — *para ver* — mas tudo o que consigo fazer é fechá-las com força quando gotas de água escorrem para meus olhos.

— Shhh — ele sussurra.

Não vou obedecer ao seu shhh coisa nenhuma. Não tenho a menor ideia de quem está me tocando, como vim parar aqui, ou sequer *onde* é aqui!

Me debato em seus braços, arrancando um grunhido do meu captor.

Ou... salvador. Ele me salvou. De certo modo. Acho.

E é muito forte, porque aqueles braços me envolvem com ainda mais firmeza enquanto ele me arrasta pela água.

Só paro de me contorcer quando ele me prende contra a areia da praia e seu corpo atlético ofusca o meu com facilidade, apesar de eu ter quase um metro e setenta.

— Ailsa — ele diz e meu nome soa como uma carícia naquele tom grave e tranquilizador.

Pisco. *O quê...?*

Meus cílios tremem quando finalmente consigo focar no homem acima de mim.

Ou melhor... na *criatura*.

Monstro?

Seu rosto... está coberto de uma pintura que imita uma caveira. Tinta preta. Íris negras. Cílios longos e pretos. Cabelos grossos e igualmente pretos.

Tudo nele é *preto*.

Exceto as cavidades ao redor dos olhos... que são brancas. E os lábios... os lábios também são brancos.

Um grito começa a se formar dentro de mim, apenas para ser abafado por sua mão cobrindo minha boca.

— Ailsa — ele diz novamente, e o fato de saber meu nome só faz meu coração bater ainda mais rápido. — Você está segura. Ou vai estar. Mas preciso que fique quieta. Você caiu em um lugar... inesperado.

Isso é um eufemismo.

Nada aqui é esperado.

Primeiro, descobri que sou uma Ômega, algo que ainda estou convencida de que é um erro.

Depois, corri pela floresta atrás de um lobo e, como uma idiota, o segui até dentro de uma caverna.

Onde caí em um buraco negro.

Que virou céu.

E acabou se transformando *nisso*.

Meu olhar se move rapidamente ao redor, tentando definir o que *isso* significa, e então percebo que a praia em que estou... não é uma praia. É... é uma nuvem.

Não, isso também não está certo.

É só branca como uma nuvem. Fofa. Macia. *Como algodão*.

E a água de onde acabamos de sair é vermelha. Não azul. Não translúcida. Nem sequer turquesa. *Vermelha*. Como sangue.

Olho para as árvores que salpicam a "praia" de algodão. Todas são rosas, com flores no lugar de folhas.

— Vou tirar a mão da sua boca — o homem diz. — Mas preciso que seja uma boa menina e fique quieta, tudo bem?

Minhas pálpebras tremem de novo, o piscar instintivo enquanto encaro esse louco com rosto de caveira. Sob a maquiagem, consigo ver as maçãs do rosto bem definidas e um maxilar quadrado. Seus traços são claramente bonitos, mesmo com a pintura.

Ou talvez... *mais* bonitos por causa da pintura.

Tenho sérios problemas, decido.

Seus olhos escuros se estreitam, como se tivesse ouvido isso.

— Vai ser uma boa menina para mim... ou uma coelhinha desobediente? — ele pergunta.

Não tenho certeza se gosto dessa pergunta, algo que deixo claro ao arquear uma sobrancelha.

— Entendi — ele murmura. — Bem, só saiba de uma coisa: quanto mais alto você gritar, mais punições vai ganhar. Gosto muito das minhas cartas e odiaria desperdiçá-las com os gremlins das flores.

Agora eu apenas... o encaro.

Porque... o quê? Cartas? Gremlins das flores?

Ele sorri de lado e tira a mão... apenas para substituí-la por um beijo rápido e inesperado nos meus lábios.

— Segure esse pensamento, linda — ele murmura, rolando para o lado e se levanta em um movimento tão fluido que deixa claro: ele não é humano.

Definitivamente outra coisa.

Ele assovia, e um baralho de cartas aparece em sua mão. Ele começa a embaralhá-lo com destreza. Franzo a testa, sem entender o que ele está fazendo ou por quê.

Mas claramente tem a ver com o que ele comentou sobre suas...

Uma carta voa tão rápido que dou um pulo. E quase grito quando ela atravessa o pescoço de uma criatura que se aproximava com dentes muito afiados.

— O quê...

Outra aparece, e é abatida em um piscar de olhos com um simples movimento do pulso do louco mascarado.

Um burburinho começa ao redor, fazendo o homem de rosto pintado suspirar.

— Vocês sabem que tenho mais cinquenta dessas, não é? — Ele volta a embaralhar e começa a lançar cartas por toda a "praia", derrubando criaturinhas de sessenta centímetros com uma precisão que beira o insano.

Ele assovia o tempo todo enquanto faz isso, até que o chão começa a tremer.

— Ah, merda — ele resmunga. — Dedos-duros. — O homem gira na minha direção. — Hora de ir, coisa linda.

— Não vou a lugar nenhum com você — digo, me arrastando para trás pela areia – ou nuvem – e paraliso quando minha mão encontra a beirada da água.

Ele ergue uma única sobrancelha escura e o movimento faz a tinta branca ao redor do olho se expandir.

— Acho que você não entendeu a escolha que está fazendo, coelhinha — diz, deixando o olhar deslizar pelo meu corpo. — Você está praticamente nua, e um touro muito perigoso e *muito* excitado está prestes a atravessar aquelas árvores. E olha... eu sou bom em muita coisa, mas domar um homem-touro não é uma delas. Entendeu?

Pisco para ele. *Praticamente nua?* Olho para baixo e minha boca se abre ao ver o estado do meu vestido. Ele... basicamente não existe mais. Só restou a calcinha, que agora está translúcida graças ao mergulho na água.

Se ao menos a cor vermelha tivesse manchado o tecido branco também...

Mas, não. Claro que não.

Eu... É. Estou praticamente nua, como ele disse. *Ótimo.*

— Então, o que vai ser, querida? — ele pergunta, agora com um sotaque sulista meio esquisito. — Eu... ou aquilo? — Ele aponta para as árvores no exato momento em que um ser gigantesco com chifres surge na borda da floresta.

Seus pés são cascos, as pernas cobertas de pelos, mas a parte superior do corpo é puro atleta. Pelo menos até chegar ao rosto que tem um focinho largo e dois olhos vermelhos em brasa.

Aqueles olhos percorrem o massacre espalhado pela "praia" de algodão antes de se fixarem em mim, perto da água.

Vapor escapa das narinas dele enquanto me encara.

— Tique-taque, coelhinha — o homem de rosto pintado de caveira canta. — Tique-taque.

KRӨLIC

Oʟʜᴏ para meu relógio de pulso, com os dentes cerrados. *Anda logo, Craze.*

Ele está se exibindo.

Tentando impressionar nossa futura companheira.

Mas está desperdiçando minutos preciosos. Quanto mais tempo ele mantiver Ailsa nessa praia, menos tempo teremos para garantir o futuro dela em Monsterland.

— Tique-taque — Craze diz, provavelmente porque sente minha presença espreitando nas sombras com meu relógio.

Tique-taque mesmo, penso para ele.

Infelizmente, ele não pode me ouvir. Mas pode sentir. Assim como consegue sentir os outros predadores se aproximando.

O homem-touro, como Craze tão carinhosamente se refere a Brandt, é apenas um dos problemas que se aproximam.

O aroma de Ailsa vai se espalhar por toda parte, marcando-a como um farol para encrenca. Tudo por culpa do Rei Impostor – me recuso a chamar aquele desgraçado pelo nome verdadeiro – que está trapaceando o sistema.

O decreto do elixir é uma farsa. Especialmente porque esse elixir faz as Ômegas entrarem em cio forçado.

Suponho que seja uma forma de garantir que uma

Ômega seja encontrada, mas um rei de verdade cria um círculo de companheiros e sai em busca de uma parceira.

Reis de verdade não trapaceiam.

E não tomam o palácio enquanto o verdadeiro monarca está fora, procurando por uma rainha.

Mas aqui estamos nós.

Se o impostor no meu trono conseguir capturar Ailsa, ele vai forçá-la a gerar um herdeiro e consolidar seu domínio sobre Monsterland.

Não posso deixar isso acontecer. *Nós* não podemos deixar isso acontecer.

Então anda logo, Craze, rosno em pensamento.

Ele inclina a cabeça.

— E então, princesinha? — ele pergunta à nossa pretendida.

Ele já passou por uma dúzia de apelidos desde que a conheceu, cada um parecendo refletir uma de suas personalidades caóticas.

— Você vai...

Brandt ruge, interrompendo o que quer que Craze estivesse prestes a dizer.

Ele olha por cima do ombro bem no momento em que o touro em chamas dispara na direção deles, com os olhos vermelhos fixos no meu melhor amigo.

— Que grosseria — ele diz, arrastando as palavras. — Eu estava dando uma escolha à dama, mas agora você está me forçando a agir.

Ele lança uma série de suas cartas pelo ar, cada uma cravando perfeitamente no torso de Brandt e explodindo um segundo depois.

— Que desperdício de poder de fogo — Craze resmunga. — Vou precisar de outro baralho.

Ele está falando das cartas, mas Ailsa parece não estar ouvindo.

Está ocupada demais encarando a praia de sangue, boquiaberta.

Apenas pegue-a no colo e corra, tenho vontade de gritar.

Mas, infelizmente, combinamos que essa parte seria responsabilidade do Craze.

Ele é o único que ainda não passou tempo com Ailsa.

Não que Catum tenha tido muito contato com ela, mas pelo menos pôde observá-la de longe.

Enquanto isso, Craze ficou aqui vigiando o Rei Impostor. Ele é, literalmente, o coringa do grupo. Sua principal habilidade gira em torno da sobrevivência, o que o torna a escolha óbvia para brincar de esconde-esconde com a monarquia fajuta.

— Ailsa — ele murmura com a voz suavizada por uma de suas personalidades mais raras e ternas.

Ela finalmente olha para ele, a expressão cautelosa.

— Sei que é muita coisa para absorver — Craze diz.

— Mas o seu cheiro faz de você isca para um jogo muito perigoso. Por isso precisamos correr, porque não posso protegê-la adequadamente aqui.

Ah, ele pode protegê-la em qualquer lugar.

Mas ficar aqui exigiria que ele revelasse um dos seus lados mais violentos, algo para o qual Ailsa ainda não está pronta.

Essas partes da natureza de Craze também não foram feitas para ela.

Nosso diamante precisa de amor e carinho. De proteção e paciência. De prazer e compreensão.

Temos um longo caminho pela frente e precisamos nos mover rápido se quisermos chegar com segurança à linha de chegada.

Por falar nisso... olho novamente para o relógio. *Com certeza, vamos nos atrasar. Merda.*

— Eu nem sei seu nome — Ailsa sussurra, piscando aqueles olhos lindos para o meu melhor amigo.

Ele abre um sorriso brincalhão, que puxa levemente a tinta branca ao redor de sua boca.

— Craze de Hatte, ao seu dispor. — Ele faz uma reverência e se endireita no exato momento em que o som de folhas se agitando cresce entre as árvores.

Orcs laranjas. Consigo sentir o cheiro.

Aquele aroma cítrico, com um fundo de fruta apodrecida.

Dois deles são notoriamente conhecidos por apoiarem o Rei Impostor. *Os irmãos Tweedle.*

A notícia da chegada de Ailsa já está se espalhando. Sabíamos que isso aconteceria. Esperávamos por isso. *Queríamos* isso.

Reivindicá-la precisa ser um evento público. É a única maneira de recuperar o trono e provar, de uma vez por todas, que o atual rei é incapaz de governar.

Ele é um lobo solitário.

Eu tenho um círculo Alfa.

E em breve, meu círculo Alfa terá uma companheira. E então, teremos um reino inteiro também.

— Por favor — Craze diz para Ailsa, chamando minha atenção de volta para eles. — Por favor, me deixe escoltá-la.

Sorrio. Craze nunca implora. Mas ele sabe que vai ter que gastar várias das cartas explosivas para derrubar os dois orcs gigantes. E ele odeia desperdiçar seus brinquedos.

Ailsa suspira.

— Droga, Fera.

Minha sobrancelha se ergue levemente enquanto Craze inclina a cabeça.

— Que apelido intrigante — ele diz. — Prefiro muito mais esse a "Chapeleiro Maluco".

Ela o encara.

— O quê?

— O apelido que você acabou de me dar. Eu disse que prefiro ele. — Ele faz careta. — Você tem problemas de audição, amor? É por isso que ainda estamos aqui em vez de estarmos correndo?

— Eu... não. Eu ouço muito bem. E não estava falando com você. Você não é *minha* Fera.

Meu lobo interior ronrona com o tom de posse embutido nessas palavras finais.

É isso mesmo, pequena companheira. Eu sou sua fera... de mais maneiras do que você imagina.

— Posso virar uma fera por você, se for do seu gosto — Craze oferece.

— Você consegue se transformar em lobo? — ela pergunta.

Ele a encara.

— Não, doce coelhinha. Eu sou outro tipo de fera.

Quase deixo escapar uma risada. Ele não está errado. Mas também não está falando exatamente de formas físicas. E sim de sua habilidade na cama.

O que, claro, passa completamente despercebido por ela.

Porque ela franze a testa e pergunta:

— Devo ter medo de você?

Ele ri baixo.

— Provavelmente. Mas não do jeito que você está pensando. — Ele pisca e lança outro olhar por cima do ombro, à medida que o cheiro de cítrico podre se intensifica. — Não quero brincar com os irmãos Tweedle, Ailsa. Podemos, por favor, correr agora?

— Como você sabe meu nome? — ela pergunta, ignorando totalmente o tom de urgência dele.

— Que tal um jogo? — Craze propõe. — A cada

comando que você seguir, eu respondo uma pergunta. Começando pela que acabou de fazer, em troca de você correr.

Ela o observa por um momento.

— Você está dizendo que vai me contar como sabe meu nome se eu concordar em correr?

Ele sorri, mas eu, não. Porque reconheço o brilho malicioso no olhar dela. Passei os últimos dois anos conhecendo Ailsa na minha forma alternativa. E aquele olhar não é de obediência. É de desafio.

— Tudo bem, eu vou correr — ela diz, se levantando.

E então dispara pela praia.

A diversão de Craze morre na hora.

— Não foi isso que eu quis dizer — ele resmunga e sai correndo atrás dela.

Naturalmente, ela escolheu o pior caminho possível.

Rosnando baixinho, volto à minha forma de lobo e disparo na direção deles.

Só tem um jeito de distraí-la agora.

Corro pela floresta até a beira da praia e solto um uivo que a faz tropeçar e parar de súbito.

Ela gira o corpo exatamente no momento em que chego à borda da mata com os olhos arregalados.

— Fera!

Inclino a cabeça daquele jeitinho que sei que ela acha fofo e espero que venha correndo até mim.

Isso mesmo, pequena companheira. Vem me buscar.

Ela passa direto por Craze, que lança um olhar mortal na minha direção, sem dúvida achando que estava no controle da situação quando claramente não estava, e corre direto para mim.

Espero até ela estar a cerca de quatro metros de distância para me virar e entrar na floresta.

— Espere! — ela grita.

Obedeço. Mas só o suficiente para mantê-la me seguindo e, finalmente, indo na direção certa desta vez.

— O que você está fazendo? — Craze exige.

As palavras são mais para mim do que para Ailsa.

Mas ela responde:

— Seguindo meu bichinho de estimação!

— Bichinho? — Craze repete.

E então ri.

Porque, claro, ele acha esse apelido hilário.

Sou um rei. O *verdadeiro* rei de todos os Alfas e Betas deste reino.

E essa adorável e pequenina Ômega me considera seu bichinho de estimação.

Não me importo.

Serei o que ela quiser que eu seja, contanto que ela me escolha. *Que nos* escolha.

Não se trata apenas do que ela é, mas de *quem* ela é. E essa distinção é exatamente o que o Rei Impostor falhou em compreender.

Ele vai tomar Ailsa à força, marcá-la até que esteja grávida de seu herdeiro, e depois vai apresentá-la diante de Monsterland como sua égua premiada de reprodução.

Mas essa ligação vai muito além de procriação. É sobre respeito mútuo. Sobre conquistar o coração dela. *Casar com sua alma.*

Essa é a lição que Monsterland precisa reaprender.

É por isso que a deixamos tomar o elixir.

É por isso que estamos jogando esse jogo agora.

A aceitação dela vai relembrar Monsterland do que fomos.

E sua escolha vai definir o que seremos.

Troto mais um pouco só para ela, olho por cima do ombro para me certificar de que está realmente no caminho certo agora, e então disparo a toda velocidade.

— Fera! — ela grita atrás de mim, e isso me faz sorrir por dentro.

Eu amo esse apelido.

Ela não faz ideia do quanto eu posso ser *feroz*.

Mas vai descobrir.

Muito. Em. Breve.

AILSA

Há árvores roxas por toda parte e as folhas são tingidas com um tom carmesim. Nunca vi nada parecido, mas não tenho tempo para avaliar o quanto são estranhas. Porque estou tentando encontrar o Fera.

Ele saiu correndo há alguns minutos, desaparecendo nessa parte da floresta. Mas agora não consigo vê-lo em lugar nenhum. Me esforço mais, corro mais rápido tentando achá-lo, enquanto aquele homem estranho de rosto pintado de caveira, *Craze*, me segue.

Monsterland, penso, passando por nuvens em formato de cogumelo que flutuam entre as árvores anormais. *Definitivamente, estou em Monsterland.*

Fera deve ter me seguido por aquele portal. No entanto, sua pelagem branca não estava avermelhada pela água. Ele nem estava molhado.

Assim como eu e meu vestido, percebo, franzindo a testa.

Balanço a cabeça.

Nada disso faz sentido. Mas, pensando bem, não deveria mesmo fazer.

Sempre fui fascinada pelo reino de Monsterland, mas de um jeito mórbido. Os outros costumavam falar dele com reverência, sonhando em um dia serem convidados para a corte do Rei de Prata.

Esse nunca foi meu desejo. Eu só queria experimentar algo diferente.

E, bem, já experimentei o suficiente.

Já estou pronta para voltar para casa, penso. *Só preciso encontrar o Fera e...*

O chão desaparece sob meus pés, arrancando um grito de mim enquanto começo a girar para baixo, para baixo, para baixo.

Meu cabelo chicoteia em volta do rosto, dificultando a visão e a respiração. Meus braços e pernas se agitam, exatamente como aconteceu quando passei por aquele portal estranho. *Ah, de novo, não!*

Tudo se move mais rápido, o ar rodopia ao meu redor até que, de repente, para.

E me encontro suspensa em... em... *deuses, o que é isso?* É pegajoso como aquela substância grudenta de antes, só que... mais fibroso. Meus membros estão todos enredados, como se eu estivesse presa em uma teia gosmenta e bizarra.

Aos poucos, ela começa a se esticar e meu peso me puxa em direção ao chão negro lá embaixo.

Onde Craze está de pé, com as mãos nos quadris, pernas firmes e expressão entediada.

— Já que você está aí pendurada, vamos bater um papo — ele diz, arrastando as palavras. — Você aterrissou em Monsterland, linda. Nada é o que parece. Tudo é uma armadilha. E você, minha adorável coelhinha, é um farol para encrenca.

Lanço um olhar furioso para ele.

— Não sou sua *linda*, nem sua *coelhinha adorável*, nem nenhum dos outros apelidos que você me deu — informo.

— E o único problema em que pareço estar envolvida tem a ver com... com... bem, eu não sei. Mas não sou sua coisa nenhuma. Eu sou só eu. Ailsa. Humana. E, ahhh, me solta!

Essa última parte é para seja lá o que for que está me prendendo. A reclamação sai ofegante enquanto tento me soltar da substância elástica que me mantém suspensa no ar.

Tudo o que consigo é esticá-la um pouco mais, mas não o suficiente para alcançar o chão.

Isso é ridículo, penso, irritada. *Totalmente insano!*

— Você, com certeza, é minha alguma coisa, Ailsa — ele responde com a voz na mais perfeita calma. O que é injusto, considerando a situação. Porque eu estou tudo, menos calma.

— Eu nem te conheço — digo.

— Não, não conhece — ele admite. — Mas vai conhecer.

— Não vou.

— Vai, sim — ele rebate. — Porque estamos jogando um jogo.

— Que jogo? — grunho, ainda lutando para me soltar. É inútil, mas não consigo simplesmente ficar aqui pendurada. Isso... isso parece uma rendição.

E não vou me render.

Já sobrevivi a coisas demais para aceitar esse destino.

— Você obedece às minhas ordens, e eu respondo uma pergunta. Lembra?

— Obedecer? — repito. — Não me lembro de ter concordado em *obedecer* a nada.

Ele sorri.

— Talvez eu tenha alterado um pouco a formulação. De qualquer forma, estou te devendo uma resposta.

Pisco para ele.

— O quê?

— Eu pedi para você correr, e você correu. Não da forma ou na direção que eu pretendia, mas correu. E, por isso, preciso te contar como sei seu nome.

Ah. Eu... não sei o que dizer diante disso, então apenas o encaro.

Sinceramente, não esperava que ele fosse me contar nada.

Os sobrenaturais normalmente agem como se eu nem existisse e os humanos que conheci também não foram melhores.

— Seu *bichinho de estimação* me contou seu nome — ele diz com um sorriso torto.

Claro. Isso combina perfeitamente com o tipo de resposta condescendente que já estou acostumada a ouvir. Reviro os olhos e volto a mexer na substância parecida com cola que me mantinha presa.

— É altamente divertido, aliás — o macho inútil continua —, você chamar o Krolic de bichinho de estimação. Não existe mais ninguém em todos os reinos que conseguiria chamá-lo assim e continuar vivo. Mas você não é apenas "alguém", não é?

— Krolic? — repito, parando de me debater mais uma vez.

— Sua Fera — Craze murmura, fazendo meu olhar descer até ele novamente. — O nome dele é Krolic.

Franzo a testa.

— Ele é... o lobo de estimação de vocês também? — Fera costumava viajar entre Monsterland e o meu reino? Foi por isso que ele me levou até a caverna, para me ajudar a fugir?

Ou... ou ele me levou até lá para me entregar ao meu destino?

Será que o Fera me traiu?

Craze ri, e o som percorre minha coluna.

Não é um som desagradável, mas é levemente inquietante.

Talvez porque eu não veja nada de engraçado nessa situação.

Estou seminua e pendurada de cabeça para baixo em Monsterland, logo depois de descobrir que fui erroneamente marcada como Ômega.

Ah, e meu único amigo, um lobo, pode ter traído minha confiança.

Definitivamente *não* é engraçado.

— Krolic é o meu melhor amigo — Craze diz, ainda rindo. — E o lobo dele, com certeza, *não* é meu animal de estimação.

— O lobo dele? — repito. — Fera é o animal de estimação do seu melhor amigo?

Quer dizer... ele pertence a Krolic?

Por quê...? Por que ele me visitava então? Se já tinha um lar?

— Suponho que isso seja... preciso — Craze murmura, pensativo, depois balança a cabeça. — De qualquer forma, respondi à sua pergunta sobre como descobri seu nome. Então, o que vem agora, Ailsa? O que mais você quer saber?

Franzo a testa para ele.

— O que você vai me pedir em troca da próxima resposta? Porque estou um pouquinho presa aqui em cima.

— É, isso costuma acontecer quando se colide com uma Árvore Chiclete.

— Árvore Chiclete? — Olho para os fios que me seguram no ar. São cor-de-rosa e, agora que penso bem, lembram galhos... só que emborrachados. *E grudam como... chiclete.*

— Isso. Eu vim pelo escorregador de nuvem — ele diz, apontando para uma névoa à direita. — É uma rota bem mais rápida quando você pula de um penhasco.

Pular de um...? Olho para cima e percebo que a "árvore"

em que estou pendurada está enraizada a uns trinta metros acima de mim.

Deuses...

— Eu nem vi isso — sussurro.

— Eu sei. — A voz de Craze me puxa de volta para ele enquanto cruza os braços atléticos. — Quer saber como descer daí?

— Eu... sim. Sim, quero.

Ele sorri.

— Excelente. Ria.

Fico olhando para ele.

— O quê?

— Ria — ele repete.

— Não entendo.

— É uma ação normalmente provocada por algo engraçado — ele explica, como se eu fosse uma idiota. Embora ele não diga de forma condescendente, apenas como se estivesse afirmando um fato.

— Não, eu sei o que é rir. Só não entendo como isso vai me ajudar a descer — digo, um tanto exasperada. Não necessariamente com ele... bom, talvez *um pouco* por causa dele, mas principalmente por causa de toda essa experiência absurda.

— Tente — ele diz. — Tente rir e veja o que acontece.

— Acho que não estou exatamente no clima de dar risada — devolvo entre os dentes.

— Humm. — Ele bate o dedo no queixo. — Bom, talvez uma música resolva. Você sabe cantar?

— Você está falando sério?

— Normalmente? Não. Mas agora, sim. — Ele me presenteia com um sorriso rápido. — Quer que eu cante para você?

Esse homem é louco, decido, apenas o encarando boquiaberta.

— Vou tomar seu silêncio como um sim — ele murmura, e então inclina a cabeça para trás e... e começa a cantar.

Meus lábios se entreabrem quando a melodia assombrosa chega aos meus ouvidos, sua voz é profunda e quase hipnótica.

Estou tão encantada com ele que nem percebo que estou me movendo até sentir o galho pegajoso se arrastar pelo meu pulso.

Assustada, olho para ele, depois arfo ao perceber que está me soltando.

Mas ainda estou a uns seis metros do chão.

— Craze...

Ele não responde, perdido demais em sua canção para me ouvir.

Não entendo uma palavra do que está dizendo.

É algum idioma que não conheço.

— Craze! — Tento de novo, mais alto desta vez.

Ele me ignora e a voz parece aumentar.

Estremeço. A melodia sombria parece tecer algum tipo de encantamento sobre o meu corpo.

Estou praticamente hipnotizada pelo macho lá embaixo e sua voz desperta uma fascinação nada saudável dentro de mim.

— Craze — consigo dizer, no momento em que a Árvore Chiclete solta um dos meus braços.

Minha perna esquerda se solta quase imediatamente depois, me deixando pendurada de forma desajeitada.

— Eu vou cair! — E sei que essa é a intenção, mas não de uma altura dessas!

Dou um grito quando meu outro braço se solta, o galho agora segurando apenas meu tornozelo.

Merda, merda, merda!

Cubro a cabeça quando a substância grudenta solta

meu último membro, me lançando direto em direção ao chão.

E para dentro de um par de braços que me aguardava.

Me sobressalto, surpresa ao sentir novamente o abraço de Craze ao meu redor.

É diferente de quando estávamos na água, principalmente porque agora estou consciente dele. Da voz dele. Do sorriso. *Das cartas violentas.*

Mas quando ele sorri para mim lá de cima, não sinto medo.

Sinto apenas... alívio.

Porque não quebrei o pescoço.

Ainda estou viva.

E, por um instante, apenas respiro.

— Olá, coisa linda — ele diz, com um brilho nos olhos escuros.

Depois faz uma careta.

— Desculpe, quero dizer, *Ailsa.* — Ele franze a testa. — Mas você é mesmo linda.

Uma nota de reverência permeia suas palavras e seu olhar percorre meus traços.

— Obrigada. — As palavras escapam da minha boca.

Não sei se estou agradecendo pelo elogio, por ele ter me segurado ou por tudo até agora.

Mas... eu falo com sinceridade.

— Não precisa me agradecer, Ailsa. Sempre vou te segurar — ele promete. Sua declaração provoca um arrepio que vem lá de dentro. Porque isso quase soa como um voto de proteção.

Embora... talvez também possa ser uma ameaça.

O brilho escuro em suas íris torna impossível saber ao certo.

— Por que você está me ajudando? — pergunto, estudando sua expressão em busca de alguma pista. Mas tudo o que vejo é a maquiagem de caveira. Seus traços continuam completamente mascarados.

Embora eu consiga perceber um leve indício de covinhas quando ele sorri para mim.

— Que tal um novo jogo, humm?

Ele começa a andar enquanto fala, me carregando como se eu não pesasse nada.

— *Quid pro quo* – eu respondo uma pergunta sua e você responde uma minha. *E* você me deixa conduzir por um tempo.

Franzo a testa.

— Conduzir de que forma, exatamente?

— Quero te carregar por um tempo — ele esclarece. — Os Campos de Chocolate Quente são perigosos, e eu não quero correr o risco de você pisar em uma bomba de fudge.

— Uma...? — Quase repito essa última parte, mas balanço a cabeça. Porque, de que adianta? Se eu ficar repetindo cada coisa estranha que ele diz, vou acabar parecendo um papagaio. Então, em vez de perguntar o que é um Campo de Chocolate Quente, escolho outro caminho:

— Para onde estamos indo?

— Foram duas perguntas — ele murmura. — Concorde com o jogo primeiro, e eu respondo uma delas.

— Por que tem que ser um jogo?

— Agora já são três, mas essa eu respondo de graça — ele diz, olhando ao redor antes de dar um passo largo.

Não me dou ao trabalho de olhar para baixo para ver o que ele está fazendo.

Mantenho o foco nele e não no leve tensionar de sua mandíbula.

— Jogos são divertidos — ele diz. — Mas, para ser sincero, quero jogar esse para te conhecer melhor.

— Por quê? — pergunto, confusa com esse homem. — Por que eu?

— Essa é mais uma pergunta, Ailsa. Acho que agora é você quem me deve uma resposta.

— Não concordei com seu jogo — aponto.

— E é por isso que não sou obrigado a responder nenhuma das suas perguntas — ele devolve, com mais um sorriso. — Então, a escolha é sua. Vai querer jogar comigo ou não?

CRAZE

A PEQUENA COELHINHA ME ENCARA, com os olhos azuis em um turbilhão entre confusão e exaustão. Tem sido um dia caótico para ela e, infelizmente, essa sensação de caos só vai continuar.

Ela está em Monsterland agora. Nada mais será o mesmo.

Desvio de mais uma bomba de fudge enquanto espero Ailsa tomar sua decisão. Ela parece ter um talento especial para escolher os caminhos mais perigosos possíveis, primeiro correndo direto na direção dos irmãos Tweedle em vez de fugir deles.

E depois, disparando para dentro de uma Árvore Chiclete que a jogou nos Campos de Chocolate Quente.

Nosso objetivo com o elixir era permitir que sua presença fosse finalmente conhecida. E agora, meu trabalho é exibi-la apenas o suficiente para que a notícia se espalhe sobre sua verdadeira natureza. Mas não tanto a ponto de ela acabar ferida ou capturada por um dos lacaios do Rei de Prata.

É uma corda bamba, para ser honesto. Algo que estou acostumado. Mas essa pequena coelhinha parece ter uma tendência a sair saltitando por trilhas próprias.

Por isso a estou carregando agora, para que não acabe provocando um deslizamento de lama de chocolate.

A pobrezinha já está praticamente nua. Calda quente contra a pele dela seria... ruim. Muito, muito ruim.

— Está bem — ela diz, o que me faz desviar o olhar para sua boca. — Vou jogar seu jogo. Agora é a minha vez de te fazer uma pergunta.

Paro no meio do passo e arqueio uma sobrancelha para ela.

Tecnicamente, ela acabou de responder à minha pergunta, o que de fato faz com que seja a vez dela.

— É a segunda vez que você usa minhas palavras contra mim — comento, lembrando que a primeira foi quando ela correu depois que eu disse que só responderia se ela fizesse o que pedi primeiro. — Você é muito esperta.

Gosto dessa característica.

Vai servir bem a ela aqui.

— Pergunte, Ailsa — digo, tomando cuidado para não chamá-la de *coelhinha* ou qualquer outro apelido. Aparentemente, ela não gosta de termos carinhosos ou diminutivos. O que é uma pena, já que tenho vários surgindo na minha cabeça, cada um deles adequado a um dos meus muitos humores.

Coelhinha para as brincadeiras.

Bonita ou *maravilhosa* para os momentos de carinho.

Escrava para o sexo.

Talvez, se eu a seduzir direito, ela me permita usar esse último.

Linda e *princesa* também serviriam. *Minha rainha.* Humm, as possibilidades são realmente infinitas.

— Por que você está me ajudando? — ela pergunta, no momento em que volto a andar.

— Porque você é a chave de tudo — respondo. — E eu queria uma oportunidade de te conhecer.

— Por quê? E o que quer dizer com "chave de tudo"?

— São mais duas perguntas — aponto. — Me diga sua fruta favorita, e eu respondo uma delas.

Ela pisca para mim.

— Minha fruta favorita?

— Sim, Ailsa. Qual é a sua fruta favorita?

A confusão dela é adorável. Gosto que isso a esteja distraindo de todo o resto e mantendo sua atenção em mim enquanto foco em sair com segurança desse campo. Se ela soubesse exatamente onde aterrissou, provavelmente teria paralisado de medo.

Em vez disso, está apenas me encarando com aquele olhar que já conheço bem, o que diz que ela acha que eu sou maluco.

Bem-vinda ao clube, coelhinha, penso enquanto espero pela resposta.

— Cerejas — ela solta, enfim. — Minha fruta favorita... é cereja. Embora eu só tenha comido uma vez. Então, acho que... acho que também gosto muito de peras. Especificamente das que cresciam perto da propriedade da Baronesa Clarice.

Baronesa, quase repito em voz alta, mas dou apenas uma risadinha por dentro.

Ailsa vai achar meu mundo estranho, mas, honestamente, acho o dela ainda mais bizarro. A disparidade de riqueza, a valorização de talentos mágicos, o desprezo por humanos puros... Nada disso faz sentido para mim.

Humanos são raros.

Assim como Ômegas.

Eles deveriam ser valorizados. Protegidos. *Respeitados*.

Mas isso é assunto para outro dia. Porque agora devo uma resposta à minha pequena coelhinha.

— Você perguntou por que eu quero te conhecer — digo lentamente, em parte para lhe dar tempo de protestar ou reformular a pergunta. Como ela não diz nada, acrescento: — Quero conhecer minha potencial companheira.

— Potencial... — Ela arregala os olhos. — O quê?

Abro um sorriso de lado, nada surpreso com a reação dela.

— Essa é outra pergunta? Porque você vai precisar me dizer sua flor favorita para eu responder.

— Você está falando sério? — ela solta, ofegando.

— Acho que já respondi a essa pergunta antes — digo, arrastando as palavras.

— Eu não... — Ela balança a cabeça. — Tudo bem, que seja. Girassóis. Daqueles que crescem nos campos. São amarelos e têm um cheiro gostoso.

Girassóis, anoto mentalmente, sabendo que elas não são exatamente iguais neste reino, mas próximas o suficiente. *Raio de Sol* também seria um bom apelido para minha pequena coelhinha. O cabelo dela, longo e loiro quase branco, definitivamente me lembra o sol.

Mas... apelidos não são permitidos.

Ainda não, pelo menos.

— O que você quer dizer com *potencial companheira*? — ela exige.

Não respondo de imediato. A borda do campo exige toda a minha atenção enquanto nos guio por um caminho livre das vinhas elétricas.

Definitivamente, não quero tocar em nenhuma

daquelas cordas perigosas e retorcidas penduradas nos cactos ao redor.

Ailsa realmente nos tirou da rota aqui embaixo, mas assim que atravessarmos esse deserto flamejante, estaremos de volta ao caminho certo para chegar às cavernas antes do anoitecer.

E aí a diversão começa.

— O que...? — A pergunta incompleta de Ailsa me faz olhar para ela.

Ela não está mais me olhando, mas sim encarando as correntes que zumbem entre as vinhas.

— Aquilo são... fios elétricos?

— Algo assim — digo. — Mas não exatamente. Elas são vivas. E gostam de dar choque.

Uma delas se agita com a nossa aproximação, a boca na ponta da corda se abre com um chiado que faz Ailsa apertar os braços ao redor do meu pescoço.

— Elas não são amigáveis — murmuro, desviando da criatura serpenteante em forma de corda. — A maior parte do deserto flamejante é assim, mas precisamos atravessá-lo para chegar aos cogumelos do outro lado.

Ela engole em seco.

— Eu... eu não quero estar aqui. Isso tudo é um erro. Eu... eu sou só uma humana.

— Você não é — prometo. — Você é uma Ômega. Krolic te encontrou há dois anos. Só estávamos esperando você tomar aquele elixir para que todo mundo soubesse também.

Ela já está balançando a cabeça antes mesmo de eu terminar.

— Eu não posso ser uma Ômega.

— Por quê? — pergunto enquanto passamos sob um arco de pedra vermelha, entrando oficialmente no deserto.

— Porque eu sou *humana.*

— Humanos podem ser Ômegas — digo a ela. — É por isso que o decreto do Rei Carmesim se aplicava a todos os seres. Tem mais a ver com a alma do que com a classificação da espécie.

Isso vai ficar evidente quando ela aprender mais sobre Monsterland.

Sou um Alfa, assim como Catum e Krolic. Mas todos nós somos de espécies diferentes.

— Rei Carmesim? — Ela franze o nariz. — Você quer dizer o Rei de Prata?

— Não, quis dizer Rei Carmesim mesmo — murmuro enquanto contorno um cacto particularmente grande.

Ele tem o tamanho de uma casa pequena e provavelmente abriga uma criatura espinhosa dentro.

Se ele resolver nos incomodar, vou ser forçado a colocar Ailsa no chão e desperdiçar mais uma carta.

Ambas as ações me desagradariam profundamente.

— O Rei de Prata foi quem emitiu o decreto.

— Não, o Rei Carmesim o emitiu enquanto se fazia passar pelo Rei de Prata — corrijo. — É um erro comum. Um que você vai ajudar a corrigir em breve.

— Eu?

— Sim, você — murmuro enquanto os pelos da minha nuca se eriçam em sinal de alerta.

Mas que inferno, suspiro.

— Agora não é exatamente um bom momento para mim — aviso à criatura espinhosa que está tentando se aproximar sorrateiramente por trás.

Ailsa franze a testa.

Não dou a ela a chance de perguntar nada, apenas a coloco gentilmente de pé no chão e digo:

— Fique bem aqui, por favor.

Então me viro para lidar com a criatura.

Ou melhor...

Criaturas, no plural.

Minhas cartas escorregam para as mãos e começo a embaralhá-las automaticamente.

— Imagino que vocês três não gostem de truques de mágica? — pergunto. — Porque tenho alguns na manga que talvez achem interessante.

Ou, bem... eu vou achar interessante, de qualquer forma.

Eles bufam, os narizes de porco, achatados e desproporcionais às cabeças pequenas.

Um deles arrasta o pé com casco pelo chão enquanto outro estala os espinhos que decoram seus braços.

— Acho que isso foi um não — digo. — Tudo bem.

Lanço uma carta e observo enquanto ela atravessa direto o peito de uma das criaturas.

— Está vendo? Esse é o problema com essas distinções de Alfa, Beta e Ômega — comento com Ailsa, como se fosse uma conversa casual. — No nosso mundo, não importa que tipo de monstro você seja. Você acaba caindo em uma dessas três categorias. E a compatibilidade tem a ver com categoria, não com espécie.

Arremesso outra carta, parando a segunda criatura.

— Então, como Ômega, humana ou não, você pode ser reivindicada por qualquer Alfa em Monsterland. E é por isso — lanço a terceira e última carta, que se crava no pescoço grosso da criatura — que agora você está sendo caçada.

Me viro para encarar minha potencial companheira e estreito os olhos ao ver o espaço vazio.

Claro que ela fugiu.

Percorro o deserto com o olhar e a vejo a menos de vinte metros, correndo direto em direção à Selva dos Cogumelos.

— Você é uma coelhinha muito levada — canto atrás

dela, minha voz se espalhando facilmente com o vento. —
Melhor tomar cuidado, querida Ailsa, ou você pode acabar
despertando meu predador interior.

Um predador que adora uma boa caçada, penso, saindo em
disparada atrás dela.

— Corra o quanto quiser — aviso. — Porque quando
eu te alcançar, e eu vou te alcançar, Ailsa, vou te ensinar
uma lição sobre boas maneiras.

AILSA

Ah, Deuses, para onde estou indo?

Eu não devia ter fugido. Mas ver o jeito casual com que Craze matou aqueles... aqueles *homens com cara de porco...*

Estremeço.

Ele nem hesitou. Só atirou facas neles. Ou seriam cartas?

Não sei.

Não me importa.

Só preciso escapar.

Para onde, eu não faço ideia. A areia laranja e estranha sob meus pés descalços está *quente*. E eu estou praticamente nua. Definitivamente, não é a melhor roupa para esse lugar que parece um deserto.

Mas consigo ver algo verde ao longe. Tem que ser um bom sinal.

Meu estômago ronca em concordância, me lembrando que não comi nada hoje.

Absolutamente nada.

Na verdade, nem sei se *hoje* ainda é o *mesmo* dia em que bebi do cálice.

Tudo aconteceu tão rápido.

Nada disso deveria ser possível para mim.

No entanto... aqui estou eu.

As falas de Craze começam a ecoar na minha mente:

— Humanos podem ser Ômegas. Tem a ver com a alma, não com a espécie.

— Alfa, Beta ou Ômega.

— Compatibilidade é uma questão de categoria, não de espécie.

— Como Ômega, humana ou não, você pode ser reivindicada por qualquer Alfa em Monsterland.

Estremeço com essa última parte. Eu o ouvi dizer isso depois que já tinha começado a correr. Cheguei a hesitar. Mas percebi que talvez ele fosse um desses Alfas, já que me chamou de potencial companheira.

Eu... não sei como me sentir sobre isso. Ele parece... um pouco estranho. Mas foi informativo. Protetor também. Mas acabei de conhecê-lo. Não posso ser companheira dele. Nem potencial companheira. Nem coisa nenhuma dele.

Porque estou fugindo.

Para...

Para...

Não sei.

Apenas fugindo!

Consigo senti-lo me perseguir, ouvir sua risada baixa e praticamente sentir o cheiro picante de canela no ar.

Deuses, por que eu gosto do perfume dele?

E por que parece que ele está me envolvendo? Me *reivindicando?*

Será que ele está logo atrás de mim?, me pergunto. Juro que posso sentir sua respiração quente na minha nuca, os dedos roçando no meu cabelo.

Dou meia-volta, querendo encará-lo.

Mas ele não está lá.

Não está em lugar nenhum.

E ainda assim, consigo ouvi-lo. Sentir seu cheiro.

— O que está acontecendo comigo? — sussurro, me virando novamente, e me assusto ao trombar com uma parede de calor masculino.

Dou um gritinho e cambaleio para trás, mas sinto meus quadris presos por um par de mãos firmes.

Fumaça provoca minhas narinas quando levanto o rosto em um sobressalto.

E encontro um par de olhos castanhos intensos me encarando de cima.

Olhos que eu conheço.

Olhos que vi bem antes de meu mundo virar de cabeça para baixo.

— Mestre Pillar — suspiro.

— Olá, srta. Marvel — ele responde. Sua voz é um ronronar baixo que me deixa tonta. — Para onde você está correndo, humm?

— Eu... — Engulo em seco. — O que você...? Como você...? — Balanço a cabeça, tentando clarear os pensamentos.

Porque ele não deveria estar aqui.

Eu não deveria estar aqui.

Mas estamos os dois nesse deserto escaldante. E ele está vestindo preto da cabeça aos pés.

O que faz tanto sentido quanto os jeans e a jaqueta de couro de Craze neste calor.

Pensar em Craze me faz olhar ao redor, procurando por ele, apenas para senti-lo de repente atrás de mim.

— Estava me procurando, coelhinha? — ele sussurra, com os lábios tão próximos do meu ouvido que consigo sentir seu hálito quente.

Nem consigo reclamar do apelido desta vez. Estou muda demais para formar palavras. Tonta demais para respirar direito.

— Achei que nosso encontro seria nas cavernas — ele acrescenta enquanto seu braço envolve minha cintura.

Mestre Pillar não me solta. Ele continua me segurando firme na cintura enquanto Craze me mantém presa por trás.

Estar entre os dois é *embriagante*. Avassalador. E estranhamente reconfortante.

Não sinto mais o calor escaldante, nem mesmo sob meus pés descalços. O que é estranho, considerando o ambiente e minha pele exposta.

— Houve uma mudança de planos — uma terceira voz diz, atraindo meu olhar para um homem de cabelos grossos e branco-prateados.

Ele é mais velho que Mestre Pillar e Craze, talvez cerca de vinte anos, mas os músculos que se flexionam sob a camisa branca colada ao corpo mostram que está tão em forma quanto os dois que me seguram.

— Obviamente — Craze diz. — E imagino que não tenha relação com o desejo da nossa coelhinha de ser caçada como uma presa?

O homem de cabelos prateados sorri de lado e os olhos verde-claros encontram os meus.

— Não. Mas podemos deixar essa atividade para depois.

Há um rosnado na voz dele que faz meu estômago dar um nó.

Mas são os olhos dele que me hipnotizam.

Eles... eles me lembram de...

— *Fera*.

Ele dá um passo à frente, o olhar intenso.

— Me reconhecer instantaneamente na forma humana só prova o quanto estou certo sobre você, Ailsa — ele diz e passa a mão pela minha bochecha enquanto o polegar traça um caminho quente sobre meu lábio inferior.

Estremeço. Não só pelo toque, mas pela realização de que Fera é um homem. Um metamorfo. *Um monstro.*

Sempre soube que ele não era um lobo comum. Ele era grande demais para ser qualquer coisa que não fosse extraordinária.

Mas isso...

Jamais considerei *essa* possibilidade.

Oh, Deuses. Será que estou sonhando? penso, e a tontura volta com tudo.

Estou cercada por três homens, todos exalando uma presença masculina tão forte que mal consigo respirar. Cada inspiração traz uma mistura dos cheiros deles: fumaça, pinho e especiarias. Isso... eu...

Porque, de repente, estou tão sensível a cheiros? E por que os aromas deles me fazem querer deitá-los no chão e me esfregar neles?

O polegar de Fera deixa minha boca apenas para ser substituído por seus lábios.

Seus *lábios.*

Tão carnudos e macios, e ainda assim firmes e exigentes. É um paradoxo que provoca um conflito dentro de mim. E choque também.

O que está acontecendo?

Por que esse homem está me beijando?

E por que... por que eu simplesmente estou deixando?

É rápido. Rápido demais. Apenas os lábios dele. Mas juro que ele deixa uma marca em mim. O toque ardente queima até a minha alma.

O que está acontecendo comigo? Eu deveria estar gritando. Tentando acordar.

Fazendo qualquer coisa, menos ficar parada aqui, encarando os olhos verdes e lindos dele enquanto dois outros homens me seguram como se eu fosse deles.

— Preciso que você seja uma boa garota e faça o que

mandarmos — Fera diz. — Pode fazer isso, Ailsa? Pode ser a nossa boa garota?

Pisco para ele. As palavras deveriam soar condescendentes, mas não soam. É... é o ronronar em sua voz. Algo rouco. Algo que não consigo definir. Isso me faz querer obedecer, *agradá-lo*.

E é assim que me pego assentindo.

Ele sorri, e o sorriso é tão bonito que mal consigo pensar.

E então ele me beija de novo. De leve. Só um toque de lábios.

Eu me derreto na hora.

Isso é insano, penso. *Completamente... insano.*

E mesmo assim, meus joelhos fraquejam, e meu cérebro vira geleia.

Esse lugar está mexendo com a minha cabeça.

Ou então... estou sonhando.

Deuses, tomara que isso seja um sonho.

Mas será? Será que eu quero mesmo que isso acabe?

Eu... eu não sei.

— Catum vai te ocultar — Fera diz. — Não lute contra ele.

Catum? repito para mim mesma, à beira do delírio. *Quem é Catum?*

As mãos de Mestre Pillar sobem pelas minhas laterais, passam pelo braço de Craze, até que suas palmas envolvem meu rosto.

— Olhe para mim, srta. Marvel.

Engulo em seco e faço o que ele manda, completamente hipnotizada pela voz e pela presença dele. Fera recuou, mas ainda consigo sentir o olhar dele sobre mim.

E Craze está nas minhas costas, com o peito sólido e

firme vibrando suavemente atrás de mim. Nem sei como ele está fazendo esse som, ou por que, mas é reconfortante.

— Uma pequena Ômega tão obediente — Mestre Pillar murmura. — Estou orgulhoso de você, srta. Marvel.

— Espere só até ela correr — Craze resmunga.

— Ela não vai fugir de mim — Mestre Pillar retruca.

— Não é verdade, meu doce? Você vai fazer exatamente o que eu mandar.

Quase inclino o queixo para baixo. O instinto de assentir se sobrepõe a qualquer pensamento racional.

— Porque você está trapaceando — Craze reclama.

— Estou sendo *encantador* — Mestre Pillar responde.

Craze dá um risinho.

— Se é assim que quer chamar.

— Chega — Fera intervém. — Não temos tempo para joguinhos. Oculte-a, Catum.

Mestre Pillar suspira, traçando uma linha sob meus olhos com os polegares.

— Vai ser uma pena cobrir tanta beleza, mas não temos outra alternativa...

Uma energia quente percorre minha pele enquanto as mãos dele descem até meu pescoço e ombros.

Craze me solta, permitindo que as mãos de Mestre Pillar deslizem pelos meus braços, passem pela barriga e subam pelas laterais.

Parece que paro de respirar, como se meu corpo não fosse mais meu.

Porque não consigo acreditar que ele está me tocando assim.

Eu sonhei com isso. Fantasiei. Tudo por causa da voz dele. É uma obsessão proibida, algo que sempre me disse que jamais se tornaria realidade. Um desejo tolo, nascido da presença de alguém que eu mal conhecia.

Mas agora que vi seu rosto, que senti seu toque, minha mente entrou em pane.

Tudo isso parece real. Real *demais*.

Ele se agacha diante de mim, com as mãos nos meus quadris, depois descendo pelas minhas pernas expostas até os tornozelos. Craze segura minha cintura, me puxando para trás enquanto Mestre Pillar levanta um dos meus pés e passa o dedo do calcanhar até os dedos.

Estremeço quando ele troca de perna e repete o gesto, com Craze ainda me segurando por trás.

Isso é loucura, penso, os pulmões implorando por ar. *Loucura completa. Este lugar, esta cena, tudo isso. Eu... eu perdi a cabeça.*

Ainda estamos no deserto alaranjado e, mesmo assim, não sinto calor. Apenas uma névoa fria contra minha pele.

Levanto o braço para examiná-lo, surpresa com o tecido escuro que me cobre até o pulso. É... é translúcido.

Ao olhar para baixo, vejo que a roupa desce até os meus pés como uma espécie de vestido, lembrando um pouco fumaça. Na verdade, parece ar contra minha pele, e ainda assim se move como se fosse uma peça de roupa. E cobre completamente minha lingerie branca.

Mestre Pillar ergue a saia do vestido para me mostrar um par de sapatilhas que realmente servem nos meus pés.

— Como...? — começo, sem saber exatamente o que quero perguntar.

Há uma dúzia de perguntas competindo dentro da minha cabeça.

E mais uma dúzia de afirmações presas na garganta.

— Ela está pronta — Mestre Pillar diz, se erguendo.

— Pronta para quê? — pergunto.

— Para o jantar — ele responde com uma piscada antes de se afastar e estender o braço. — Vamos, srta. Marvel?

— Eu... — Pisco entre ele e Fera. — Não. Eu não vou a lugar nenhum com vocês.

Craze ri atrás de mim.

— Vejo que o choque finalmente passou. Demorou um pouco mais do que eu esperava.

Sinto meu corpo enrijecer com o comentário e me viro para encará-lo.

— Desculpe se fiquei um pouco pasma com... com... — Gesticulo para Fera, depois para Mestre Pillar, e por fim para o mundo ao meu redor. — É muita coisa.

— É mesmo — ele concorda. — Felizmente, você tem a nós três para te guiar nisso tudo.

— Me guiar em que, exatamente? — exijo, minha voz beira o agudo. Não consigo evitar. Tudo o que quero fazer é... é... gritar. Correr. Me esconder. Acordar.

— Você é a primeira Ômega a entrar em Monsterland em mais de mil anos — Fera diz. — O reino está cheio de Alfas famintos e Betas entediados. Agora, todos estão intrigados com a sua presença.

— Não sou uma Ômega — digo entre os dentes. — Eu sou humana.

Craze apenas balança a cabeça.

— Já expliquei que a espécie não importa, mas... — Ele faz um gesto vago na minha direção, do mesmo jeito que acabei de gesticular para Fera e Mestre Pillar.

— Você não é uma Ômega qualquer — Fera continua, como se Craze e eu não tivéssemos acabado de falar. — Você é *a nossa* Ômega. Aquela que buscamos nos últimos séculos. E você vai nos ajudar a recuperar a corte de Monsterland.

CATUM

O CHEIRO da Ailsa é como uma droga. Quero me inclinar na direção do pescoço dela, inspirar fundo e *morder*.

Mas me contenho, por pouco, e observo as emoções passarem por seu rosto bonito.

Ela não faz ideia do quanto é importante para nós, de como é valiosa e *rara*.

A negação está estampada em seus traços, abafando todas as outras reações conflitantes. Pelo menos até a curiosidade começar a se insinuar, fazendo com que seus lábios cheios se curvem ligeiramente para baixo.

— O que é a corte de Monsterland? — ela pergunta com uma voz entrecortada, que me lembra sexo.

Chamas, como eu a quero. Minha vontade é arrancar essa capa que acabei de colocar nela, tirar o que restou do vestido azul e branco e devorar cada centímetro de seu corpo com a língua.

É uma necessidade visceral que está implorando para ser liberada há dois anos.

Desde que assumi o posto de *Mestre Pillar*.

Eu deveria corrigi-la, dizer meu primeiro nome, mas adoro o jeito que ela fala a palavra "mestre".

— Realeza monstro — Krolic diz. — É tradição que o rei e seu círculo de companheiros Alfas saiam em busca de uma Ômega. A corte real deveria ser protegida na ausência do rei. Mas um impostor assumiu o trono durante esse tempo. E, com a sua ajuda, vamos revelar sua verdadeira identidade.

— Eu não... — Ela balança a cabeça. — Não entendo. Como é que eu vou ajudar vocês a revelar...? Revelar o quê, exatamente? Quero dizer... quem?

— Vamos retomar o trono do Rei de Prata — Krolic diz, tentando outro caminho. — E vamos fazer de você a Rainha de Monsterland.

— *Eu?* — Ela arregala os olhos para ele. — Você ignorou completamente a parte em que eu disse que sou humana?

Krolic segura o queixo dela entre o polegar e o indicador, invadindo seu espaço pessoal.

— Você fala como se houvesse algo de errado em ser humana, Ailsa.

— Eu... eu não sou nada — ela gagueja. — Não tenho poderes. Não tenho... nada.

— Você não faz ideia do que é capaz, pequena companheira — ele murmura. — Mas nós vamos te mostrar. Vamos te ajudar. E vamos te proteger.

— Eu nem conheço vocês! — ela grita de volta, claramente à beira do colapso. Não posso culpá-la. É mudança demais para um só dia.

— Você passou os últimos dois anos me conhecendo — Krolic relembra. — Mas na minha forma de lobo. Craze pode ser novo para você, mas nós dois sabemos que Catum não é. Você tem sonhado com ele há dois anos.

Ela ofega e cora.

— Não sonhei, não.

— Pequena mentirosa — murmuro, com um sorriso se

65

formando nos lábios. — Você tem uma mente bem travessa, srta. Marvel. — Eu sei porque presenciei alguns desses sonhos. Talvez até tenha influenciado um ou dois.

— Você é nossa desde que Krolic sentiu seu cheiro pela primeira vez. Agora, vamos garantir que toda Monsterland saiba disso.

— Isso é insano — ela sussurra. — *Insano.*

— Bem-vinda à loucura, coelhinha — Craze diz e pisca para ela. — Desculpe, *Ailsa.*

Franzo a testa.

— O que há de errado com *coelhinha?*

— Nossa companheira não gosta de apelidos — ele me explica.

— Que pena — respondo, voltando a olhar para ela.

— Porque consigo pensar em várias coisas que gostaria de te chamar, srta. Marvel. — Começando com minha.

Um tom bonito de vermelho volta a tingir suas bochechas.

— Eu... não me importo com apelidos. Mas, não... eu não conheço vocês. Nenhum de vocês. Não de verdade. E por que estamos tendo essa conversa? Eu não sou nada de especial. Muito menos uma *rainha.* Sou humana. Ailsa Marvel. Nada além disso. Apenas eu.

— Você é tudo — Krolic retruca, ainda segurando o queixo dela. — Sei que o seu mundo não te valorizou ou te fez se sentir como uma rainha, mas prometo que nós vamos. Só nos dê um tempo para te mostrar isso, Ailsa.

Ela engole em seco, os olhos procurando pelos de Krolic, depois se voltando para mim e, por fim, para Craze.

— Isso é insano — ela repete. Aposto que está repetindo essa frase mentalmente há horas também.

— Como eu disse, bem-vinda à loucura — Craze

murmura com outra piscada. — Agora você está em Monsterland, Ailsa.

— Onde vai se tornar rainha — Krolic acrescenta. — *Nossa* rainha.

Ela balança a cabeça de novo, mas não diz nada. Está completamente desnorteada, sem saber o que dizer.

O que significa que está na hora de irmos.

— Lembre-se do que Krolic disse sobre ser uma boa garota para nós — digo, abrindo um portal com um simples movimento de pulso. — A Vila do Chá não é lugar para uma Ômega andar sozinha.

— Vamos para a Taverna? — Craze pergunta, arqueando a sobrancelha escura.

Assinto.

— Como Krolic disse, houve uma mudança de planos.

Craze não questiona, apenas dá de ombros.

— Acho que vou tomar aquele chá de violeta, afinal.

— Você e essa porcaria de chá — Krolic resmunga, finalmente soltando o rosto de Ailsa.

Craze apenas sorri.

— É excelente.

— É uma viagem psicodélica — Krolic diz.

— Por isso mesmo é excelente — Craze retruca.

Krolic balança a cabeça.

— Só mantenha suas cartas por perto. Provavelmente, vamos precisar delas.

— Minhas cartas estão sempre prontas, K — Craze responde, pegando o baralho e passando as lâminas entre os dedos.

Ailsa se encolhe, sinal claro de que já se familiarizou bastante com aquelas pequenas armas afiadas. Não faço ideia de quem Craze eliminou nas últimas horas desde que chegamos a Monsterland, mas apostaria que foram diversas criaturas.

As coisas não saíram exatamente como planejado.

Quero dizer, não é bem verdade.

Queríamos que a presença de Ailsa fosse notada e conseguimos. O que não esperávamos, era a resposta tão rápida do Rei Crimson, mandando seus lacaios atrás dela.

É lamentável o quanto alguns seres deste mundo se tornaram ingênuos.

Todos caíram no charme do impostor e realmente acreditam que ele é o líder.

Ridículo.

Os mais antigos do reino sabem como as coisas deveriam funcionar: um verdadeiro rei caça sua presa.

Esse impostor apenas envia outros para fazer o trabalho sujo.

É um insulto que ainda acreditem que ele é o Rei de Prata.

Encaro o verdadeiro Rei de Prata agora e faço um leve aceno com a cabeça.

— O show é seu, Vossa Majestade.

Ele grunhe.

— Vá se ferrar, Segundo.

Meus lábios se curvam.

— Ouviu isso, Craze? Sou o segundo em comando.

Craze cruza os braços.

— Só porque ele prefere me ter como Executor.

— Vocês são dois garotos — Krolic rosna, voltando o olhar para Ailsa. — Venha comigo, minha rainha. Vou escoltá-la até a Taverna.

Ela parece prestes a protestar.

Mas tudo o que Krolic faz é erguer uma única sobrancelha prateada, encarando-a, e ela inclina a cabeça em sinal de submissão.

Reprimo um suspiro. Esse é o lado dela que conheço há dois longos anos.

Mas o que eu quero é a mulher ardente que existe por baixo disso.

Aquela que protestou há poucos minutos.

Estendo a mão e seguro seu queixo da mesma forma que Krolic havia feito antes, guiando seu olhar de volta para o meu com delicadeza.

— Não se submeta a ninguém, srta. Marvel — digo baixinho. — Você é uma rainha, *nossa* rainha.

Ela pisca.

— Mas... mas vocês ficam me dizendo para *obedecer*.

Curvo os lábios.

— Há uma diferença entre obediência voluntária e submissão total, meu doce. A primeira é recompensada. A segunda... a segunda nunca vai se aplicar a você.

— Ele tem razão — Krolic diz, com a mão ainda estendida para ela. — Pedi que fosse uma boa garota e fizesse o que mandamos, porque queremos te manter segura, não te controlar. Existe uma diferença.

— Mas como eu posso confiar em vocês? — ela solta. — Você... você é... o *Fera*.

— Eu sou o Krolic — ele a corrige. — E também sou sua Fera, sim.

— Então você... você *mentiu* para mim — ela acusa. — Achei que você fosse só um lobo!

— Eu *sou* um lobo, Ailsa. Um metamorfo, para ser exato. E também sou o verdadeiro Rei de Prata.

Ela fica boquiaberta.

— Você... — Ela engole em seco. — Oh, deuses, você quer me *engravidar*.

Ela dá um passo para longe do portal que criei.

Troco um olhar com Craze.

— Eu disse que era demais para ela.

— E eu disse que não entendo essa reação — ele cruza os braços. — Aquele elixir deveria deixá-la insaciável e implorando pelos nossos nós, não com medo deles.

— N-nós? — ela repete. — O que... o que é um nó?

— Nenhum de vocês está ajudando — Krolic informa.

— Não sei se há muito em que ajudar — Craze responde. — Ela está apavorada.

— *Apavorada* é uma palavra forte — ela rebate. — *Confusa* e *sobrecarregada* seria melhor. Agora, o que é um nó? E por que você mentiu sobre ser um lobo?

— Duas perguntas bem diferentes — Craze fala, nada útil. — Primeiro, diga sua cor favorita.

Fico olhando para ele, sem entender. Mas isso não é novidade. Craze frequentemente me perde com seus comentários caóticos e escolhas de palavras.

Ele faz um gesto com a mão, como quem exige algo.

— Pelos deuses, você é impossível — ela diz. — *Roxo*, está bem? Eu adoro roxo. Agora me digam o que é um nó!

— Eu preferiria muito mais te mostrar — ele diz, em voz baixa.

— Craze — Krolic o alerta.

— Só estou sendo honesto — ele responde.

Honesto até demais, penso.

— Eu não menti sobre ser lobo — Krolic diz, ignorando Craze e focando na nossa escolhida. — Eu *sou* um lobo. Um metamorfo. Não houve mentira. E eu também não tentei te enganar. Só queria te conhecer, e era mais seguro fazer isso na minha forma animal.

— Assim como eu assumi o posto de mestre do seu distrito para estar perto de você também — acrescento. — Quanto ao que é um nó... é algo que você vai aprender melhor depois. Algo sexual.

Estendo a mão e toco o queixo dela novamente, capturando seu olhar de volta para mim.

— E ninguém vai te *engravidar* sem o seu consentimento. Tudo bem?

Ela pisca para mim.

— Eu... mas aquela voz disse que o rei quer me *engravidar*.

— E eu quero — Krolic admite. — Mas só com a sua permissão.

— Aquela *voz* — lanço um olhar duro para Craze, que sorri como sempre, antes de voltar minha atenção para Ailsa — estava se referindo ao impostor que ocupa o trono. O Rei Crimson quer forçar você a gerar um herdeiro dele. É assim que ele pretende consolidar sua reivindicação ao reino.

Krolic faz uma careta ao ouvir o título formal do idiota que tomou a monarquia.

Ele veio de uma linhagem rival. Uma que supostamente estava extinta.

Mas descobrimos, da pior forma, que não estava.

Em vez de tomar o trono à força, seguimos em busca da nossa companheira.

Só não esperávamos que isso levaria centenas de anos.

Agora, nossa casa não é mais como antes. Tantos habitantes fracos, todos sob o encanto do Rei Crimson.

— Não tenho intenção de forçar você a fazer coisa alguma — Krolic acrescenta, em tom suave. — Os últimos dois anos são prova disso. Eu só te segui pela floresta para te fazer companhia. O seu mundo pode não ser tão louco quanto o nosso, mas também está cheio de perigos. Principalmente para uma Ômega rara.

— Se você sabia o que eu era, e isso supondo que eu acredite em você, por que me fizeram tomar o elixir? — ela pergunta.

— O impostor foi quem emitiu o decreto sobre o elixir — ele responde. — E nós precisávamos ter certeza.

— E garantir que outros também descobrissem a sua existência — acrescento. — O que nos leva de volta ao portal.

Aponto para a escuridão giratória.

— Estamos sendo esperados na Taverna.

Krolic confere o relógio com um palavrão.

— Sim, e estamos muito atrasados.

Craze enfia as mãos nos bolsos do jeans e balança os calcanhares.

— E então, Ailsa? — ele pergunta. — Portal ou mais uma corridinha pelo Deserto Laranja?

Contraio o nariz com o nome formal dessa região de Monsterland.

Principalmente, porque é um nome impróprio.

Ah, a cor é laranja, sim.

Mas o cheiro não tem nada de cítrico por aqui.

É mais como um pântano, me lembrando mofo e almíscar.

Fico tentado a dar um passo em direção à Ailsa só para inalar novamente o perfume doce dela.

No instante em que ela engoliu aquele elixir, seu aroma sedutor se intensificou, quase me derrubando. Fiquei sem palavras e faminto ao mesmo tempo. Foi preciso um esforço hercúleo para não agarrá-la e transformar em realidade uma daquelas fantasias ousadas dela.

Ailsa olha para nós três, com o rosto carregado de conflito enquanto observa o vestido que criei para ela. É uma capa que disfarça seu cheiro. Pelo menos, para os outros.

Habitantes demais já captaram sua fragrância. Eles sabem que ela está aqui. Agora é hora de dificultar as buscas.

O que significa escondê-la à vista de todos.

Ninguém vai esperar que ela esteja na Vila do Chá.

Não depois de tantos rastros deixados nas cavernas.

Esse é o segredo para sobreviver em Monsterland: sempre ter um plano A, B, C, D... e Z.

Ailsa vai aprender. Nós vamos ensiná-la. E protegê-la nesse meio tempo.

Krolic estende a mão mais uma vez.

— Por favor, minha rainha?

— Eu não sou sua rainha — ela responde.

— Viu? Ela não gosta de apelidos — Craze diz no seu tom cantarolado de sempre, impossível saber qual das suas personalidades está no controle agora. Pode ser uma brincalhona ou uma mortal. Felizmente, a maioria gosta da gente.

A maioria sendo a palavra-chave.

— Nada de *princesa*. Nada de *coelhinha*. Nem mesmo *bonita*, mesmo sendo linda pra caramba — ele continua, balançando a cabeça. — Uma pena, de verdade. Tenho tantos apelidos. Tantos.

Ela o encara, boquiaberta.

— Tem alguma coisa muito errada com você.

— Bem, obviamente — ele diz, com um sorriso torto.

— Mas, pelo menos, eu tenho uma audição decente, ao contrário de você.

Ela arregala ainda mais os olhos.

— Minha audição é ótima.

— Então, por que ainda estamos parados aqui? — ele retruca.

— Porque não faço ideia do que realmente está acontecendo aqui, nem por que deveria confiar em vocês.

— Bom, eu te salvei do Oceano de Sangue, depois te ajudei a sair da Árvore Chiclete, te carreguei pelos Campos de Chocolate Quente para você não ser queimada viva por uma bomba de fudge, e derrubei aquelas criaturas lá atrás antes que te arrastassem para a toca deles dentro de um cacto. O que mais preciso fazer para ganhar sua confiança, Ailsa?

Ah, merda. Eu conheço esse lado do Craze. É a personalidade mais ranzinza dele, a que não tem paciência e não gosta de ser desafiada. Ela só aparece quando ele está frustrado ou entediado ao extremo. Acho que agora é um pouco dos dois.

— Você é meio mimada, não é? — Craze continua, fazendo Krolic inclinar a cabeça para trás com um suspiro alto.

Porque ele sabe que agora não tem como parar o cara.

— Meio mimada? — Ailsa repete, indignada. — Eu literalmente *caí* nesse reino por causa de um daqueles portais malucos, e tudo aqui está tentando me matar desde que cheguei.

— Nada quer te matar, Ailsa. Só te comer. Você é uma Ômega prestes a entrar no cio. Tudo aqui quer te dar um nó.

Ele cruza os braços, os olhos escuros cintilando com pontos dourados.

É um aviso.

Um sinal de que uma parte muito mais violenta da personalidade caótica do Craze resolveu dar as caras.

Tanto Krolic quanto eu damos um passo à frente, mas Craze ergue a mão.

— Fiquem fora disso.

— Precisamos mesmo ir — Krolic avisa.

— Jura? — Craze retruca. — Diga isso para a Ômega ingrata que continua duvidando das nossas intenções.

— Acho que tenho todo o direito de questionar — ela rebate. — Não é culpa minha se você desperdiça suas perguntas com bobagens como flores e cores.

Ele ergue as sobrancelhas.

— Minhas perguntas não têm nada de bobagem, Ailsa.

Ela dá um passo para trás quando ele avança.

Mas ele a segura pela cintura, impedindo que fuja.

— Eu queria saber que fruta te dar de manhã, e agora sei que você gosta de cerejas — ele diz, claramente a surpreendendo.

— Eu...

— Queria saber quais flores te levar quando eu te magoar — ele continua, interrompendo-a. — E agora sei que você gosta de flores do sol, ou girassóis, como você chama. E sei qual cor de camisa usar amanhã, já que você gosta de roxo. Isso se chama detalhes importantes, linda. Não *bobagens*.

Ela entreabre os lábios, mas nenhuma palavra sai.

— E, além disso, respondi suas perguntas com honestidade e integridade. E mesmo assim você ainda tem a audácia de dizer que não pode confiar em mim?

Ele solta o ar com força e balança a cabeça.

— Você sabe mesmo como fazer um Alfa suar, Ailsa. Estou tentando. *Estamos* tentando. Mas um pouco de compreensão ajudaria muito.

Embora ele não esteja errado, também não está exatamente pegando leve com ela.

No entanto, um brilho de compreensão surge no olhar dela, desfazendo o choque que marcava seu rosto.

— Você... tem razão.

— Sei que tenho, mas obrigado por reconhecer isso — ele responde. — Agora, podemos ir, por favor?

CRAZE

ESTOU SENDO DURO COM ELA. Sei que estou. Mas há um momento para paciência... e esse momento não é agora. Aquelas criaturas vão acordar em breve. Minhas cartas os derrubaram temporariamente.

O único que feri de verdade foi Brandt, mas até ele vai sobreviver.

E então vai começar a caçá-la.

Assim como todas as outras criaturas do reino.

Há um motivo pelo qual Krolic e Catum mudaram as regras do jogo.

Era para brincarmos nas cavernas. A Taverna era um plano B.

Se decidiram colocá-la à vista de todos, significa que o Rei Crimson reagiu com mais força do que esperávamos.

Tudo bem. Temos nossos próprios truques. Além disso,

o Rei Crimson depende de lacaios. Nós, não. Nós dependemos de lealdade mútua.

Eu morreria por Krolic e Catum.

Assim como eles morreriam por mim.

E agora, nós três vamos fazer de tudo para proteger Ailsa.

Inclusive ser duros quando necessário.

Os olhos azuis dela se encontram com os meus, o cabelo loiro longo esvoaçando ao vento. Ela é tão etérea e nem percebe isso... uma verdadeira deusa caminhando entre nós.

Um dia, ela vai entender.

Se eu pudesse voltar e matar cada um que a fez se sentir pequena por *ser apenas humana*, eu mataria. Cortaria todas as cabeças e serviria em um banquete.

Porque, essa fêmea é muito mais do que imagina.

E vou passar a eternidade provando isso para ela.

— Por favor? — repito, ciente de que é uma palavra que raramente uso. A maioria das mulheres – caramba, a maioria dos homens – faz o que mando assim que abro a boca.

Mas Ailsa, não.

Ela tem sido um desafio desde o momento em que caiu no nosso reino.

E eu espero que continue sendo. É divertido tentar conquistá-la, mesmo que um pouco exaustivo.

— Está bem — ela diz, com a derrota marcada no rosto. — Vamos... entrar nesse buraco preto giratório.

— *Portal* — corrijo. — E ele só vai nos levar até a Vila do Chá.

— Você fala como se eu soubesse o que é isso — ela murmura.

— É uma vila de Betas que servem Alfas — eu explico.

— O destaque é a Taverna. Funciona tanto como restaurante quanto como uma espécie de hospedaria.

Também serve como centro de informações, onde se escutam os boatos de Monsterland e se aprende mais sobre a corte real.

Com a capa de Catum ocultando a identidade de Ailsa, ninguém vai saber quem ela é... e nem se importar. É a mesma magia que ele usava em si mesmo e em Krolic sempre que visitavam o reino.

Nós três já passamos muitas horas, dias e semanas na Taverna.

Somos bem conhecidos por lá.

Mas não como quem realmente somos.

Apenas um trio de Alfas. E agora, nos verão como um trio de Alfas que encontrou uma Beta bonitinha para se divertir durante a semana.

Pelo menos, isso vai afastar os outros Betas que andavam demonstrando interesse em se juntar ao nosso ninho.

Ah, nós já brincamos.

Mas não desde que descobrimos a existência de Ailsa.

Ela tem sido nosso único desejo por dois anos. Até o meu, mesmo sem vê-la ou conhecê-la no mundo mortal. Mas Krolic e Catum me contaram o suficiente para despertar minha curiosidade.

E agora que a conheci, não tenho dúvidas de que ela é feita para nós.

Nossa coelhinha provocante é a mistura perfeita de energia feroz e submissão natural.

— Então é... é tipo o meu distrito? — ela pergunta, me puxando de volta à conversa sobre a Vila do Chá.

— Não tem nada a ver com sua casa — Krolic intervém. — Aqui é Monsterland. Tudo vai parecer extraordinário até você conhecer melhor.

— E... voltar para casa não é uma opção. — Ela diz como uma afirmação, não uma pergunta.

Mesmo assim, assinto.

— Este é o seu lar agora, Ailsa. Você sempre esteve destinada a vir para cá. Só alteramos o modo como você chegou.

— Para que não fosse parar no palácio — Catum acrescenta. — Eu não estava mentindo sobre as intenções do Rei Crimson... ele vai tomar você à força, Ailsa.

— Vocês me trouxeram para cá sem o meu consentimento — ela rebate.

— Ele quer dizer te comer sem consentimento — intervenho. — O Rei Impostor vai te manter em uma jaula até você entrar em um cio de verdade, depois vai rosnar para forçar sua lubrificação e te dar o nó até você estar carregando o herdeiro dele.

É uma descrição gráfica dos eventos, mas verdadeira.

Mesmo assim, ela só me encara, boquiaberta, como se *eu* fosse o monstro aqui e não quem está tentando salvá-la.

— Este não é um lugar gentil — continuo. — Mas é um lugar que você deveria governar. O Rei Impostor não vai ver assim. Ele vai te exibir como um animal de estimação enfeitado, preso por uma coleira. Nós vamos te carregar e nos curvar diante de você como nossa rainha. Só nos dê uma chance de provar isso, Ailsa.

— Eu já disse que vou passar pelo portal — ela resmunga, com uma ponta de exasperação na voz. — Não posso dar mais nada a vocês. Ainda não.

— Esse é um compromisso justo — decido, meu humor melhorando enquanto um sorriso curva meus lábios. — Me avise quando estiver pronta para negociar os apelidos.

Ela me lança um olhar que claramente diz que isso não vai acontecer.

O que só melhora meu humor e me faz sorrir ainda mais.

— Ah, eu gosto de você — digo a ela. — O que acha de *gatinha* em vez de *coelhinha*?

Ela franze a testa.

— Então, nenhum dos dois? — Suspiro. — Pelo menos, me deixa te chamar de linda, Ailsa. É só uma descrição. E, convenhamos, uma bem precisa.

— Você é muito... — Ela deixa a frase no ar, como se procurasse a palavra certa.

— Louco? — ofereço com um sorriso de canto. — Essa é bem comum.

— Já terminou de flertar? — Catum pergunta. — Porque esse portal está consumindo muita energia.

— Você poderia tê-lo estabilizado enquanto discutíamos as opções — respondo. — Mas quis impressionar a nossa pretendida com seus poderes. Isso não é um problema *meu*, C. É *seu*.

— Estou começando a concordar com a Ailsa que você é impossível — ele dispara, sem rodeios.

— *Impossível* é um termo muito definitivo — comento. — Prefiro *volátil*. Ou *surpreendente*. Ou até *intrigante*. — Ergo as sobrancelhas para ele e depois para Ailsa. — Alguma sugestão?

— Louco — ela diz. — Acho que vou te chamar de *louco*.

Sinto um calor de diversão tomar conta de mim.

— Você não conhece nem metade da loucura, linda — digo, só para ver se ela me repreende de novo pelo apelido.

Mas ela não diz nada.

Então, sorrio.

— *Linda*, então.

— Podemos ir agora? — ela suspira.

— A gente sempre pôde ir — respondo. — O portal está bem ali.

A linda criatura joga as mãos para o alto e marcha até ele, mas Krolic entra em seu caminho.

— Por favor, me permita acompanhá-la — ele diz, oferecendo o braço. — Vai ser mais fácil. E quero garantir que o encanto do Catum está funcionando.

— Está funcionando — Catum responde no mesmo instante.

Krolic o ignora.

— Por favor, minha rainha?

Ela solta outro suspiro e aceita o braço dele.

— Está bem. Tudo bem. Certo, *Fera*.

Os olhos verdes de Krolic brilham com o apelido, e seu poder parece ondular ao redor dele como energia pulsante.

Alguém gosta de ser o bichinho de estimação dela, penso, me divertindo.

Ele não pode me ouvir.

Mas também não precisa.

Ele sente minha diversão e o olhar presunçoso que me lança de volta diz que não está nem aí por eu estar achando graça da situação.

Sem dizer mais nada, ele escolta nossa pretendida através do portal de Catum.

— Não entendo por que ele pode chamá-la de *rainha* e eu, não — comento, como quem não quer nada.

— Você não é o rei dela — Catum aponta.

— Isso não quer dizer que ela não seja minha rainha — resmungo.

— Nossa rainha — ele corrige. Depois dá de ombros. — Ela é um enigma. Vai ser divertido decifrar.

— Se isso for um eufemismo para sexo, então sim, concordo. *Decifrá-la* vai ser bem divertido.

Ele dá uma risada curta.

— Ela deixou seu nó todo enrolado, não foi? Você só pensa em sexo.

— E vai me dizer que o seu não está esticado até o limite? — pergunto, erguendo as sobrancelhas.

— Meu nó pulsa por ela há dois longos anos — ele responde. — Todas as noites em que ela sonhou comigo, precisei me controlar fisicamente para não atravessar as sombras até o quarto dela e transformar aquelas fantasias em realidade.

— Você teve sorte de ter esses dois anos — murmuro.

— Eu só tive algumas horas. E ela nem parece gostar de mim.

— Ela está tentando lidar com a mudança — ele diz. — Dê um tempo a ela.

— Eu queria poder — respondo. — Queria mesmo.

Mas o tempo não está do nosso lado.

Tique, taque.

— Devíamos segui-los — Catum diz.

Concordo com um aceno.

Então atravesso o portal para me juntar a Krolic e à nossa rainha na Vila do Chá.

Tique, taque.

Aquela contagem regressiva ecoa na minha cabeça.

Deve estar tocando na mente de Krolic também, porque ele está novamente consultando o relógio quando piso na rua de paralelepípedos. Catum surge logo atrás de mim, e o portal se dissipa.

— E então? — ele pergunta.

Krolic sorri.

— Hora de brincar.

Curvo os lábios em resposta. Essas palavras são música para os meus ouvidos.

Porque brincar... ah, isso eu sei fazer. E brincar... eu faço muito, muito bem.

Puxo minhas cartas e começo a embaralhar.

— Vá na frente, K.

AILSA

Até AGORA, a Vila do Chá é o lugar mais normal que vi em Monsterland. Quero dizer, tirando o fato de que estamos sentados dentro de uma xícara maior que a mansão da Baronesa Clarice.

Olho para o teto colorido, reparando como ele se junta em um ponto... exatamente como a tampa de uma xícara.

E, claro, todos estamos bebendo em xícaras também.

O tema é evidente.

Mas nada aqui é o que parece.

Pego o muffin no meu prato e curvo os lábios de lado. Porque não é um muffin de verdade. Só parece um. Mas tem gosto de espaguete.

E o chá? Não é chá. É algo borbulhante e doce demais para o meu paladar.

Fera, ou melhor, Krolic, me trouxe um pouco de água, provavelmente o único item "normal" da mesa. O resto tem níveis variados de esquisitice.

Mestre Pillar não pediu nada. Ele está recostado nas sombras ao fundo, fumando um cachimbo.

Craze está tomando algo que o faz soluçar a cada poucos segundos.

E Krolic... pediu um prato de terra. Ou, pelo menos, *parece* terra. Ele disse que é um tipo de carne e até me ofereceu uma colherada para experimentar. Eu recusei.

— Oi, bonitão — uma mulher de cabelos vermelhos compridos murmura enquanto se aproxima de Craze. Em algum momento, ele trocou a maquiagem de caveira por uma máscara branca com sombras pretas ao redor dos olhos.

Ele ergue uma sobrancelha para ela, fazendo a pintura se esticar na testa.

— Estou com cara de quem está fazendo compras, querida? — ele solta, com um sotaque sulista que destoa do seu tom habitual. É a segunda vez que ele o usa, e começo a me perguntar o que significa.

Mais cedo, Craze se chamou de *volátil*. Parece uma descrição bem precisa.

A mulher esguia dá de ombros.

— Vai ver sou eu quem está fazendo compras.

— Humm — ele murmura, pousando a xícara na mesa e se inclina na direção dela. — E o que você está procurando?

Semicerro os olhos.

Craze passou o dia inteiro dizendo que sou a pretendida dele, e agora tem a audácia de flertar com essa mulher bem na minha frente?

Que falta de respeito, concluo.

— Diversão — ela ronrona de volta.

— Defina "diversão" — ele pede, com o baralho de cartas surgindo em suas mãos. A visão me causa um arrepio na coluna. Já aprendi o que aquelas cartas fazem. E não é nada bom.

Mestre Pillar solta uma baforada de fumaça e diz:

— Silêncio é a minha ideia de diversão.

— Eu não estava falando com você — Craze murmura. — Estava conversando com a moça que está fazendo compras em busca de diversão.

Krolic solta um resmungo abafado, se recosta e passa o

braço por cima do encosto da minha cadeira. Ele está ao meu lado, o que me deixa espremida entre ele e Mestre Pillar.

O que posiciona Craze bem à minha frente, me dando uma visão perfeita do flerte *divertido* que ele está promovendo.

A ruiva se inclina em direção a ele. Suas unhas compridas tocam o peito de Craze enquanto os dedos começam a subir devagar, em um caminho provocante. E os lábios carnudos dela se movem com palavras que já não consigo ouvir.

Porque ela está tocando Craze.

Tocando-o.

Alguma parte de mim, uma que eu nunca encontrei antes, desperta de repente. Uma parte que quer arrancar a mão dessa mulher e fazê-la engolir cada dedo.

Eu pisco. *O que foi isso?*

Por que ela ainda o está tocando? penso, irritada. *Ele não pertence a ela.*

Ele também não é meu, me lembro no segundo seguinte... o que faz outra parte de mim rosnar por dentro.

Os três olham para mim.

Ah. Bem. Então eu fiz esse som... em voz alta.

Craze inclina a cabeça, com os olhos escuros cintilando de maneira pecaminosa sob a luz suave do ambiente.

— Quer saber qual é a minha definição de "diversão"? — ele pergunta, embaralhando as cartas com habilidade.

— Quero, sim — a ruiva responde, empolgada. — Quero muito, muito saber.

Mas ele não responde.

O olhar dele está em mim. E a sobrancelha arqueada de novo.

Ele não estava perguntando para ela. Estava perguntando *para mim* se eu queria saber a definição dele.

Eu quero?

Não. Não, eu definitivamente não quero.

Porque ele não é meu.

E essa minha reação é... absurda.

Mas foi um dia longo. Ou semana. Nem sei mais. É muita coisa. Estou exausta. E não quero entrar em mais um jogo desses que ele insiste em jogar comigo.

Quase digo isso quando a mulher passa a unha ao longo do maxilar dele, indo direto em direção à boca.

A mandíbula dele se contrai, o que me diz que ele não gostou nada daquele gesto. Mas a mulher nem percebe e tenta tocar os lábios dele de novo.

Craze se move tão rápido que mal entendo o que aconteceu... até ver a mulher segurando a mão ensanguentada contra o peito, os dedos desaparecidos e gritando em agonia.

Krolic apenas balança a cabeça.

Mestre Pillar traga o cachimbo, o retrato do tédio.

E Craze olha diretamente para mim ao dizer:

— A minha ideia de diversão envolve tudo o que te agrada, *linda*. E quanto às coisas que te desagradam... bom, digamos que não tenho problema algum em lidar com isso por você.

Ele limpa a carta afiada com um guardanapo, removendo o sangue da lâmina. Quando termina, joga o pano manchado na direção da ruiva furiosa.

— Você é louco! — ela sibila.

— E você ainda está aqui por quê? — ele retruca. — Acho que deixei minha recusa bem clara.

Ela rosna de raiva.

E ele só ergue a sobrancelha de volta.

— *Chapeleiro Maluco* — ela retruca antes de sair pisando firme.

— Eu odeio esse apelido — Craze resmunga, levando a xícara à boca de novo.

— E, ainda assim, combina perfeitamente com você — Krolic comenta, arrastando as palavras.

— Vai se foder, K — Craze retruca, termina o chá e faz um gesto pedindo outro.

Um fio de ar encantado serpenteia ao redor da mesa, e sua xícara se enche magicamente.

Não entendo direito como funciona esse processo. Krolic fez o pedido por mim antes. Mas admito que fiquei curiosa. Especialmente porque a sensação da magia me agrada. Me faz feliz. O que é estranho, já que nunca a senti antes.

Mas estou aprendendo a não me surpreender com nada em Monsterland.

Aqui, nada é o que parece.

Nem mesmo esses homens, penso, observando os três.

Eles querem que eu confie neles. E, até agora, me deram alguns motivos para isso. Mas não significa que eu esteja pronta para entregar toda a minha fé a esses três *Alfas.*

Deuses... só de pensar nesse termo, um arrepio me percorre por dentro.

Com tudo que o Craze disse, e com as poucas coisas que Krolic mencionou quando chegamos à vila, entendi que eles formam um círculo Alfa. Não entendo muito bem o que isso significa, mas parece que eles realmente pretendem me compartilhar como Ômega deles.

A ideia me faz estremecer. Ou talvez seja só a magia residual.

Eu... eu não sei.

Então eu simplesmente... como meu muffin-espaguete.

Krolic murmura algo com um aceno de mão, fazendo

aparecer uma bandeja com itens arredondados e macios. Todos têm um buraco bem no meio.

Franzo a testa para eles, mas Craze se anima.

— Donuts de pizza. Ah, ótima escolha.

— Achei que A pudesse gostar — ele diz.

A é o meu apelido aqui.

Assim como *K* parece ser o de Krolic.

Eles não explicaram o motivo desses codinomes, mas suspeito que tenha a ver com o Rei de Prata. Ou *Rei Crimson*, como Craze e Mestre Pillar o chamaram.

— Prove um — Craze diz, chamando minha atenção de volta para a bandeja.

Franzo os lábios, considerando dizer não. Mas ainda estou com fome, e o muffin de espaguete não está satisfazendo meu estômago roncando.

Craze empurra o prato na minha direção com um olhar indulgente.

— Vamos lá, linda. Confie em mim. Você vai adorar.

— Como você sabe? — pergunto. — As únicas comidas que mencionei que gosto foram cerejas e peras.

— Humm, verdade — ele admite. — Então me diga o que você acha de pizza.

— Eu... — Já experimentei algumas vezes, normalmente fatias frias que sobravam das filhas da Baronesa Clarice. — Está bem. — Prefiro espaguete, porque é mais fácil de esquentar e não fica tão borrachudo.

Ainda assim, pego um donut para agradá-lo.

E também, talvez, para satisfazer minha própria curiosidade.

O sabor explode na minha língua assim que dou a primeira mordida, me fazendo gemer de prazer. Porque, *uau*, que delícia. Enfio mais um pedaço na boca e fecho os olhos, me deliciando com o gosto incrível daquele petisco.

Ele acaba e pego outro na mesma hora.

É aí que percebo que os três homens estão me encarando de novo.

O calor sobe pelo meu pescoço enquanto coloco o donut de volta no prato à minha frente.

— Hum. — Limpo a garganta. — Eles são bons.

Eles não dizem nada por um longo momento, e a tensão ao redor da mesa parece aumentar.

— Não consigo decidir se prefiro o rosnado ou o gemido — Craze murmura. — Os dois têm seu charme.

Minhas bochechas esquentam ainda mais.

— Eu... eu não quis rosnar. — O gemido, eu realmente não tenho como negar. Aquele donut merece mesmo gemidos.

— Tudo bem, linda. Não me incomodei com seu rosnado possessivo. Na verdade, gostei bastante.

Estreito o olhar.

— Não foi um rosnado possessivo. Foi... foi só um som que saiu. — E eu não quero explicar o motivo, então agarro a primeira coisa que me vem à cabeça para mudar de assunto. — Você realmente precisava cortar os dedos dela fora? Podia só ter dito para ela parar de te tocar.

Certo, isso saiu meio possessivo de novo.

Mas não foi o que eu quis dizer.

Ele não é meu. Nenhum deles é. Céus, *acabei* de conhecê-los.

Pigarreio mais uma vez e tento esclarecer:

— Quero dizer...

— Foi um rosnado possessivo — ele me interrompe. — E sim, Ailsa, eu precisei cortar os dedos dela. Ela tocou em algo que pertence à minha rainha, o que é extremamente desrespeitoso e não será tolerado.

Eu o encaro, piscando.

— Eu... eu não sei nem como responder a isso.

— Não há nada a ser dito — ele devolve. — Eu sou seu, Ailsa. Qualquer um que tentar pensar o contrário vai ter o mesmo destino. Ou pior.

Fico boquiaberta. Ele não pode estar falando sério.

Mas se eu disser isso em voz alta, ele vai repetir o que já disse duas ou três vezes antes — *não sou exatamente normal.* Ou algo do tipo.

Porque esse homem é insano.

Certificadamente louco.

Não é à toa que a ruiva o chamou de Chapeleiro Maluco.

— E além disso — ele continua, fazendo um gesto displicente com a mão —, ela é uma metamorfa viúva-negra. Aqueles dedos vão crescer de novo em poucas horas. Mais rápido ainda se ela se transformar. Sinceramente, eu devia ter feito pior. Mas não queria te assustar.

— Ele está certo — Krolic murmura ao meu lado. — Devia ter feito pior mesmo.

Mestre Pillar solta um anel de fumaça das sombras e acrescenta:

— Sim.

Não faço ideia de como responder a nada disso.

Então, apenas observo o anel de fumaça flutuar, franzindo a testa quando ele começa a contornar nossa pequena mesa no canto da Taverna. Um brilho de névoa desce até o chão, criando uma espécie de barreira translúcida. Estendo o dedo para tocá-la.

A energia vibra em resposta, enviando um choque pelo meu braço. Eu puxo a mão de volta e olho para cima, vendo a névoa se reunindo sobre nossas cabeças também.

— O que...? — murmuro, e um arrepio percorre minha coluna. Essa magia parece quente. Intencional. Protetora.

Como é que eu sei disso?, penso, sentindo a tontura voltar.

Foi coisa demais para um dia só.

Exaustivo demais.

Intenso demais.

Caótico demais.

— Estamos protegidos — Mestre Pillar diz com um suspiro. — Podemos falar livremente agora. Só tenham em mente que ainda podem nos ver.

Craze assente e se inclina para frente.

— O que aconteceu com as cavernas?

AILSA

Ouço enquanto o Mestre Pillar e Krolic informam Craze sobre os *lacaios* e o *Rei Carmesim* e como ele enviou esses lacaios para as cavernas antes do esperado.

— Não houve tempo para proteger adequadamente o covil — Krolic continua. — Por isso, espalhamos várias peças de roupa dela pelas cavernas para mantê-los ocupados.

— No entanto, assim que Brandt e os outros acordarem, eles dirão onde ela realmente estava — Craze ressalta.

— Estamos contando com isso — Mestre Pillar diz em torno de seu cachimbo incandescente. — Isso forçará os lacaios do Rei Carmesim a se dispersarem, enviando-os em várias direções enquanto nós permanecemos aqui.

— Plano B, então — Craze diz.

— Isso mesmo, plano B — Krolic afirma, levantando sua bebida. — Que não precisemos nos engajar no plano C.

— Ou D ou Z — Craze murmura e toma o conteúdo de seu chá antes de fixar seus olhos escuros em mim. — Que perguntas você tem, Ailsa? Porque tenho certeza de que há dezenas delas.

— O que você vai querer saber em troca? — pergunto

a ele, sem conseguir conter o sarcasmo em minha voz. — Meu legume favorito, talvez?

Ele dá uma risadinha.

— Que tal sua posição favorita?

Eu franzo a testa.

— Minha posição favorita para quê?

Ele apenas sorri.

— Acho que vamos determinar isso juntos, não é?

— Não faço ideia do que você está falando.

— O que torna isso ainda mais divertido, linda — ele pondera. — Mas vá em frente e faça suas perguntas. Sem jogos. Sem exigências. Apenas... pergunte.

Fico tentada a dizer que acabei de lhe perguntar algo e ele se esquivou completamente.

Mas não me importo com suas *posições*. Eu me importo muito mais com todo o resto que eles estavam discutindo sobre seus planos e o Rei Carmesim.

— Não entendo como ele assumiu o controle — desabafo. — Ou por que eu deveria... acreditar... nisso. — Essa última parte é mais gaguejada e minha carranca se aprofunda com as palavras.

Eu... tenho direito de questionar em que acreditar aqui.

No entanto, parece errado fazer isso.

Especialmente quando vejo as narinas de Krolic se dilatarem.

— Sinto muito — digo, engolindo em seco. — É que...

— Você não precisa se desculpar, Ailsa — ele me interrompe, segurando meu queixo e mantendo meu foco nele. — Você tem todo o direito de nos questionar.

Seu polegar traça meu lábio inferior e seu olhar é intenso.

— Que tal uma história? — ele oferece. — Vou te

contar o que aconteceu e depois vou esclarecer tudo o que precisar.

— Eu... acho que isso pode ajudar — admito, um pouco paralisada por seu toque. Porque ele não soltou meu queixo. Ele está apenas... me acariciando. Enquanto seu olhar acompanha o movimento, como se estivesse hipnotizado pela minha boca.

Sinto o mesmo em relação às suas feições.

Aqueles olhos sedutores. Longos cílios prateados. O cabelo espesso. As sutis linhas da idade que decoram seu belo rosto. Ele não parece velho. Apenas sofisticado. Masculino. *Poderoso.*

— Era uma vez — ele começa, e o fraseado arranca uma risada de Craze e um bufo de Mestre Pillar. Mas tudo o que posso fazer é observar sua boca enquanto ele fala.

Porque quanto mais ele fala, mais me sinto atraída por sua história.

Ela começa contando que era um governante mais jovem.

— Não herdei exatamente o título — ele está me dizendo. — Não é assim que as coisas funcionam em Monsterland. Mas meu direito de nascença certamente me preparou para a posição.

— O que importa é ser o Alfa mais forte — Craze explica. — Quem tem o maior nó.

Mestre Pillar bufa.

— Se fosse esse o caso, eu seria o rei.

Krolic ignora os dois.

— É uma questão de poder, Ailsa. Os alfas são todos fortes por natureza. Entretanto, um de nós sempre será o mais forte. Meu pai fazia parte do círculo real de companheiros, mas não era o rei. Minha mãe, no entanto, era a rainha. Daí a razão pela qual meu direito de nascença me preparou para o papel.

Assinto, entendendo até agora.

— Mas eu não era o único filho — ele continua. — Tenho dois irmãos e uma irmã. Todos nós somos poderosos por direito próprio, como é esperado em nossas linhagens parentais. No entanto, sempre fui o mais dominante de meus irmãos. E de todos os outros também. Foi assim que o reino se tornou meu.

— Ele nos conheceu mais tarde — Craze comenta, fazendo com que Krolic olhe para ele. Craze levanta as mãos. — Desculpe. Só estou tentando chegar à parte interessante.

A expressão de Krolic não muda.

— Você gostaria de contar a história?

— De como Catum acabou com a sua raça em uma luta? — Craze pergunta. — Sim. Sim, eu realmente gostaria.

— Eu não diria que acabei com a raça dele — Mestre Pillar comenta. — Apenas... provei um ponto de vista.

— Dando uma surra nele — Craze diz. — Catum queria que nosso rei soubesse que o fato de ele não ter sido desafiado não significava necessariamente que ele era o mais forte.

— Não foi por isso que lutei com ele, de Hatte.

Craze revira os olhos.

— Foi sim, Pillar. Você mesmo disse que queria acabar com a pose dele e mostrar quem manda. Essas foram as suas palavras.

— Um resumo ruim delas — Mestre Pillar fala. — Eu só queria um pouco de respeito. Só isso.

— E você o mereceu — Krolic interrompe. — Ao contrário de outros Alfas na mesa.

Craze bufa.

— Conquistei seu respeito quando devolvi suas pedras preciosas.

— Eram pedras de lava — Krolic diz entre os dentes. — E já descarrilamos completamente essa conversa.

Craze se inclina para a frente, com o olhar fixo em mim.

— Eu entrei em seus aposentos reais e peguei alguns de seus pertences mais valiosos. Eu também estava querendo dizer algo.

— Que ele queria um lugar na cama do rei — Mestre Pillar diz.

Krolic balança a cabeça enquanto Craze sorri.

— Não era exatamente isso que eu queria. — Ele olha para mim novamente. — Eu queria uma companheira. Uma *companheira*. Por melhor que seja o nó de Krolic, nunca me interessei muito em experimentá-lo. Tenho o meu para brincar, e ele se encaixa muito bem em uma ômega...

— Chega — Krolic interrompe. — Ela precisa conhecer a história do nosso reino antes de discutirmos nosso círculo de companheiros e o que ele significa.

Craze olha para ele.

— Então vamos à parte sobre Heart.

O nome faz Krolic estremecer e Mestre Pillar praguejar.

— Chamas, Craze — Mestre Pillar murmura.

— Heart é minha irmã — Krolic diz entre dentes, com o olhar fixo em mim mais uma vez. Ele parou de tocar meu queixo há algum tempo, o que acho que é bom, já que suas mãos estão fechadas sobre a mesa agora. — Ela também é uma Alfa. Mas não é tão forte fisicamente quanto eu ou nossos irmãos. Por isso, ela sempre se sentiu... negligenciada. Como se fosse inferior.

— Agora você está apenas dando desculpas para ela se tornar uma vadia psicótica — Craze resmunga. Um lampejo de fogo atravessa a mesa, fazendo com que Craze o afaste enquanto olha para Mestre Pillar. — Cuidado ou nosso escudo vai virar fumaça.

— Pare de ser idiota e deixe Krolic terminar a história.

Krolic ignora os dois e continua, me contando como sua irmã orquestrou vários eventos violentos, inclusive o que matou seus pais e o círculo de companheiros deles.

— Ela foi aprisionada — ele diz, engolindo em seco. — Ou assim pensávamos.

Ele continua a me contar como se tornou rei após a perda da monarquia existente, como conheceu Craze e Catum – um nome que é difícil para mim pensar, muito menos dizer, já que passei dois anos chamando-o de *Mestre Pillar* – e como eles se tornaram um círculo de companheiros.

— O que é um círculo de companheiros? — interrompo, querendo ter certeza de que entendi. Eles ficam falando esse termo, junto com vários outros, e não tenho certeza se entendi.

— Os alfas formam um círculo de companheiros para proteger melhor sua companheira — ele explica. — Há muito mais Alfas do que Ômegas.

— Um eufemismo — Craze comenta.

Krolic não o reconhece e continua:

— A maioria dos Alfas se une a outros que têm habilidades ou níveis de poder semelhantes. Quanto mais forte for o círculo de companheiros, melhor. Especialmente para um rei. É por isso que Catum é frequentemente chamado de meu Segundo, enquanto Craze é meu Executor.

— Ou era assim antes de todos presumirem que tínhamos morrido — Mestre Pillar murmura. — K, precisamos tornar isso um pouco mais interessante. Alguns corvos estão olhando em nossa direção.

Franzo a sobrancelha com a palavra *corvos*, mas Krolic parece entender, pois sua mandíbula se contrai.

— Voyeurs filhos da mãe. Sugestões?

Mestre Pillar se inclina para a frente, finalmente permitindo que eu veja seu rosto fora das sombras. Seus traços bonitos estão gravados em linhas duras, seu cabelo espesso está elegantemente despenteado. Mas são seus olhos que me cativam. Aquelas íris castanhas se movem com uma intensidade sombria. Foco. *Promessa.*

— Preciso que você me domine, srta. Marvel — ele diz.

Eu pisco para ele.

— O quê?

— Suba em meu colo e fique em cima de mim. Vou fingir que estou te beijando enquanto Krolic continua sua história.

— Ah, estou gostando do rumo que isso está tomando — Craze diz.

Mestre Pillar estende a mão para mim.

— Agora, srta. Marvel.

Eu me arrepio e seu comando me atinge em um ronronar de som.

— Por quê? — pergunto em um sussurro enquanto seguro sua mão.

Ele me ajuda a ficar de pé e me aproxima dele, mas não responde até me puxar entre suas coxas esparramadas.

— Porque criei a barreira para mascarar nossa conversa. Normalmente, isso só é feito aqui quando certos arranjos estão sendo feitos – arranjos que não se deseja que ninguém mais ouça.

As mãos dele vão para os meus quadris e ele me levanta.

— Abra as pernas, srta. Marvel — ele diz, fazendo meu corpo tremer novamente.

Faço o que ele pede e me arrepio quando o ar frio toca minha pele, o tecido esfumaçado do meu vestido parece se abrir ao redor dos meus membros inferiores.

Ele me acomoda contra ele em uma posição íntima que faz com que minhas coxas se apertem automaticamente em resposta, enviando uma onda de calor pelas minhas veias. Se ele percebe, não demonstra, apenas continua explicando suas ações bizarras.

— Temos agido de maneira casual por muito tempo, e os clientes estão começando a perceber. — Sua voz é suave, muito diferente de suas mãos exigentes que estão me puxando para mais perto. — Então, você e eu vamos dar a eles outra coisa para se concentrarem enquanto Krolic termina sua história.

Ele desliza a mão do meu quadril para a minha coluna e para a minha nuca, onde ele entrelaça os dedos no meu cabelo.

Agarro seus ombros, principalmente para me segurar enquanto seu braço envolve minha cintura.

— Do ponto de vista deles, parece que estou beijando você agora — ele explica, inclinando minha cabeça levemente para o lado. — Faremos isso por uns dez minutos e depois nos aventuraremos em nosso quarto para continuar a farsa.

Seu aperto se torna mais forte e sua respiração se espalha pelos meus lábios agora entreabertos.

— Quando eu disser para você mexer um pouco os quadris, mexa — ele acrescenta, com o nariz batendo no meu. — Caso contrário, seja uma boa menina e ouça o Krolic.

Não tenho certeza de como ele espera que eu me concentre assim.

Estou em seu colo.

Segurando seus ombros musculosos.

Com a boca a meio centímetro da dele.

E ele quer que eu *mexa* os quadris também?

Isso... isso é... *ah, caramba*. É como nos meus sonhos. Só que de alguma forma mais quente porque há outras pessoas assistindo.

Incluindo Krolic e Craze.

Craze pigarreia, ou presumo que seja Krolic quem o faz, porque de repente ele está falando, retomando de onde Mestre Pillar parou em relação à *morte* percebida do círculo deles.

— Ficou claro que algo estava acontecendo na época em que meu irmão mais velho morreu — Krolic diz. — Foi muita coincidência. Mas, quando percebi quem era o culpado, já era tarde demais. Minha irmã havia escapado da prisão, ou talvez nunca tenha sido completamente aprisionada, e estava criando todos os tipos de problemas no reino.

A boca de Mestre Pillar roça a minha enquanto ele move seu toque para minha bochecha, seus lábios trilhando um caminho quente até minha orelha.

— Concentre-se em nosso rei, srta. Marvel.

Quero dizer a ele como é difícil obedecer a essa exigência. Especialmente quando posso sentir o calor de seu corpo se infiltrando no meu.

— Heart criou sua própria espécie de círculo de companheiros, apenas com outro Alfa. Um de uma linhagem rival. Um monstro conhecido como Crimson ou o Rei Carmesim, como você chama. — Posso ouvir Krolic ranger os dentes ao dizer esse nome, mas não consigo vê-lo, pois Mestre Pillar está com meu rosto virado para ele.

E sua boca está... descendo em beijos pelo meu pescoço.

Deuses, por que isso é tão bom?

— Mas eu não estava ciente de nada disso, porque

estávamos caçando uma Ômega — Krolic continua. — Só fui chamado de volta depois que meu irmão mais velho, Spaten, morreu. E, como eu disse, foi quando percebi que algo estava acontecendo. Rapidamente ficou evidente que nossa família estava sendo atacada, algo que minha irmã pontuou ao matar nosso outro irmão. Me deixando como sua última marca.

Continuo ouvindo atentamente agora.

Apenas para que a boca do Mestre Pillar voltasse para a minha e me beijasse de fato dessa vez.

De um jeito suave.

Um roçar de lábios.

Mas com pressão suficiente para me deixar sem fôlego contra ele.

— Relaxe, srta. Marvel — ele sussurra, traçando o polegar em minha nuca enquanto afrouxa um pouco o aperto em meu cabelo. — Você precisa ser vista como alguém que está gostando disso.

— Não sei... de onde estou sentado, ela parece estar gostando muito — Craze diz, com a voz mais baixa que o normal. — Mas talvez seja porque posso sentir o cheiro dela.

Krolic não responde a nenhum dos comentários e, em vez disso, diz:

— Depois de perceber que minha irmã era a responsável, fingimos uma retirada para nos reagrupar e observar.

Ele fica em silêncio por um momento, algo que o Mestre Pillar parece aproveitar ao dizer:

— Preciso que você se mova, srta. Marvel.

— Que eu me mova? — repito, engolindo em seco.

Seu braço se aperta ao redor da minha metade inferior, depois ele muda de posição para abaixar a mão até a minha bunda.

— Me cavalgue.

Eu começo, quase me afastando, mas seu aperto parece aço.

— Faça o que ele diz, Ailsa — Krolic murmura, baixando a voz uma oitava.

Não tenho ideia do que esses homens estão tentando fazer comigo ou o que querem realizar, mas sinto meu corpo obedecer.

O que é... *aterrorizante*. No entanto, é uma sensação muito boa. Boa demais. Como se eu estivesse tentando conseguir algo, só que não sei exatamente do que preciso.

— Boa garota — Krolic me elogia, provocando arrepios em meu pescoço.

Porque ele está observando.

Todos estão observando.

E a boca de Mestre Pillar passa pela minha novamente enquanto um sorriso se forma em seus lábios cheios.

— É incrível senti-la assim, srta. Marvel.

Estremeço, incapaz de responder. Incapaz de *pensar*.

E então Krolic está falando novamente.

Algo sobre sua irmã.

O reino.

Quando *Heart* fez sua jogada.

— Nós a esperamos para ver o que ela faria, porque eu suspeitava que havia mais alguém envolvido, e eu estava certo — Krolic está dizendo, suas palavras girando em torno de mim.

Posso ouvi-lo.

Entendê-lo.

Mas me concentrar é... um desafio.

Especialmente quando Mestre Pillar captura meu lábio inferior com a boca e o morde gentilmente.

— O companheiro dela se revelou quando roubou o trono. Foi quando descobri sobre seu novo círculo de companheiros com Crimson. — Krolic soa mais áspero do que antes, e não sei dizer se ele está com raiva ou se está sentindo algo completamente diferente.

— Crimson assumiu o trono sob o pretexto de ser o verdadeiro Rei de Prata — Mestre Pillar diz contra minha boca. — E Monsterland simplesmente aceitou sua reivindicação.

Começo a balançar a cabeça, confusa com o que ele está dizendo.

Mas seu aperto se torna mais forte, me prendendo enquanto força meus quadris a se moverem mais uma vez.

Craze geme.

— *Lâminas*, com sua saia larga, parece que você está transando com ela.

— Talvez eu esteja — Mestre Pillar responde, com os lábios curvados. — Você ficaria com ciúme?

— Muito — Craze diz, parecendo dolorido. — Eu já estou com ciúmes, seu idiota.

— Ótimo — Mestre Pillar responde, antes de sugar meu lábio novamente. — Precisamos subir as escadas.

— Sim — Krolic concorda. — Vamos continuar isso em nosso quarto.

Nosso quarto, penso com tontura. *Por que isso é singular?*

KRΘLIC

Discutir a história de minha família me deixou de mau humor.

Ou talvez tenha sido o fato de ver minha rainha se esfregando no colo do meu melhor amigo que provocou minha irritação.

Porque *eu* quero ser a pessoa que ela está agarrando e fingindo transar.

Luas, ela é gloriosa pra caramba. Aqueles longos cabelos loiros provocam meus dedos, fazendo com que eu queira agarrá-los, puxar sua cabeça em minha direção e conquistar aquela boca deliciosa.

Exatamente como Catum estava fazendo momentos atrás lá embaixo.

Agora, ele só tem a palma da mão na parte inferior das costas dela enquanto a guia pelo corredor até o nosso quarto.

Estamos nas nuvens aqui, não que ela tenha notado. As janelas estão todas escurecidas, indicando o adiantado da hora.

Ela verá a vista pela manhã.

Tenho certeza de que isso a confundirá, como tudo o que aconteceu até agora.

Que se dane. Ainda há muito para discutirmos, mas posso sentir a exaustão de Ailsa. Além de um donut e alguns goles de água, ela também mal comeu lá embaixo. Já encomendei alguns lanches noturnos para serem enviados ao quarto. Espero que ela se delicie com alguns e depois durma.

E, pela manhã, continuaremos nossas conversas.

Falaremos sobre como a escolha dela pode afetar o destino do reino.

Porque se ela optar por ir até o Rei Impostor para se juntar ao seu círculo de companheiros com minha irmã, isso solidificará a reivindicação dele.

Ômegas significam tudo neste mundo, e estamos sem uma há muito tempo. Minha mãe foi a última. Um diamante de sua espécie.

Suspeito que as Ômegas estejam realmente escondidas, como uma forma de punir Monsterland pelo que foi feito com minha mãe. O decreto do Rei Impostor provavelmente não ajudou em nada. O fato de ele estar fingindo ser eu enquanto faz isso... é uma camada secundária de confusão.

Ele nunca mostra seu rosto.

Só escolhe ser visto em público em sua metade lobo - que é de pelo branco, assim como eu.

Eu poderia tê-lo deposto séculos atrás, mas se há uma coisa que aprendi com as travessuras de minha irmã é que deixar o trono sem supervisão coloca todo o reino em risco.

Fazia mais sentido observar de longe enquanto caçávamos uma Ômega para que pudéssemos retomar o reino como um círculo completo.

Eu só não esperava que fosse demorar tanto tempo.

Tudo parece um teste elaborado, uma forma de a espécie de Monsterland provar que é digna de apreciar os Ômegas mais uma vez.

É por isso que estamos agindo com muito cuidado,

garantindo que cortejaremos nossa companheira adequadamente e não a tomaremos à força.

Ao contrário do Rei Impostor.

E Heart, penso de maneira sombria. Raramente me refiro a ela como minha irmã. Apenas *Heart.*

No entanto, ela prefere ser chamada de *Rainha Heart.* Ela sempre preferiu, embora nunca tenha sido a Rainha de Monsterland.

Craze digita um código para abrir a porta da nossa suíte, depois entra para fazer uma verificação de segurança enquanto nós três esperamos no corredor.

Ailsa olha em volta com a testa franzida, mas não fala. Catum a avisou, antes de retirar o véu, que ela precisava ficar quieta e permanecer ao lado dele.

Até agora, ela tem feito exatamente isso.

Felizmente, o manto dele mascarou a identidade dela. Caso contrário, todos teriam sentido o cheiro de sua pele deliciosa.

Infelizmente, sou imune à sua magia porque ele a teceu intencionalmente de forma a permitir que nós três estivéssemos bem cientes do cheiro de Ailsa.

O que significa que estou praticamente salivando agora.

Porque nossa Ômega *gostou de* estar em cima de Catum.

Ela pode não perceber o quanto gostou, mas nós, sim Seu aroma sensual é como uma droga. Tudo o que quero é me ajoelhar diante dela, levantar aquelas saias translúcidas e me deliciar com sua boceta doce.

Craze reaparece no vão da porta e acena com o queixo, nos dando autorização.

Catum usa a palma da mão contra as costas de Ailsa para conduzi-la para dentro e, em seguida, começa a tecer rapidamente seus encantamentos de fumaça por toda a sala.

Ele é incrivelmente poderoso. Sua herança das Sombras é realçada pela magia sombria e excepcionalmente única. No momento em que termina de criar um véu, ele se vira para mim e começa a desfazer o manto tecido em minha camisa branca e calça jeans.

Uma sensação de leveza me invade quando ele me liberta da minha máscara, que muda minha aparência para todos neste reino, exceto para os que estão nesta sala.

Ele usa uma máscara semelhante, assim como Ailsa.

O único que não está coberto por sua magia é Craze.

Mas isso é porque ele tem sua própria forma de *máscaras*. Daí a maquiagem de caveira que cobre suas feições.

Em vez de ir lavá-la, ele se encosta na moldura da porta do quarto principal e cruza os braços.

— Ailsa, quer tomar um banho? — ele pergunta.

Ela pisca os grandes olhos azuis para ele.

— O quê?

— É um cômodo que você usa para se lavar — ele diz.

— Eu sei o que é banho.

— Então, por que você está confusa? — ele rebate.

— Eu não... — Ela balança a cabeça como se estivesse tentando clareá-la. — Por que eu tomaria banho?

Ele dá de ombros.

— Para lavar os restos do Oceano de Sangue, da Árvore de Goma, dos Campos de Chocolate Quente e do Deserto de Laranja? Para ter alguns minutos só para você? Para lavar o cabelo com shampoo? — Os olhos dele a examinam. — Para se dePillar, talvez?

Os lábios dela se separam.

— *O quê?*

Ele franze a testa.

— Sabe, estou começando a me preocupar com a sua audição. — Ele se desvencilha do batente da porta para ir em direção a ela. — Quer ajuda no chuveiro? Talvez com a lâmina de barbear?

— *Não* — ela retruca. — E minha audição está ótima. Você... você só... — Ela faz uma careta. — Sabe de uma coisa? Não importa. Acho que vou tomar um banho. Para tirar *você* da minha pele.

Ele curva os lábios.

— Está sugerindo que eu te marquei, linda?

Ela emite um som furioso que me lembra um pouco o rosnado de um cachorro e sai em direção à cozinha. Estou prestes a corrigi-la quando ela paralisa na soleira da porta e começa a se dirigir à sala de estar.

— *Argh*! — Ela joga as mãos para cima e se vira. — Onde fica o banheiro?

Craze sorri.

— Pelo quarto principal, Ailsa. — Antes que ela possa lhe pedir para explicar melhor, ele aponta para a porta na qual estava encostado. — É só virar à direita. Não tem como errar.

Ela parece pronta para argumentar, mas morde a língua e entra no quarto.

A porta bate, o que me faz balançar a cabeça.

— Por que você a está provocando? — pergunto a Craze. Em seguida, levanto a mão para impedi-lo antes que ele possa responder. — Não responda a isso. — Não estou interessado em sua explicação. De qualquer forma, ela não fará sentido para mim.

É um milagre que tenhamos nos conectado como um círculo alfa. Sua abordagem de vida é muito diferente da minha.

O que, suponho, é na verdade o motivo de sermos compatíveis. Ele está sempre pensando fora da caixa, enquanto eu sou a voz da razão.

E Catum é o observador.

— Há muitos corvos lá embaixo — ele afirma categoricamente, ignorando tudo o que Craze e eu estávamos dizendo um para o outro. — Abutres também.

Corvos e *abutres* são gírias para bajuladores da corte e espiões reais.

— É por isso que a Taverna é conhecida — Craze ressalta. — Por que você acha que tenho uma conta tão alta?

— Porque você é obcecado por chá de violeta — Catum responde.

Craze dá de ombros.

— Isso também.

— De qualquer forma, Catum tem razão. Havia muitos olhos lá embaixo. Precisamos ficar vigilantes esta noite — digo.

— Você está sugerindo turnos? — Catum pergunta.

Assinto.

— Talvez até mesmo um de nós vá...

A porta do quarto se abre, revelando uma Ailsa nervosa.

— Este vestido *de* fumaça não sai. — Ela pronuncia as palavras entre os dentes. Sua frustração é palpável e beira a histeria.

— Catum, tire a capa dela — digo sem perder o ritmo.

— Vou preparar um banho. Que loucura...

— Vou informar tudo o que eu souber — ele me diz, já antecipando meu pedido e indo em direção à porta.

— Obrigado.

Ele apenas acena e sai.

Quando a porta se fecha, o vestido de Ailsa já não está mais lá. Normalmente, Catum tece sua magia no tecido de nossas roupas, mas ela estava praticamente nua no Deserto Laranja. Daí a necessidade de seu vestido encantado.

Mas remover o feitiço de camuflagem agora significa despi-la.

Se seu estado quase nu a incomoda, ela não demonstra. Ou talvez ela simplesmente não perceba.

Porque ela parece um pouco perdida.

— Ailsa — digo baixinho, me aproximando.

Ela apenas pisca para mim, com uma sensação de desespero que parece aumentar.

— Vou preparar o banho — Catum oferece, deslizando ao redor dela.

Assinto, embora ele já esteja de costas para mim, e me aproximo de Ailsa.

Quando ela não se assusta nem pula, eu a puxo lentamente para os meus braços. Ela enterra o rosto em meu peito, seu corpo parece se fundir ao meu.

Ronrono em resposta, um som com o qual sei que ela está familiarizada, pois já fiz isso muitas vezes perto dela na forma de lobo.

Ela segura minha camiseta e se agarra a mim, seus ombros tremem enquanto ela luta contra as emoções que a percorrem.

— Hoje foi muito difícil — sussurro. — Sinto muito, garotinha.

É um apelido que já usei centenas de vezes em minha cabeça, mas nunca em voz alta.

Ela não reage a isso, a não ser para se agarrar ainda mais a mim.

— Eu quis me revelar a você tantas vezes — admito. — Mas tive que esperar. Tínhamos que fazer isso da maneira certa.

— Eu nem sei o que isso significa — ela murmura.

— Eu sei. — Beijo o topo de sua cabeça. — Há muito mais que precisamos explicar, mas foi um longo dia. Você precisa comer e descansar. Você deixará que Catum e eu cuidemos de você, Ailsa?

Ela não responde. É quase como se estivesse exausta demais para tomar uma decisão.

No entanto, eu espero.

Porque é a coisa certa a fazer.

Ela se arrepia contra mim.

— Fera — ela sussurra, acariciando meu peito enquanto eu ronrono.

Ela já dormiu comigo na floresta antes, geralmente com a cabeça em meu ombro. Sempre quis carregá-la de volta, mas não podia arriscar que ela acordasse comigo em forma humana.

Além disso, eu estaria nu.

E isso provavelmente a teria intimidado.

— O banho está pronto — Catum me diz alguns minutos depois.

Assinto e levanto Ailsa para carregá-la até o quarto.

— Você pode pegar a bandeja de chá quando ela chegar? — pergunto a Catum, ciente de que ela deve chegar a qualquer momento.

— Sim — ele confirma.

Ailsa deita a cabeça em meu ombro, com os olhos fechados.

— Você precisa estar acordada para o banho.

Ela murmura sem se comprometer.

— Se não conseguir ficar acordada, então vou tomá-lo com você.

Outro murmúrio.

— Humm, entendo. — Entro no banheiro, familiarizado com as comodidades magicamente aprimoradas. Somos hóspedes frequentes da Taverna.

Ou éramos, até eu encontrar a Ailsa.

Já faz um tempo desde a última vez que me hospedei aqui. Mas nada mudou.

O chuveiro está totalmente abastecido com os itens necessários, assim como as gavetas da pia. Catum já encheu a banheira com sais, o cheiro de fumaça de brasas é definitivamente seu aroma preferido. Eu teria escolhido algo um pouco mais amadeirado. Infelizmente...

Coloco Ailsa no balcão de mármore e seguro seu queixo para trazer seu olhar para o meu.

— Vou entrar nessa banheira com você. — Não é uma ameaça ou uma pergunta, apenas uma declaração de fato.

Ela não diz nada, apenas me olha sonolenta.

Pelo menos. até eu dar um passo para trás e tirar a camiseta.

Então, seu olhar se amplia e seus olhos instantaneamente fazem um tour pelo meu físico exposto.

Quando desaboto a calça jeans, ela umedece os lábios.

Nem sei se ela tem consciência de como está reagindo, pois seu estado de exaustão provavelmente está alterando sua percepção da realidade e da fantasia.

Abro o zíper da calça e a empurro para baixo, depois chuto o tecido com meus sapatos e me inclino para tirar as meias.

Usando apenas cueca boxer preta, dou um passo à frente para tirar gentilmente os restos do sutiã e da calcinha rasgados dela.

Ela engole em seco.

— Eu nunca fiz isso antes.

— Fez o quê, pequena?

— Isso. — Ela gesticulou entre nós. — Você... você e o Mestre Pillar foram meus primeiros beijos. O Craze também.

Sorrio.

— O primeiro e o último — digo a ela. — Ou pelo menos, essa é a esperança. — Empurro seu cabelo para trás das orelhas. — E não vamos fazer mais nada disso esta noite. Vou apenas dar banho em você.

Suas mãos pousam em meus ombros enquanto a levanto novamente e ela se arrepia quando a levo para a banheira.

A desconfiança brilha em seu olhar e essa percepção machuca meu coração. É merecida, mas odeio que ela exista. Vou fazer tudo o que estiver ao meu alcance para remover esse olhar.

Subo os degraus até a plataforma da banheira e, em seguida, desço um conjunto semelhante do outro lado. Caberia facilmente nós quatro, e os bancos ao redor da banheira acomodam cinco ou seis Alfas.

Escolho um perto dos controles e me sento com Ailsa no colo.

A água está quente com magia, pois a banheira enorme foi enchida por um dos muitos encantamentos da Taverna. Tudo o que Catum fez para enchê-la foi acionar alguns interruptores e ajustar a temperatura antes de adicionar os sais.

Ailsa não deveria se surpreender com nada disso. Embora não tenha experiência direta com esse tipo de magia, ela sabe que existe.

Sua empregadora – se é que a Baronesa Clarice pode ser chamada assim – era uma sobrenatural. Seus filhos também eram. Ailsa trabalhava na casa deles, o que a expunha a todos os tipos de aprimoramentos encantados.

Infelizmente, ela continua rígida.

Embora eu suspeite que sua postura rígida não tenha nada a ver com o banho enfeitiçado e tudo a ver com sua inesperada viagem à Monsterland.

— Tente relaxar — digo a ela baixinho e, em seguida,

opto por um comentário de improviso em uma tentativa de aliviar a conversa. — Nós já nos abraçamos antes.

— Com você como lobo — ela murmura.

— Quer que eu me transforme? — Eu ofereço. — Será difícil ajudá-la a lavar o cabelo, mas farei isso se ficar mais confortável.

Ela olha para mim.

— Isso é um pouco fundo para um lobo se sentar confortavelmente.

— Sou um lobo grande, querida.

Ela bufa e depois balança a cabeça.

— Isso é... bom.

— Bom? — repito. — Você quer os jatos ligados?

— Talvez faça isso depois de comer alguma coisa — Catum interrompe enquanto leva a bandeja para o banheiro. Seu olhar vai imediatamente para os seios da nossa Ômega, fazendo-o engolir em seco enquanto a fome, sem dúvida, se acende dentro dele.

Eu também estou faminto por ela.

Algo que ela provavelmente pode sentir em sua bunda.

Porque estou duro como uma pedra.

Catum coloca a bandeja na lateral da banheira.

Em seguida, começa a se despir, com suas intenções claras.

Ailsa se endireita ainda mais, com as costas praticamente coladas ao meu peito, enquanto observa Catum abrir os botões e tirar o paletó. Seu colete preto é o próximo. Em seguida, a gravata. E só quando ele começa a abrir os botões de sua camisa obsidiana é que Ailsa se lembra de respirar.

Dou uma risadinha em seu ouvido, divertido com a reação dela ao meu Segundo.

— Gosta do que está vendo, Ailsa?

O tremor dela me faz estremecer, e curvo os lábios.

— Não há problema em achá-lo desejável — sussurro antes de depositar um beijo em seu pulso, que agora está acelerado. — Não há problema em desejar qualquer um de nós.

— Ou a todos nós — Catum acrescenta ao abrir o cinto.

Ailsa agarra suas coxas, todo o seu corpo vibrando.

— Sei que essa sensação é intensa — digo a ela. — Seus instintos Ômega estão se manifestando. — Beijo seu pescoço novamente. — Assim como nossos impulsos Alfa estão despertando para você.

Posso sentir esse impulso pulsar em meu nó latejante.

Nunca estive dentro de uma Ômega antes, nunca *transei* adequadamente.

Ah, todos nós já experimentamos.

Mas somente uma Ômega de verdade pode tomar nossos nós.

Essa será a primeira vez para todos nós em muitos aspectos.

No entanto, falei sério sobre esta noite. Só queremos cuidar dela, uma diretriz que Catum entende claramente ao se despir, mas ficando de cueca.

E se junta a nós na água.

CATUM

As EMOÇÕES que passam pelo rosto de Ailsa variam de choque a excitação, até medo.

Essa última me dá nos nervos.

Ela não precisa nos temer. Nunca a forçaremos. A escolha será sempre dela.

Em vez de tocá-la do jeito que estou morrendo de vontade, eu me sento em frente a ela e Krolic, e me concentro na bandeja.

— Acho que você vai gostar desses cogumelos — digo a ela.

Ela franze o nariz.

— Não gosto muito de cogumelos.

Curvo os lábios.

— Confie em mim, estes não são cogumelos comuns. Experimente um, srta. Marvel. Você verá.

Pego um da bandeja e o estendo para ela. Ela olha fixamente para o item roxo, depois se inclina para frente para pegá-lo com a boca, não com a mão.

A visão de seus lábios envolvendo o cogumelo fez minha virilha se contrair de interesse. É um movimento tão inocente de sua parte, mas tão cheio de sensualidade que quase agarro um pouco de seu cabelo e a puxo para o meu colo.

Infelizmente, ela permanece sobre as coxas de Krolic.

O que, sem dúvida, o está matando ainda mais do que a mim, porque agora nossa intenção é gemer.

Chamas, a maneira como ela reage à comida é tão erótica.

— Isso é muito bom — ela diz, olhando para a bandeja. — Tem gosto de cereja, mas... é diferente.

— Cerejas cobertas com chocolate — murmuro, escolhendo outra para ela. — Como você pode ver, nada aqui é o que parece.

Embora o mundo dela também tenha magia, não é como Monsterland.

Somos apenas um dos muitos reinos que se interconectam. É um grande caos, agravado por nossas distinções de Alfa, Beta e Ômega.

Eu a alimento com outro cogumelo, roçando o polegar em seu lábio com o movimento.

Depois, pego um copo de água da bandeja. Pelo menos, esse item é normal. Para os padrões dela. Aqui, a água é vista como anormal.

Nossa querida Ômega tem muito a aprender.

Eu, por exemplo, mal posso esperar para ensiná-la.

Ela geme novamente quando lhe dou um terceiro doce e fecha os olhos ao inclinar a cabeça para trás para encontrar o ombro de Krolic. Ele passa os lábios pela bochecha dela e envolve sua cintura com o braço.

Ailsa apenas estremece em resposta, sua expressão beira a embriaguez.

Os cogumelos não têm efeitos de droga. É apenas comida. Mas suspeito que nossa Ômega esteja sentindo alguns dos efeitos de seu futuro cio.

Diluí o impacto do elixir antes de dar a ela. Se eu tivesse dado o que o Rei Carmesim preparou, seu cio teria ocorrido poucas horas após o primeiro gole.

Mas queríamos tempo para obter seu consentimento primeiro. Para seduzi-la. Para *adorá-la*.

Para dar a ela a chance de dizer não.

Se ela nos recusar, apenas a protegeremos durante o ciclo. Não será fácil. Na verdade, será uma merda. No entanto, valerá a pena saber que ela está segura e fazendo suas próprias escolhas.

Mas não facilitaremos o fato de ela dizer não, algo que demonstro agora ao alimentá-la com o quarto e o quinto cogumelo.

Queremos amá-la. E faremos tudo o que estiver ao nosso alcance para garantir que ela saiba disso.

Depois do sexto cogumelo — um item que Krolic sem dúvida escolheu depois de saber que sua fruta favorita em casa era a cereja —, dou-lhe mais água e sorrio quando ela se acomoda totalmente no colo do nosso rei.

Ele beija sua têmpora, segurando-a com firmeza enquanto sua mão começa a subir pela lateral do corpo dela.

Estendo os braços na lateral da banheira e aprecio a vista. Especificamente a visão de seus seios fartos sob a água. Seus mamilos rosados estão duros, as pontas rígidas implorando para que a boca de um homem os prove.

Chamas, ela será um deleite.

Talvez ela nos deixe devorá-la como sobremesa antes de dormir.

— Pode me passar o chuveirinho? — Krolic pergunta. Suas palavras são para mim, não para a nossa pretendida. Mesmo assim, ela se assusta como se tivesse esquecido que ele estava ali.

Dou uma risada de seu estado de êxtase e pego o item em questão, apertando o botão *Ligar* antes de entregá-lo.

Krolic o pega com a mão livre.

Ailsa olha para o chuveirinho com desconfiança quando ele o leva em direção à sua cabeça. Depois, ela fica quieta quando ele o usa para molhar seus longos cabelos loiros. A cor escurece sob a água. Seus fios grossos absorvem o líquido com facilidade.

Antecipo o próximo movimento de Krolic e pego o shampoo antes que ele peça.

Ele massageia o cabelo dela, provocando um gemido de Ailsa quando começa a passar os dedos pelos fios.

A magia ganha vida ao nosso redor e a água se filtra naturalmente enquanto ele enxágua o shampoo da cabeça dela.

O processo se repete com o condicionador, depois novamente com o sabonete que ele usa no pescoço e nos braços dela.

— Fique de frente para mim — ele pede a ela, e as palavras fazem meu pau latejar com a lembrança de antes.

Foi tão bom sentir Ailsa na Taverna. Seu calor era como uma marca contra meu pau.

Ela era tão natural. Uma beleza sensual, mesmo sem perceber.

E ela prova isso novamente agora ao seguir o comando de Krolic sem hesitação.

Nossa garota não é tímida. É um milagre, dada sua falta de experiência sexual. Mas ela está claramente abraçando suas necessidades internas, apenas seguindo seus instintos da maneira que uma Ômega deve fazer.

Droga, não posso acreditar que ela finalmente está aqui. *Nua.* E compartilhando um banho conosco.

É como um sonho, um dos muitos que compartilhei com ela nos últimos dois anos.

Nunca provoquei suas fantasias, simplesmente me deleitei com elas depois que começaram. Ela reagiu de forma muito visceral à minha presença, comprovando ainda mais a sua classificação Ômega.

O que o Rei Impostor não consegue entender é que não é necessário um elixir para identificar uma Ômega verdadeira. O Alfa certo fará sobressair as características de uma Ômega.

Ou, no nosso caso, o círculo certo.

Craze pode não ter estado lá, pois sua presença era necessária em outro lugar, mas foi nossa dinâmica compartilhada que atiçou o fogo interior de Ailsa.

Krolic mantém o olhar dela enquanto leva o sabonete de volta ao pescoço e inicia um caminho descendente até os seios – seios que estão totalmente expostos a ele, porque ela está ajoelhada em seu colo e não se sentou.

Puta merda, não consigo ver, mas *sei* o que ele está fazendo, e isso é ainda mais excitante. Porque ela não o está impedindo. Ela não está nem vacilando.

Não. Ela está *se arqueando*. Dando a ele mais acesso. Deixando que ele a explore sob o pretexto de banhá-la.

Por fim, ele deixa os seios dela para descer até o umbigo, depois suas mãos desaparecem sob a água, onde ele agarra os quadris dela e a puxa para si.

O sabonete se dissolve automaticamente, a magia engrossa o ar enquanto a água se filtra automaticamente mais uma vez. Eu a sinto percorrer minha coluna como um fio elétrico, a sensação chia em minhas veias.

Intoxicante, penso, absorvendo o poder e mantendo-o como meu.

— Você é perfeita, Ailsa — ele diz, passando a mão pela coluna dela até a nuca enquanto leva seus lábios aos dele.

Ela vai até ele sem hesitar, seu corpo parece se encaixar perfeitamente ao dele.

Meu abdômen se contrai enquanto os observo, meu interior ardendo de necessidade.

Uma necessidade que vem crescendo há dois anos.

Desde o primeiro momento em que vi Ailsa Marvel. Todo aquele cabelo loiro e branco me fez lembrar de um anjo. Depois, vi suas feições impressionantes e decidi que ela era mais uma súcubo do que um ser celestial.

Uma criatura sensual em um disfarce angelical.

Não tão angelical agora, penso enquanto ela inclina a cabeça para o lado para permitir que Krolic tenha acesso ao seu pescoço. Seus olhos verdes encontram os meus à medida em que ele mordisca o pulso dela. Há uma sensação de triunfo em seu olhar, mas ela é sublinhada por reverência. Porque ele sabe o quanto isso é um presente, o quanto as atenções da nossa Ômega são preciosas.

Ela está exausta.

Dominada.

Mas está dando a ele – a *nós* – esse momento. Talvez como uma forma de escapar de sua realidade. Ou talvez porque pareça certo.

Independentemente disso, não vamos nos aproveitar dela. Apenas faremos com que ela se sinta bem, mostraremos a ela como será a vida com seus Alfas cuidando dela.

— Não sei o que estou fazendo — Ailsa murmura.

— Você está existindo — Krolic responde. — Está *aprendendo.*

Ele captura sua boca antes que ela possa falar novamente e os gira no assento para me dar uma visão melhor do beijo deles.

Puta merda, é muito gostoso vê-lo devorando-a dessa maneira.

Krolic e eu nunca tivemos intimidade juntos, pois ambos preferimos compartilhar as mulheres entre nós em vez de transar um com o outro. Craze é da mesma forma. Mas isso não quer dizer que eu não possa gostar de ver meus dois companheiros brincando.

Especialmente com Ailsa.

Isso só aumenta o ardor em minhas veias, fazendo com que eu a deseje muito mais.

Krolic passa a língua nos lábios dela, provocando um pequeno suspiro de choque em nossa intenção. É evidente que ela nunca foi beijada ou sequer tocada, e sua inocência é um atributo que pretendemos manchar.

Porque nenhum de nós é inocente.

Somos monstros.

Criaturas com imaginação perversa e necessidades selvagens.

E já faz mais de dois anos que nenhum de nós se entrega aos nossos instintos mais básicos.

Essa linda mulher é nossa para devorar. Nossa para marcar. Nossa para *transar*.

Mas Krolic vai devagar com ela, sua boca é gentil enquanto ele a ensina a beijar. Mostra a ela o que fazer com seus lábios, sua língua, seus *dentes*.

Agarro o revestimento de mármore da banheira, pois a vontade de me acariciar aumenta a cada segundo que passa.

Estou tão duro que mal consigo pensar.

Entretanto, por Ailsa, mantenho o controle. Por ela, eu me forço a exalar uma calma que não sinto muito bem. Uma olhada em minhas mãos revelaria minhas verdadeiras intenções, mas ela está tão concentrada em Krolic que parece não perceber que estou aqui.

Como se ouvisse minhas reflexões, ela abre os olhos e

olha em minha direção, provando que tudo o que eu pensava estava errado.

Ela sabe muito bem que estou aqui.

E ela gosta que eu a esteja observando com Krolic.

Isso me faz lembrar de quando eu brincava com ela na mesa – ela também gostava de ser vista.

— Acho que nossa Ômega é um pouco exibicionista — comento. — Isso é bom, srta. Marvel. Porque eu também sou um pouco voyeur.

Ela se arrepia.

— Não sei o que isso significa.

Não, imagino que ela não esteja familiarizada com muitas coisas.

— Significa que ver você beijar o Krolic me excita, assim como está deixando você molhada saber que estou aqui também.

— Molhada? — Ela franze a testa. — Estamos em uma banheira.

Krolic dá uma risadinha.

— Ele está falando da sua boceta, garotinha. Você está molhada entre as coxas.

Suas bochechas se inflamam em um lindo tom de rosa.

— *Oh...* — Ela tenta se contorcer para fora do colo dele, o que ele só permite porque eu me aproximo para agarrá-la por trás e puxá-la para junto de mim. — *Oh!*

Seguro sua nuca e a envolvo com o outro braço.

— Eu me pergunto se você tem gosto de cerejas com chocolate — digo, apertando meu punho quando ela tenta se mover novamente. — Vai saciar minha vontade, srta. Marvel?

Suas pupilas se dilatam, seu olhar cai para minha boca quando ela para de tentar nadar para longe.

— Isso deve ser um sonho — ela sussurra.

— Vou tomar isso como um elogio — murmuro

enquanto diminuo a distância entre nós. Em seguida, transformo seus sonhos em realidade com minha língua, separando gentilmente seus lábios e beijando-a da maneira que eu queria lá embaixo.

No começo, lentamente.

Apenas uma introdução sensual entre as bocas.

Um beijo que cresce a cada momento e se torna mais intenso. Algo mais impactante. Algo mais *nosso*.

Quando aprofundo nosso abraço, ela está praticamente vibrando em cima de mim, suas coxas apertando as minhas enquanto suas mãos agarram meus ombros. Suas unhas arranham minha pele, deixando marcas e me reivindicando como seu. Tudo isso enquanto eu domino sua boca.

— Eu estava certo — sussurro contra seus lábios. — Cerejas com chocolate nunca foram tão deliciosas. — Eu a beijo novamente antes que ela possa responder, meus dedos deslizando para cima para segurar seu cabelo enquanto a seguro contra mim.

Puta merda, os peitos dela são perfeitos contra o meu peito. Tão cheios e maduros, com aqueles lindos mamilos duros e excitados. Vou mordê-los. Chupá-los. E depois mordê-los novamente.

Chamas, seus seios ficariam incríveis com pequenas gotas de cera pintadas sobre eles.

Eu as limparia para admirar as manchas cor-de-rosa em seu rastro e depois afastaria a dor com a língua.

Essa será uma sessão avançada, que exigirá que nossa pequena Ômega compreenda a arte da dor e do prazer.

Nós ensinaremos tudo.

Mostraremos a ela a melhor maneira de aumentar seu êxtase.

E cuidaremos dela adequadamente depois disso.

Nossa querida. Nossa Ômega. Nossa *rainha*.

Coloco o lábio inferior dela entre os dentes e mordo com um pouco mais de força do que antes, depois rosno quando ela suspira em resposta.

Ela já está mostrando como se sente em relação a uma pequena sensação de ardência enquanto está no auge da paixão.

— Nosso rei estava certo — digo a ela. — Você é realmente perfeita, srta. Marvel.

AILSA

Isso só pode ser um sonho.

Talvez... talvez eu ainda esteja dormindo e amanhã seja meu aniversário. Não hoje. A cerimônia do *Beba-me* ainda não aconteceu. E estou perdida nessa estranha realidade em que dois homens muito sensuais estão me dando banho em uma banheira gigante.

Isso faz mais sentido, certo?

O que significa que... não há problema em beijá-los. Tocá-los. Fazer outras coisas inomináveis com eles.

Porque é para isso que servem os sonhos – fantasiar sobre como a vida poderia ser.

E eu gosto muito dessa fantasia.

A língua de Mestre Pillar dança com a minha em uma carícia sensual que me faz ver estrelas, mesmo com os olhos fechados. É tão irreal. Tão intenso. Tão incrivelmente *sexy*.

Cada parte de mim queima, meus membros tremem com alguma necessidade reprimida que não consigo definir.

Seja lá o que for isso, eu gosto. Anseio por mais. Não quero que acabe nunca.

Coloco os braços ao redor do pescoço de Mestre Pillar, como sempre faço em meus sonhos, e me aproximo mais dele. Ele responde com um rosnado que vibra em meu peito, fazendo meus mamilos doerem com um desejo renovado.

Quero sentir sua boca ali. Em toda parte. Em cima de mim. Memorizando minha pele, saboreando meus anseios e alimentando as chamas que se formam dentro de mim.

É uma necessidade tão estranha. Uma necessidade que não entendo, mas que aceito totalmente.

Porque isso é um sonho, digo a mim mesma. *Deuses, tem que ser um sonho.*

Isso explicaria muita coisa.

Ou talvez seja mais fácil aceitar que tudo isso é um sonho, abraçar o que está me fazendo sentir bem por um tempo.

É como se eu tivesse encontrado um interruptor em meu cérebro, que eu simplesmente desligo.

Porque não me importo mais com nada além da língua de Mestre Pillar.

E o olhar de Krolic, penso, estremecendo ao sentir que ele está me observando... *nos* observando. Isso me faz sentir viva. Desejada. *Especial.*

Eu me movo contra o Mestre Pillar, exatamente como fiz na mesa, e me arrepio quando uma sensação sobe pela minha coluna.

Ele está duro, percebo, mais do que um pouco ciente do que isso significa, graças aos meus sonhos anteriores. *Deuses, ele está muito maior agora.* Não tenho certeza de como isso é possível, já que sempre fantasiei com o tamanho dele, mas nunca dessa forma.

A água ao nosso redor pouco faz para amenizar o calor que floresce entre minhas coxas. E sua excitação é espessa e proeminente mesmo sob a cueca boxer.

Uma parte diabólica de mim quer tirá-lo do tecido, libertá-lo e *montá-lo.* É tão devasso e diferente do que sou.

Mas sou muito mais aventureira e confiante em meus sonhos.

Nem sei ao certo de onde vêm essas ideias.

Não fui exposta a muita coisa em meus vinte e um anos. Apenas alguns comentários aqui e ali das filhas da Baronesa Clarice. Passar minha adolescência na casa delas me permitiu ouvir tudo sobre seus desejos loucos por garotos.

Eu também estava lá quando elas se apaixonaram pela primeira vez.

Estava lá quando cada uma delas perdeu a virtude.

Quando compartilharam histórias de como se sentiram.

Eu... eu nunca quis vivenciar isso por mim mesma até ouvir o Mestre Pillar falar pela primeira vez.

E agora... agora é tudo em que consigo pensar enquanto ele me beija. Me toca. Me *abraça*.

Deuses, eu perdi a cabeça.

Mas quem se importa?

Tudo é estranho aqui. Fora do comum. *Irreal.*

Pressiono ainda mais contra ele, determinada a me entregar a esse sonho e esquecer o conceito de realidade. Senti-lo embaixo de mim. Seu calor pressionando minha parte mais sensível.

Mas um par de lábios em meu ombro me lembra que não se trata apenas de Mestre Pillar. Krolic também está aqui. Minha Fera. Mas ele está em forma humana. E que forma é essa.

Toda graça sensual e idade refinada.

Ele prende meu queixo entre os dedos e me puxa de volta para beijá-lo enquanto a boca de Mestre Pillar vai até minha garganta.

O fogo que floresce dentro de mim fica ainda mais quente quando a língua de Krolic entra em minha boca.

Ele puxa minha cabeça para trás, me forçando a me curvar de uma forma que normalmente me faria sentir instável. Mas o braço de Mestre Pillar está em volta da minha cintura, me segurando em seu colo enquanto meus seios se erguem em direção ao seu rosto.

Eu gemo quando seus lábios descem até o meu peito, sua boca se fecha em torno de um dos mamilos e o suga de uma forma que parece muito mais potente do que qualquer sonho.

— Está se sentindo bem, garotinha? — Krolic pergunta. — Você gosta de sentir Catum adorando seus seios?

Um arrepio me percorre e suas palavras parecem despertar uma parte de mim que eu não sabia que existia. Uma parte que quer mais. Uma parte que me faz ofegar:

— Sim.

— Humm — ele murmura na minha boca. — Uma garota tão boa. — Ele me beija novamente, dessa vez com força renovada, e sua língua domina a minha enquanto o Mestre Pillar mordisca meu mamilo macio.

Eu grito quando ele morde, chocada.

Depois, estremeço, pois sua língua afasta a dor.

— Cuidado com a nossa Ômega — Krolic o adverte, com um rosnado sutil sublinhando seu tom.

— Estou apenas testando alguns limites — Mestre Pillar responde. — Isso a chocou mais do que a machucou.

Krolic me distrai com outro beijo, movendo a mão para minha garganta. Eu me sinto dona de mim. Possuída. Totalmente capturada por esses dois homens.

O que é uma loucura.

No fundo, sei que isso é ridículo.

Mas não consigo parar.

Eu quero isso.

Cada parte de mim está ardendo de necessidade, alimentada por sonhos intermináveis.

Muitas vezes acordei excitada e desejando que isso fosse real. Sei que amanhã será a mesma coisa. Mas, por enquanto, sigo a fantasia até o fim, me permitindo experimentar como seria ser tocada por dois homens.

— Vamos para a cama — Mestre Pillar diz.

Krolic concorda, e seus lábios deixam os meus enquanto ele sai da banheira.

Muito em breve, meu sonho vai chegar ao fim, e me pego fazendo beicinho ao pensar nisso. Quero mais. Mais deles. *Não quero acordar. Por favor, não me deixe acordar.*

Como se pudesse me ouvir, ele se inclina para me pegar no colo e seus braços me envolvem em um mar de penugem branca. *Uma toalha*, percebo.

— Alguém está um pouco bêbado de luxúria — Mestre Pillar comenta ao se juntar a nós fora da banheira. — Você é linda, srta. Marvel.

Um arrepio percorre minha coluna. Adoro quando ele me chama assim. Adoro como soa formal. Como é *dominante.*

— Tão linda — ele continua antes de capturar minha boca com a sua.

Krolic grunhe. Seus braços me prendem na nuvem fofa enquanto Mestre Pillar se apodera de minha boca.

É intoxicante.

Esmagador.

O melhor sonho que já tive.

O tempo parece parar da maneira que as fantasias costumam fazer e, quando me dou conta, estou na cama com Mestre Pillar devorando minha boca enquanto Krolic explora meus seios.

— Vamos fazer você se sentir bem — Mestre Pillar diz em meus lábios. — Muito bem.

Não tenho ideia do que isso significa, mas acredito nele. Porque já estou me sentindo incrível. Valiosa. Como se eu realmente valesse alguma coisa neste mundo.

É uma sensação que nunca experimentei.

Uma sensação de que sou grata por poder encontrar em meus sonhos.

Ele me beija novamente, exigindo que eu me concentre em sua língua enquanto Krolic mordisca e chupa meus mamilos.

Cada carícia, cada *toque*, me deixa mais quente.

Esse inferno chega a um ponto explosivo quando Krolic inicia um caminho até o espaço que eu só havia investigado em particular.

Eu me sobressalto quando sua língua alcança meu sexo, explorando as camadas íntimas do meu lugar mais sagrado.

Oh, Deuses...

Eu... eu não sabia que poderia me sentir assim. Sua língua é muito mais impactante do que meus dedos, muito mais *conhecedora*. Como se ele já tivesse feito isso comigo milhares de vezes.

E talvez tenha feito.

A essa altura, não consigo mais distinguir o que está em cima do que está embaixo. O certo e o errado. A realidade da ficção.

— Você tem um gosto incrível — ele diz, com a voz grave que vibra meu ponto sensível. Ele me dá outra lambida que termina em um rosnado, fazendo com que eu pule. — Seu clitóris está praticamente pulsando, garotinha. Quer que eu o chupe e a faça se sentir bem?

Essa parte estranha de mim me fez murmurar *sim* em resposta.

— Adoro como você é boa, srta. Marvel — Mestre

Pillar diz. — Como você é perfeita e carente. — Ele captura meus lábios antes que eu possa imaginar uma resposta, depois Krolic captura meu clitóris entre os dentes e o mordisca.

Eu grito.

Os dois homens riem.

E, de repente, estou *voando*.

Ou é assim que me sinto – como se minha alma tivesse saído do corpo, voando de cabeça para um mundo ardente de calor ilógico.

— Puta merda — Mestre Pillar murmura com a mão subitamente em minha garganta. — Essa é a visão mais gloriosa que já experimentei.

Não faço ideia do que ele está falando, pois não consigo ver nada. Estou... estou me afogando em um mar de lava, e cada toque na minha pele me faz gritar.

Mas não está doendo.

A sensação é boa.

Muito boa.

— É a minha vez — Mestre Pillar diz, e de repente é a boca de Krolic que está na minha, me beijando enquanto Mestre Pillar lambe um caminho escaldante para baixo, sobre meus seios e em direção ao meu umbigo.

Eu praticamente me derreto quando sinto suas mãos na parte interna de minhas coxas, abrindo minhas pernas para acomodar seu tamanho.

Então sua boca está *lá*, me lambendo e me mordiscando exatamente onde Krolic esteve. Mas Mestre Pillar acrescenta as mãos, deslizando o dedo para dentro da minha entrada úmida para me explorar de uma forma que ninguém jamais fez. Nem mesmo eu me acariciei ali. Mas ele... ele está me reivindicando. Me marcando. *Me comendo* com seu toque.

Tudo isso enquanto Krolic domina minha boca.

Sua mão está em volta da minha garganta, me segurando enquanto me devora, me forçando a sentir meu gosto em sua língua.

É doce. Sedutor. Quase viciante.

Eu me perco nele e em Mestre Pillar, me deleitando nesse sonho interminável e amando as sensações que esses homens estão evocando dentro de mim.

Tanto *calor*.

Tanta *eletricidade*.

Tanta paixão.

Eu gemo, grito, me contorço e *imploro*. Porque eu só quero mais. Não quero que acabe nunca.

— É isso aí, garotinha — Krolic sussurra na minha boca. — Goze para nós novamente.

Suas palavras provocam algo em mim. Arrancam algo *de* mim. Um maremoto de êxtase induzido pela agonia.

Minha visão foge mais uma vez, me levando em cascata a um reino de arrebatamento tenebroso onde tudo o que sinto são os tremores de prazer que assaltam meu ser.

Eu sou o prazer e o prazer sou eu.

E nunca me senti tão leve. Mais viva. Mais *consciente*.

Mas isso não é real, penso, sonhadora. *É apenas a última... fantasia.*

A menos que não seja.

A menos que... a menos que eu realmente tenha caído em Monsterland.

A menos que eu realmente seja uma Ômega.

Bocejo, incapaz de analisar isso agora. Estou exausta demais. Repleta demais. *Muito satisfeita.*

— Durma, srta. Marvel — Mestre Pillar sussurra em meu ouvido. — Nós a protegeremos enquanto descansa.

— Nós a protegeremos para sempre — Krolic diz perto da minha boca enquanto passa os lábios sobre os meus. — Você é nossa agora, Ailsa.

— Nossa — Mestre Pillar ecoa. — Boa noite, pequena. E bons sonhos...

CRAZE

Foi uma noite longa pra caramba.

Mas ver Ailsa nua na cama, certamente faz com que tudo valha a pena.

Krolic e Catum estão procurando por um certo gato, e suas instruções são claras: *proteger Ailsa*.

Não precisei ser avisado duas vezes.

Uma simples olhada nos lençóis − e uma doce inalação − me disse que eles a *guardaram* bem durante a noite.

Nossa pequena Ômega ainda tem um belo rubor nas bochechas.

— Ela é linda pra caramba quando goza. — Foram as palavras de despedida de Catum. — Aproveite.

Ah, eu vou aproveitar muito, muito mesmo.

Mas, primeiro, quero tirar o cheiro de morte da minha pele.

É um aroma que uso com um propósito. Um aroma destinado a repelir. Assim como minha máscara.

É como eu me escondo aqui.

Não uso meu rosto verdadeiro há... séculos. Séculos. Às vezes, me pergunto se minhas personalidades variadas vieram para ficar. Elas vêm tão naturalmente agora, rolando em minha mente com uma velocidade que não consigo mais acompanhar.

Ah, bem. Assim é a vida, eu acho.

Tranco a porta da suíte e preparo um truque com cartas que garantirá que ninguém possa entrar sem ter uma morte muito rápida e *dolorosa*.

Em seguida, organizo uma armadilha semelhante na porta do quarto principal − essa para prender a minha linda garotinha, caso ela decida sair para passear antes que eu termine de tomar banho. Ela não vai machucá-la, apenas... capturá-la.

O que, na verdade, pode ser bem divertido. Ela ficou muito bonita enquanto estava amarrada naquela árvore de chiclete. Isso seria ainda mais acessível, pois basicamente a amarraria junto à porta.

Humm, murmuro para mim mesmo, depois sigo até o box.

Ele é tão grande quanto a banheira ao lado, o que o torna um uso bobo do espaço. Quem precisa de bancos em um chuveiro?

Eu balanço a cabeça. *Bem, na verdade...* posso pensar em alguns propósitos sensuais. Anotando essas ideias para mais tarde, eu me dedico a lavar a tinta da minha pele. É estranho me expor dessa forma, mas quero que Ailsa me conheça. O meu verdadeiro eu. Quem quer que ele seja.

Craze de Hatte.

Chapeleiro Maluco.

Contorço os lábios. Eu não sou... maluco. É claro que

isso é exatamente o que alguém que perdeu a cabeça pensaria. O que torna impossível saber.

Portanto, tenho cerca de setenta por cento de certeza de que ainda tenho minha sanidade. Ou talvez mais perto de sessenta por cento.

Balanço a cabeça. O fato de eu estar considerando isso já é ridículo o suficiente. Há uma loira nua no outro quarto que pode acordar a qualquer momento. Eu preferiria que isso acontecesse quando eu estivesse esticado ao lado dela.

Quero ver sua reação ao meu rosto.

O meu verdadeiro eu.

Craze. Apenas Craze.

Ela vai gritar? Tentar lutar? Fugir?

Todas as noções são excitantes.

Cantarolo uma melodia, uma música que não considero há anos. É antiga, como eu. Como Catum. Como Krolic.

Antiga comparada à nossa Ômega, pelo menos.

Assobiando, termino meu banho e pego uma toalha, depois volto para o quarto onde nossa bela adormecida está descansando na grande cama acolchoada de penas.

Definitivamente, *linda* é o apelido que vou manter para ela.

Talvez *coelhinha* precise ir embora. Ela não é muito arisca. É delicada, sim. Mas há uma força nela que considero admirável.

É um feito impressionante cair na toca do coelho em Monsterland e ainda manter o senso de humor.

Sacudo as gotas do meu cabelo e volto para o banheiro para continuar a me secar.

O armário ao lado está cheio de tudo o que eu poderia precisar: calças, camisas, botas, roupas de baixo.

No entanto, pego uma calça cinza e nada mais. Até

deixo meus cartões para trás, optando por ser simplesmente eu pela primeira vez em eras.

Esta manhã – que tecnicamente está mais próxima do meio-dia – é para relaxar.

Passando os dedos pelo cabelo ainda úmido, volto para o quarto e penso na minha linda.

Ela vai estar com fome quando acordar. E com sede também.

Voltando para a porta, desfaço a armadilha mágica e vou para a cozinha fazer um pedido no balcão. É um sistema computadorizado, realçado com magia que me permite selecionar todos os tipos de alimentos e bebidas.

Sem saber o que Ailsa vai querer, peço a lista inteira e a envio.

Catum ou Krolic cuidarão da conta. Normalmente, eles usariam sua magia para fazer o pedido também. Mas eu disse a eles que faria isso.

Eles provavelmente se arrependerão quando virem que eu pedi, bem, tudo.

Assobiando mais uma vez, volto para o quarto e encontro Ailsa exatamente onde a deixei.

Mas ela está inquieta, provavelmente por eu ter feito barulho. Fechando os lábios, rastejo para a cama ao lado dela e me aproximo o máximo que posso sem tocá-la.

Ailsa solta um barulhinho suave, que parece muito com satisfação, e se aconchega novamente no travesseiro.

Não digo nada e não me mexo, curioso para saber se ela vai acordar novamente. Mas, em vez disso, ela cai em um sono mais profundo.

Humm. Suponho que uma ou duas horas de descanso não farão mal algum.

A comida e as bebidas continuarão na área de jantar, graças aos encantamentos especiais da Taverna.

Bocejando, fecho os olhos.

E me assusto ao acordar algum tempo depois quando ouço um suspiro da mulher em minha cama.

Olhando para ela, me viro e verifico a hora. Só se passaram trinta minutos. Bufando, rolo de volta para o lado e fecho os olhos novamente.

— Volte a dormir, Ailsa.

— *Craze*?

— Humm? — murmuro, completamente exausto. O que é culpa dela. Se ela estivesse acordada quando me aconcheguei na cama, eu não teria dormido de jeito nenhum. Mas agora que tive um pouco de descanso, quero mais.

— Oh, meus Deuses, foi real — ela murmura e a coberta farfalha enquanto ela se mexe cama. — Eu... não foi... não foi um sonho!

Olho para ela novamente.

— Do que você está falando?

— O Mestre Pillar e o Krolic me beijaram! — ela exclama. — *Em todo lugar.*

Humm, certo. Parece que estou acordando de novo. Me apoiando em um cotovelo, olho para ela.

— Quer contar mais? — pergunto.

Ela pisca para mim.

— O que aconteceu com sua caveira?

— Eu a lavei — digo a ela antes de voltar ao assunto mais importante. — Então, onde exatamente eles beijaram você?

— Por quê? — ela pergunta.

— Porque eu gostaria de saber mais sobre isso. — Olho de relance para seus seios expostos. — Em todos os detalhes, por favor.

— Não, quero dizer, por que você a lavou?

Volto lentamente meu olhar para seu belo rosto.

— Porque não preciso me esconder aqui.

Ela pisca novamente.

— Você normalmente tem que se esconder?

— Sim. Meu rosto é facilmente reconhecível sem o disfarce. E se alguém me vir, saberá que o Krolic ainda está vivo. Por isso, eu me disfarço como o ilustre Chapeleiro Maluco.

É o nome pelo qual todos me conhecem aqui, o nome que uso há séculos.

Craze é reservado para o círculo de companheiros.

E agora, Ailsa.

Ela franze a sobrancelha quando estende a mão para tocar minha bochecha, quase como se não acreditasse que eu seja real. Não me mexo. Mal consigo respirar. Porque minha companheira escolhida está me explorando.

— Sua pele é tão macia — ela sussurra.

Não me incomodo em dizer que é porque me barbeio todos os dias. A tinta não combinaria bem com pelos faciais, o que me deixa com um pouco de inveja das barbas aparadas de Catum e Krolic. Talvez, quando tudo isso estiver pronto, eu deixe crescer uma também.

Ou talvez não, já que Ailsa parece gostar de minha mandíbula lisa.

— É bom ver você — ela continua. — O verdadeiro você, quero dizer.

Eu sorrio.

— É bom ver você também, Ailsa — murmuro, meu olhar descendo até seus seios novamente. — Você *inteira*.

Ela franze a testa e segue meu olhar, o que resulta em mais um suspiro quando agarra os lençóis para se cobrir.

Meu sorriso desaparece.

— Eu estava gostando bastante dessa vista, Ailsa.

Ela fecha os olhos e aperta o braço. *Com força.*

— Acorde, Ailsa. Acorde. Acorde. *Acorde!*

Arqueio uma sobrancelha quando ela espreita o quarto.

— Ainda estou aqui, querida — digo.

Ela dá um gritinho e se inclina para pressionar as costas na cabeceira da cama, e os lençóis a acompanham.

— Ontem realmente aconteceu. Estou em Monsterland.

— Está mesmo — murmuro, levantando lentamente para imitar a posição dela. — Você esperava que tudo isso fosse um sonho?

Ela não me responde a princípio, seu olhar percorre o quarto e vai até a parede de janelas que decora um dos lados. As cortinas estão fechadas, escondendo a visão das nuvens. Provavelmente uma coisa boa, dada sua reação atual.

— Não — ela diz, chamando minha atenção de volta para sua boca. — Não, eu... eu não estava esperando isso. Apenas presumi que não era real.

— Definitivamente é real, linda. — Estendo a mão para colocar uma mecha de cabelo comprido atrás de sua orelha. — Sinto muito se isso a decepcionou.

Seu olhar finalmente volta para mim, seus olhos azuis tremulando com uma miríade de emoções.

— Desapontamento é a coisa mais distante do que estou sentindo agora. Choque. Confusão. Estou definitivamente sobrecarregada. Mais confusão. — Seus cílios tremem quando ela começa a vasculhar a sala novamente. — Não tenho ideia do que estou fazendo.

— Bem, neste momento, estamos sentados na cama. O próximo item da agenda é comida. Depois, talvez eu te mostre a casa...

Uma explosão na porta da frente me faz pular do

colchão e meus pés descalços atingem o chão em um instante. Assobio, chamo os restos do meu baralho de cartas mão e corro para a sala de estar.

O chão está coberto de gosma laranja, e o cheiro de frutas cítricas apodrecidas está encobrindo o ar. *Orcs filhos da mãe.*

Gritos ecoam no corredor, os sons rastejando em minha pele.

Esses sons não são de orcs.

São de algo muito mais mortal.

Jabberwaries.

Criaturas mortais semelhantes a pássaros com bicos afiados, grandes envergaduras e cuspe venenoso.

Volto para o quarto e bato a porta atrás de mim, depois a cubro com cartões explosivos. Isso não vai durar muito tempo, mas vai ter que servir.

— Roupas — digo a Ailsa e gesticulo loucamente em direção ao banheiro. — No armário. *Agora.*

Ela não discute, seu corpo nu praticamente corre pelo cômodo enquanto ela faz o que eu digo. Eu a sigo, agarrando a porta do banheiro e cobrindo-a com mais cartões.

Encontro Ailsa no armário, onde ela está vestindo uma calcinha. Encontro a calça jeans e o suéter que Catum comprou para ela e os atiro em sua direção. Ela pega os itens e começa a se vestir.

Faço o mesmo, pego um moletom com capuz e troco a calça cinza por uma jeans.

Ailsa ofega em algum momento, provavelmente por ver meu nó. Ou, mais provavelmente, todos os meus piercings. Mas não há tempo para explicar.

Porque a explosão acabou de soar no quarto.

O banheiro é o próximo.

Depois de enfiar os pés em um par de meias e botas,

agarro Ailsa pela cintura e corro para as janelas de vidro que revestem o chuveiro.

Não penso, apenas me viro no último segundo para garantir que minhas costas atinjam as vidraças, e lá vamos nós.

AILSA

NÓS VAMOS MORRER.

Esse pensamento ecoa em minha mente enquanto me agarro à Craze e abro a boca em um grito sem som. Sem som porque sua mão está cobrindo meus lábios.

Ruídos de assobio giram ao nosso redor e o vento parece acelerar nossa queda.

Ou é o que presumo, até que, de repente, somos pegos por uma nuvem de neblina que nos faz subir de volta ao céu e começa a nos levar por algum tipo de corrente invisível.

Olho para cima e depois para baixo, com arrepios instantâneos em minha nuca quando percebo a que altura ainda estamos. *Oh, deuses...*

Meu olhar voa para Craze, mas sua expressão é firme e seus lábios formam um O.

Porque ele é a fonte do assobio.

Fico boquiaberta. No entanto, ele não parece me notar, apesar do fato de estar me abraçando com força.

O que quer que ele esteja fazendo é provavelmente a razão pela qual não estamos caindo, então fico quieta e fecho a boca.

Ele deve ter percebido isso, porque tirou a mão e voltou a me abraçar, me levantando um pouco mais.

145

Envolvo as pernas em sua cintura e os braços em seu pescoço.

Craze relaxa visivelmente, mas continua a assobiar. Ele está com o capuz na cabeça, escondendo os cabelos escuros, mas ainda consigo ver seu rosto sem maquiagem.

Ele é incrivelmente bonito. Quase demais. Como se suas feições fossem perfeitas demais.

Posso ver por que as pessoas o reconheceriam assim, ele é impressionante.

Krolic tem um charme antigo que impõe respeito e facilmente me deixaria em silêncio.

Catum é um homem sexy e dominante, com sua mandíbula esculpida e maçãs do rosto afiadas que o tornam incrivelmente bonito.

Mas Craze... Craze é talvez o mais impressionante do grupo.

Há algo excepcionalmente belo em suas feições. Ele me lembra os pôsteres de celebridades que costumavam ficar pendurados em algumas das paredes da propriedade da Baronesa Clarice. Suas filhas eram obcecadas por atores sobrenaturais.

Craze definitivamente se encaixa nessa descrição.

Exceto que, por baixo das roupas, há um homem duro, quente e musculoso.

Havia pequenas marcas perto dos ossos de seu quadril que eu não sabia que existiam até que ele tirou as calças.

E seu pênis...

Minhas bochechas se inflamam.

Oh. Meus. Deuses.

Eu não deveria estar pensando nisso agora, mas parece que não consigo me conter. Eu... nunca vi um homem nu antes. No entanto, já imaginei como eles são. Fantasiei sobre isso.

Mas nunca em minha vida imaginei metal. *Lá embaixo.*

Uma fila. Por toda a parte de baixo de seu pênis.

Pigarreio e tento apagar a imagem de minha mente. Mas não consigo. Eu simplesmente... ela faz parte do meu cérebro agora. Vive lá para sempre.

Junto com o conhecimento do quanto Catum e grosso lá embaixo. E a língua magistral de Krolic.

Estou em apuros.

Muitos problemas.

Esses machos vão arrancar a sanidade da minha mente.

— Ailsa? — Craze me chama baixinho, me fazendo piscar de volta para ele.

Sim. Lá se vai. Não há mais sanidade mental.

Porque em algum momento aterrissamos em cima de um gigante...

Franzo a testa, olhando para baixo enquanto meus pés tocam a superfície azul pontilhada abaixo de mim.

— Isso é um cogumelo? — pergunto, percorrendo o topo de várias cabeças arredondadas com o olhar. Ao longe, posso ver os talos, confirmando minha suspeita.

— Sim, estamos na Selva do Cogumelo. — Ele não parece satisfeito com isso. — Não sei o quanto o encantamento em suas roupas é bom, então precisamos nos mover, e rápido. Está na hora do plano C.

— E qual é o plano C? — pergunto com cautela.

— Grutas — ele murmura, o que me faz franzir a testa.

— Pensei que esse fosse o plano A?

— As Cavernas Negras eram o plano A. As Grutas são outra área completamente diferente. — Ainda estou franzindo a testa - porque *cavernas* e *grutas* certamente soam iguais para mim – enquanto ele se abaixa de barriga para baixo para olhar por cima da borda do cogumelo. — Isso vai ser divertido.

A maneira sarcástica com que ele diz isso sugere que será o oposto de divertido.

— Venha cá — ele pede, gesticulando para o seu lado. — Vou ter que segurar você na descida.

A cautela em seu tom me diz que não vou gostar disso. Nem um pouco.

Eu me ajoelho, depois fico de barriga para baixo ao lado dele e olho cuidadosamente para a borda.

Grande erro.

O chão está *se contorcendo*.

— Não — digo, voltando a me sentar. — Não, não...

Ele me agarra pela cintura tão rapidamente que não tenho nem um segundo para me afastar.

E então estamos *caindo* novamente.

Eu grito e fecho os olhos com força.

Mas não aterrissamos. Nós *balançamos*.

A sensação pesa meu estômago e meus membros se contraem. Só tardiamente percebo que estou agarrada a Craze novamente, com as pernas mais uma vez em volta de seus quadris, só que, desta vez, estou encaixada ao seu lado.

Ele está com um braço em volta de mim, enquanto o outro – eu espreito com os olhos abertos – está agarrando cipós. *No plural.* Ele os solta constantemente antes de agarrar outros, nos fazendo balançar com uma mão.

Fico boquiaberta com seus movimentos, atônita com sua capacidade de soltar um cipó no ar, apenas para agarrar outro e nos manter em movimento.

Isso não deveria ser possível.

Os longos fios azuis estão *ajudando-o*.

Estão se debatendo como fios vivos, alcançando-nos e movendo-se conosco enquanto balançamos.

Observo com espanto e depois grito quando ele faz uma parada abrupta ao tocarmos o chão. Ele se move e se separa para revelar milhões de criaturas parecidas com besouros.

— Ah, que nojo — murmuro, de repente desejando que minhas pernas ainda estivessem enroladas em Craze.

— Shh — ele sussurra. Sua expressão parece dura enquanto ele procura na paisagem algo que eu não consigo ver. — Tem algo estranho acontecendo.

Não me diga, quase respondo a ele enquanto sacudo um besouro azul vibrante do meu pé.

— Fique aqui — ele diz.

— *O quê?* — sussurro de volta para ele.

— E fique quieta — ele acrescenta. Sua ordem é como um chicote para meus sentidos. Ele tem sido tão jovial e brincalhão que não percebi que ele tinha um lado sério. Mas agora, ele está em plena exibição, com seus olhos irradiando domínio.

Engulo em seco e assinto, dizendo-lhe sem palavras que entendo.

Ele passa os nós dos dedos em minha bochecha antes de me empurrar para mais perto de um pé de cogumelo. Quando minhas costas tocam a textura fria e dura – que me lembra um pouco um tronco de árvore – ele se aproxima e encosta os lábios em meu ouvido.

— Prometo que voltarei para buscá-la. Por favor, não fuja. Aqui é perigoso.

Com esse pedido em voz baixa, muito diferente do estalo em sua voz de segundos atrás, ele se vira e corre.

Eu o alcanço instintivamente, não querendo ser deixada para trás. Seu nome permanece em meus lábios, mas depois é interrompido quando um rosnado ecoa ao longe.

Engulo em seco.

Isso... isso não parece amigável.

Os besouros ao redor dos meus pés se espalham, me fazendo pular de volta para o caule áspero, semelhante a uma casca de árvore, atrás de mim. Ele se prende no meu suéter, rasgando parte do tecido e quase arranca um suspiro da minha boca.

Mas eu o engulo.

E ouço o rosnado ficar mais alto.

Meu coração salta descontroladamente em meu peito.

Por que de repente me sinto como uma isca?

Craze desapareceu. No entanto, o que quer que esteja emitindo esse ruído de resmungo está definitivamente se aproximando.

Sim, definitivamente sou uma isca.

Filho da mãe.

Ele deveria ter me deixado em cima de...

O cogumelo à minha frente se parte ao meio quando uma besta gigante parecida com um javali atravessa o talo.

Oh, penso, observando o topo do cogumelo se espatifar no chão. *Tudo bem. Estar em cima do cogumelo teria sido ruim.*

Mas agora que estou encarando esse monstro com chifres rosnando, não sei se estar aqui é muito melhor.

Seus olhos negros imediatamente se fixam em mim, e suas presas criam um eco que mexe com os pelos da minha nuca.

— Ômega — ele diz, com a voz rouca. — *Ômega fértil.* — Ele parece estar saboreando as palavras, passando sua língua bifurcada nos lábios.

Não sei o que é essa besta com chifres, mas não estou interessada em ser amiga dela.

Infelizmente, ele parece muito interessado.

Porque ele se aproxima de mim.

Não é uma investida. Não corre. *Brinca.* Como se estivesse dançando em suas duas patas com cascos.

Sua língua sai da boca quando ele para a dois metros de mim e abaixa a cabeça.

— Minha linda Ômega — ele ronrona.

— Não é sua — Craze diz por trás dele. — *É minha.*

Um assobio soa no ar quando uma das vinhas aparece e se enrola no homem-javali, puxando-o para trás.

O monstro rosna, girando, apenas para se ver ainda mais enrolado na videira. Seus cascos arranham o chão enquanto ele perde o equilíbrio, então as cordas roxas se apertam e o levantam no ar.

Olho boquiaberta para a fera gigantesca e recuo quando ele rosna sua frustração.

Esse rosnado parece ecoar. O ruído sinistro percorre minha espinha. É intenso. Alto. E vem de vários ângulos.

Porque ele não é o único, percebo quando mais quatro aparecem.

Craze está no meio, com um daqueles cipós entre as mãos, segurando-o como se fosse uma corda de pular.

Ele também está sem camisa.

Não faço ideia do motivo. E não consigo encontrar minha voz para perguntar.

Porque ele começa a *pular.*

No início, é casual, a videira parece hipnotizar os monstros ao redor.

Depois, ele começa a cantar enquanto pula corda e gira o corpo de maneira rítmica.

Eu... fico apenas olhando. Estou basicamente tão hipnotizada quanto os javalis, se não mais, porque uau. *Uau.* Seu corpo se move com uma graça que não deveria ser possível.

E, de repente, a corda se move para o lado, matando o homem-javali mais próximo. Em seguida, ela se estende pelo caminho até outro, envolvendo o pescoço grosso da criatura e puxando-o para o ar.

Outra corda cai magicamente nas mãos de Craze, e sua dança continua enquanto ele amarra os outros dois em uma série de passos que me deixa sem fôlego. É tudo muito rápido, o que torna impossível acompanhar seus movimentos.

É assim que, de repente, me vejo enredada em uma nova corda, lançada por suas mãos enquanto ele me puxa para seu corpo duro e nos derruba no chão.

Só que o chão não nos pega.

Ele... cede embaixo de nós, fazendo-nos cair em espiral em um buraco.

Um portal, percebo tardiamente enquanto o mundo gira na escuridão.

Alguns segundos depois, aterrissamos em uma sala envolta em rocha obsidiana.

Craze me prende à parede. Ele entreabre os lábios em um leve ofegar e seu corpo vibra com um poder mal contido.

Olho em seus olhos negros, totalmente paralisada pelos últimos minutos.

Ele já havia provado que era mortal com aquelas cartas.

Agora, ele acaba de demonstrar o quanto pode ser letal com uma *videira*.

Esse Alfa é... *fascinante.*

E lindo.

E puro músculo esculpido.

Eu... eu nem sei o que dizer. Estou perdida demais para encontrar as palavras para falar. As cordas se apertam ao meu redor, me mantendo presa, enquanto sua boca paira sobre a minha e suas mãos em minha cintura.

Meu coração para de bater.

Meus pulmões param de funcionar.

Tudo o que posso fazer é olhar fixamente para o homem diante de mim.

Não sei se estamos seguros aqui. Não sei nem mesmo onde *estamos*. Eu simplesmente... me entrego à loucura. Ao caos. O caos de Monsterland.

E pressiono meus lábios aos dele.

CATUM

Onde é que está aquela porcaria de gato? me pergunto, irritado com essa busca inútil.

Recebi uma mensagem esta manhã da criatura encantada, me dizendo que ele possuía informações importantes.

Mas, como de costume, a carta veio acompanhada de um enigma que Krolic e eu passamos a última hora tentando decifrar.

Tudo o que quero é voltar para a Taverna e acordar Ailsa com minha língua entre suas coxas.

Infelizmente, aqui estamos nós, vagando pelo Labirinto das Rosas, nos arredores do Palácio Real. Se alguém nos pegar aqui, ficaremos ainda mais atrasados.

E seremos potencialmente expulsos.

Ambos os resultados são indesejáveis.

— Talvez a flor do cartão não seja uma rosa — murmuro, pegando-o novamente para examinar. Os espinhos são bem claros, assim como o sangue que escorre das pontas. Mas, até agora, não encontramos nenhuma flor mutilada.

— Quantas marcas de patas havia? — Krolic pergunta. — Cinco?

Assinto, contando os passos dos rabiscos ao redor da rosa. Presumimos que elas representavam as direções para onde ir quando estivéssemos dentro do labirinto. No entanto, tudo o que tentamos até agora não conseguiu revelar o famoso gato de pelo rosa. Seu cabelo também é cor de magenta na forma humana. É muito difícil não perceber, mesmo nesse labirinto de cores vibrantes.

— Não senti falta de jogar esse jogo — Krolic rosna quando chegamos a mais um beco sem saída. — Juro que o Beta faz isso de propósito.

— Qual é o melhor propósito do que confundir um rei? — uma voz masculina suave diz bem na nossa frente.

Reviro os olhos.

— Você tem nos seguido nos últimos dez minutos, não é? — Porque isso é algo que Ches faria.

— Trinta e cinco — ele murmura enquanto remove seu feitiço de camuflagem para se revelar. — Mas quem está contando?

— Estávamos certos da primeira vez — Krolic diz, olhando para o metamorfo felino.

— Não, na terceira vez — ele ronrona. — Infelizmente, eu o perdoo. Afinal, você está fora do jogo há algum tempo. — Ele se aproxima de nós, com suas calças roxas brilhantes fluindo como uma saia em suas longas pernas.

— Estamos perdendo tempo por estarmos aqui — interrompo. — Você sabe que é perigoso.

Seus lábios se curvam em um sorriso de felino malicioso.

— É mesmo? Eu não fazia ideia.

— Pare de nos enrolar, Ches. Você disse que era urgente.

Ele pressiona a mão no peito, sua pele pálida se mistura com a blusa branca.

— Eu disse?

Cruzo os braços, sem dizer mais nada. Ele sabe o que escreveu naquele bilhete.

CATERPILLAR SEXY,

TIMIPVC.

SEU TESOURO
Pode ser
Encontrado
Ou perdido
Aqui...

CATERPILLAR FOI o apelido que ele me deu, assim como ele sempre se referia a si mesmo como *Tesouro.*

A mistura de letras foi fácil de decifrar: *Tenho informações muito importantes para você.*

E a última parte estava decorada com rosas ensanguentadas e marcas de patas.

— Você costumava ser muito mais divertido — ele diz agora, seu olhar dançando sobre meu torso até meu jeans preto. — Você mal deu um show ontem à noite, *Mestre Pillar.* Fiquei desapontado.

Contraio a mandíbula com a indicação de Ches de que ele estava me observando com Ailsa na noite passada.

— As coisas mudaram — eu o informo.

Porque Ailsa não será compartilhada com o público.

Ela pertence a mim, a Krolic e a Craze. A mais ninguém. *Nunca* mais ninguém.

Isso foi solidificado ontem à noite, quando coloquei minha língua em sua boceta. Ela pode não ter sentido, mas foi uma declaração. Um voto de que ela seria nossa. *Uma reivindicação.*

Krolic grunhe ao meu lado, claramente concordando com minhas palavras.

Nos ver compartilhar uma Beta é um momento do passado. Outra vida.

Nosso presente e futuro estão com Ailsa.

E não a colocaremos em exposição. *Jamais.*

Pelo menos, não dessa maneira. Como nossa rainha, sim. Mas a forma como a adoramos em particular permanecerá a portas fechadas.

— Entendo — Ches murmura e seus olhos de gato tremulam, enquanto ele pisca os longos cílios cor-de-rosa para nós. — Bem, acho que devemos ir direto ao assunto então.

Não digo nada. Porque foi isso que eu pedi há vários minutos.

Ele suspira e balança a cabeça. Uma máscara de seriedade se sobrepõe à sua habitual brincadeira e seu olhar parece endurecer.

— A Rainha de Copas está jogando um jogo longo — ele nos diz. — Não posso explicar o que isso significa, mas saiba que seus truques habituais não funcionarão. Ela vê através dos mantos de fumaça que você faz, Catum. Ela vê tudo.

Tensiono a mandíbula.

— Você está dizendo que o cheiro da Ailsa não está mascarado.

— Estou dizendo que você precisa ter muito cuidado quando estiver acima do solo. — Ele me dá um olhar significativo. — Uma vez coelho, sempre coelho. — Ele inclina a cabeça, com o olhar voltado para Krolic. — Ela sempre esteve um passo à frente, sua irmã. Talvez seja preciso uma mulher para vencê-la em seu próprio jogo. Como dizem, a rainha é a mais forte do tabuleiro, não é?

Com essas declarações profundas, ele desaparece, deixando um rastro de purpurina roxa em seu rastro.

Eu faço uma carranca.

— Mais enigmas. — *E uma enorme perda de tempo*, penso, com a mente girando. *O que só pode significar...*

— Precisamos voltar para a Taverna — Krolic diz com um tom de urgência na voz.

Estou apenas meio segundo atrás dele em termos de chegar à mesma conclusão, minha mão já está agitando o ar para criar um portal.

Porque a única razão pela qual Ches iria querer nos distrair e desperdiçar nosso tempo era se ele precisasse de nós fora do caminho.

E ele claramente sabia onde ficamos na noite passada, como evidenciado por sua *reclamação* sobre a falta de um show.

Merda.

Krolic e eu entramos no portal ao mesmo tempo, sacando nossas formas de armas.

Armas que acabam sendo necessárias imediatamente quando entramos no caos total da Taverna.

Há jabberwaries *por toda parte*.

Além de paredes arrebentadas e vidros quebrados.

O que significa que Craze pulou pela janela.

Com Ailsa.

E fugiu.

Krolic deve ter chegado à mesma conclusão que eu, porque ele instantaneamente corre de volta para o portal e eu o sigo, fechando-o em nosso rastro antes que algo possa vir conosco.

Ficamos em silêncio por um longo momento, à espreita entre o tempo e o espaço, ambos recuperando o fôlego de tanto ir e vir.

— Plano C — Krolic sussurra, por fim.

— Plano C — repito, sabendo exatamente para onde ir.

Mas não tenho certeza se isso vai importar.

Porque parece que Ches estava certo sobre uma coisa: minha camuflagem não está funcionando.

O que significa que Ailsa é um sinalizador do caos.

Embora... ele tenha dito que precisávamos ter cuidado *acima do* solo.

Isso foi uma dica? Ou outro jogo?

A lealdade de Ches sempre foi, antes de tudo, para com ele mesmo. Mas eu o considerava um aliado, em outros tempos.

Talvez ele realmente quisesse nos avisar.

Ou, como tudo em Monsterland, é um truque.

Passo a mão no rosto, exausto da confusão mental desta manhã.

Só há uma maneira de descobrir se as palavras de Ches foram realmente um aviso ou apenas um de seus truques.

As Grutas são subterrâneas.

Vamos ver se minha capa se mantém lá embaixo...

CRAZE

Os ʟáʙɪᴏs de Ailsa proporcionam o mais doce alívio. Ela é toda doçura e inocência, o que me faz querer corrompê-la. Contaminá-la com minha escuridão. *Comê-la.*

Eu deveria me afastar.

Não deveria me aproveitar de um momento vulnerável.

Mas há muitos "deveria" e "não deveria" na vida. No entanto, nunca faço o que é esperado ou certo.

Porque não sou um príncipe encantado. Ou um homem bom.

Eu sou Craze.

E mostro a ela o que isso significa com minha língua.

Eu a tomo com abandono. Estocando sua boca. Agarrando seus quadris. Devorando minha doce coelhinha até que ela esteja ofegante junto ao meu peito nu.

Perdi meu moletom, pois o tecido solto não é propício

para minha arma preferida. As vinhas teriam se prendido nele, atrapalhando meus movimentos.

Mas agora estou satisfeito com essa decisão. Estou satisfeito por estar sem camisa. Satisfeito por poder sentir as unhas dela arranhando minhas costas.

Minha Ômega está faminta. *Esfomeada.* E pronto para brincar.

Que se dane a espera.

Que se dane a paciência.

Que se dane o que quer que eu deva pensar.

Estou ofegante. Muito. E tão reprimido que posso explodir na calça.

As cordas se contorcem ao redor dela. Sua magia ouve meu comando enquanto eu digo para massagearem os seios à medida que se movem. Seus braços estão livres, mas seu tronco está envolto em vinhas encantadas. É muito gostoso. Perfeita pra cacete. *Linda* pra caralho.

Ela suspira e seus longos cílios tremulam enquanto ela me encara de volta.

Estou louco por essa fêmea. Desde o momento em que senti seu cheiro. Porra, talvez até desde o dia em que descobri que ela existia.

Ou antes disso.

Quando eu sonhava em ter uma companheira.

Uma rainha.

Uma Ômega.

Agora, minha Ômega tem um rosto – um muito bonito e *deslumbrante.* Um rosto que está florescendo em tons de vermelho enquanto ela me beija novamente. Sua necessidade é um aroma que posso sentir em minha língua.

Graves, eu a quero.

E eu mostro isso pressionando meu pau grosso contra ela, totalmente ciente de que nossos jeans não vão mascarar meu desejo.

Ela fica parada, com as narinas dilatadas e os olhos arregalados.

— Quero ver você por inteiro — ela me diz, e o pedido ousado parece pegá-la de surpresa, pois suas bochechas ficam ainda mais vermelhas.

Eu sorrio.

— Você pode ver o que quiser de mim. E *fazer* o que quiser comigo.

Porque sou dela.

Seu Alfa.

Seu executor.

Tudo para ela.

Krolic e Catum jogaram ontem à noite. Agora é a minha vez.

Mas quero fazer isso nos termos dela. Deixá-la liderar.

Pelo menos... um pouco.

O domínio é natural para mim. Assim como suspeito que a submissão seja natural para ela.

No entanto, nesse caso, quero atender às suas necessidades. Fazer *qualquer coisa* que a agrade.

— Eu... eu quero entender... sua... — Ela se interrompe. Suas feições de porcelana agora estão em um tom carmesim. — Você tem um piercing. — As palavras saem como um sussurro, que se enrola em torno de mim em uma carícia tentadora.

— Sim, tenho — digo e me inclino ainda mais para ela.

Ah, ela poderia se mexer se quisesse.

Mas algo me diz que ela está mais do que feliz em ficar aqui.

Se ela expressar o contrário, eu a soltarei.

E se ela não se manifestar... digo às vinhas para deslizarem sobre ela novamente, fazendo-a arfar.

— Deuses, o que você está fazendo comigo?

— Me satisfazendo — murmuro, passando o nariz por sua bochecha até a orelha. — Explorando. — Os cipós em forma de corda deslizam para baixo, escorregando entre as pernas dela para acrescentar um atrito sutil. — Te conhecendo.

Ela estremece quando uma corda se aperta bem sobre seu clitóris.

— *Oh, Deuses...*

— Craze — eu digo. — Só Craze. — Mordisco seu pulso estrondoso e digo às vinhas para se contorcerem novamente.

Seu corpo vibra em resposta e o cheiro de sua pele escorregadia é um farol para meus sentidos. Agradeço às *lâminas* pelo fato de essa caverna estar envolta na magia de Catum. Porque essas roupas camufladas não estavam funcionando.

É verdade que na Taverna parece ter falhado também.

Talvez sua fragrância Ômega seja poderosa demais para ser disfarçada.

É como uma droga. Isso me faz querer fazer coisas perversas com ela. Ensinar a ela tudo sobre minhas preferências. Forçá-la a experimentar o maior dos prazeres.

Peço aos cipós que se soltem e substituo a fricção entre suas pernas pela minha mão. Ela se arqueia contra mim e entreabre os lábios cheios em um suspiro que posso saborear com a língua.

Minha boca retoma a dela e nosso beijo fica intenso em um instante. Não sou suave ou carinhoso. Sou desequilibrado. Psicótico. E cem por cento dela.

Ela pode me domar se quiser. Eu permitirei isso.

Mas, até lá, mostrarei a ela exatamente quem sou.

As cordas caem no chão quando tiro uma de minhas cartas do bolso. A ponta afiada provoca meu polegar, fazendo-o sangrar.

— Você confia em mim, linda? — pergunto a Ailsa.

Ela se arrepia.

— Eu não deveria.

— Não deveria — concordo.

— Mas eu... — Ela franze a testa. — Eu quero.

Arqueio uma sobrancelha.

— Você não parece ter muita certeza disso.

— Porque eu não deveria confiar em você.

— É verdade — concordo novamente. — Mas você deveria confiar em mim. — Encosto meu nariz no dela, meus lábios sussurram entre os dela. — Porque eu nunca vou machucá-la, Ailsa. A menos que seja por prazer. Então, todas as apostas estão canceladas.

Ela engole em seco.

— O que isso significa?

— Quer que eu te mostre? — pergunto baixinho. Minha voz é suave como seda. Há uma dúzia de maneiras pelas quais eu poderia demonstrar minhas palavras. Todas elas seriam introduções. Minha versão de *lento*.

— Está bem — ela diz. — Me mostre.

Eu sorrio contra sua boca.

— Você é tão boa para mim, linda. — Levo o cartão até sua garganta e deixo que ela sinta o fio da navalha em sua pele macia.

Ela fica paralisada.

O que me faz sorrir ainda mais.

— Tente não se mexer. — Porque não quero cortá-la. Apenas... provocar.

Ailsa parece parar de respirar quando abaixo a lâmina, prendendo-a em seu suéter.

Ela não está usando sutiã, algo que sei, porque ela não pegou um no armário.

Com a carta, corto o tecido como se fosse manteiga, expondo seus seios.

Ela ofega e sua respiração é um suspiro sedutor em minha boca.

Não dou a ela a chance de expressar resposta. Minha língua está ansiosa para dançar com a dela. Ela ainda está paralisada, mas seus lábios se movem com os meus.

Porque ela é fenomenal.

Um natural para o meu não natural.

Mordisco seu lábio inferior e meu cartão vai até seu jeans. Ela para de respirar novamente quando sente a lâmina tocar seu quadril.

Então, eu a empurro para baixo, cortando facilmente a lateral de sua calça até o meio da coxa.

— Eu... eu poderia tirá-la — ela sussurra.

— Não, Ailsa — respondo, encostando minha testa na dela. — Porque seu trabalho é tirar minha calça enquanto eu termino de libertá-la da sua. — Digo essa última frase enquanto mudo o cartão para o lado oposto e crio outro corte em seu jeans.

Ela estremece, com o olhar semicerrado enquanto me encara.

— Você é louco.

— Sim.

Um toque de ousadia aparece em suas feições, o que faz meu nó latejar de ansiedade.

Porque sim, por favor.

Gosto desse brilho em seus olhos.

— Eu também quero ser louca — ela me diz. — Quero ficar louca com você.

Curvo os lábios.

— Combinado, linda. — Eu a beijo novamente, adorando o fato de ela estar cedendo à loucura. Aos impulsos. Seus instintos.

Está sendo rápido? Talvez para alguém que queira se entregar ao comum.

Mas não há nada de *comum* em Ailsa Marvel.

Ela é uma Ômega.

Uma rainha.

Uma deusa que merece ser adorada.

Lambo seu lábio inferior e coloco meu cartão no bolso. Em seguida, arranco sua calça jeans com um puxão forte que quase faz com que seus joelhos se dobrem.

Ela está diante de mim só de calcinha e sapatos, parecendo deliciosa.

— Você tem seios fantásticos, Ailsa — murmuro, admirando seus seios fartos. — Quero fazê-los sangrar.

Ela treme e arregala os olhos.

Seguro seu pescoço antes que ela possa fugir e o aperto para cortar o ar.

— Você me disse para te mostrar o que quero dizer sobre machucá-la por prazer. — Eu a aperto um pouco mais, fazendo com que suas mãos voem para cima e agarrem meus pulsos. — Desabotoe minha calça e eu a deixarei respirar novamente.

Ela engole em seco com os olhos arregalados. Meu nome se forma em sua boca, sua voz é inexistente.

— Agora, Ailsa — digo, dando a ela uma dose de meu domínio.

O modo como seus mamilos se contraem junto ao meu peito me diz que ela gosta, mesmo que sua mente não tenha acompanhado as reações de seu corpo.

Um pequeno rosnado vibra em seu peito, me fazendo rosnar de volta.

Suas pernas tremem em resposta, com um toque de choque em sua expressão.

Então, ela agarra minha calça jeans e a abre com um puxão furioso.

Pressiono os lábios nos dela enquanto solto sua garganta e sopro oxigênio em sua boca enquanto ela suspira, forçando-a a me inspirar, a aceitar minha loucura, a *desfrutar...*

— *Você é louco* — ela rosna.

— Você já disse isso — eu a lembro, beijando-a novamente.

Ela morde minha língua. *Com força.*

O que me faz rir.

— Você está aprendendo — eu a elogio, adorando a ardência que ela provocou na minha boca.

Passo o polegar em sua pulsação furiosa, ainda segurando sua garganta.

Ela tenta me empurrar de volta, mas não me movo, em vez disso, beijo-a novamente e permito que ela sinta o gosto do meu sangue.

Ela me morde uma segunda vez.

O que só me faz beijá-la com mais força.

E, de repente, ela está gemendo enquanto suga minha língua com mais força.

Sou um alfa. Seu afrodisíaco. Seu *desejo.*

E o jogo de sangue é apenas o começo.

Ela praticamente se agarra a mim enquanto tenta subir pelo meu corpo, ansiosa por mais. Ansiosa por mim. Ansiosa por *isso.*

Corto seu fluxo de ar novamente, tocando meu nariz no dela.

— Agora, abra meu zíper.

Dessa vez, ela não hesita nem tenta lutar, apenas abre o zíper.

Estremeço quando minha cabeça abre o tecido. Meu pau está duro como uma rocha e mais do que pronto para brincar com essa pequena Ômega deliciosa.

— Abaixe a calça — digo, sem deixá-la respirar.

Suas mãos fazem a minha vontade enquanto ela me olha com as pupilas dilatadas pela luxúria.

Ela gosta disso.

Do meu domínio. Seu medo. A novidade de *nós*.

Espero até que o pânico entre em seu olhar, então a liberto como fiz antes – com a boca contra a dela, forçando-a a me inspirar novamente.

Ela inala com força.

Então estamos nos beijando.

Mordendo.

Explorando.

Tiro a calça jeans e os sapatos, depois a prendo na parede novamente. Levo as mãos até sua calcinha e a arranco.

— Não tenho ideia do que estamos fazendo — ela suspira enquanto eu a levanto e meu pau se acomoda instantaneamente em seu calor escaldante.

— Aprendendo — eu digo enquanto começo a carregá-la pela gruta. — E logo, logo, vamos transar.

Talvez não no sentido tradicional.

Mas, com certeza, vou penetrá-la de alguma forma.

Em sua boca.

Sua boceta.

Sua bunda.

Não me importa.

Mas minha Ômega quer uma lição, e pretendo dar uma que ela nunca vai esquecer.

Eu a deixo cair na cama em que dormi na semana passada. Esse covil é o mesmo em que me escondi por séculos.

Seu cabelo claro confere um brilho angelical em meus lençóis pretos.

— Ah, doce Ailsa — digo enquanto me arrasto sobre ela. — Mal posso esperar para corrompê-la. — Mordisco seu queixo. — Cada centímetro seu está prestes a se tornar meu.

— *Nosso* — uma voz grave interrompe.

Catum.

Sorrindo, olho por cima do ombro para ele e Krolic, com expressões de trovão.

— Bem-vindos ao lar — eu digo. — Estava prestes a dar à nossa Ailsa uma lição sobre prazer e dor. Sintam-se à vontade para puxar uma cadeira e apreciar o show.

AILSA

CRAZE abre minhas coxas debaixo dele e sua carne dura me pressiona mais uma vez. Estremeço com a sensação da pele e do metal, completamente paralisada pelo louco em cima de mim.

Eu deveria estar gritando.

Correndo.

Fazendo qualquer coisa, menos permitir que sua loucura me dominasse.

Mas eu... eu não consigo. Estou perdida no toque desse homem.

Saber que Krolic e Mestre Pillar também estão aqui só intensifica os desejos proibidos que crescem dentro de mim.

Eu nem sei quem sou aqui. O que sei é que preciso desses homens. Eu os *quero*.

Quando acordei e percebi que minha experiência não era um sonho, me senti aliviada. Porque uma parte de mim ficaria devastada ao saber que o que aconteceu entre nós três era apenas uma fantasia.

É real.

Tudo isso é real.

Eu sou... eu sou um ômega.

E esses alfas acreditam que sou deles.

Eu poderia lutar contra. *Deveria* lutar contra.

Especialmente depois da *lição* que Craze acabou de me dar com a mão em volta do meu pescoço.

Mas gostei da sensação de seu domínio.

Assim como gosto da sensação de tê-lo em cima de mim agora.

Deuses, isso é tudo muito confuso. No entanto, este mundo é louco. Então, por que não posso simplesmente me entregar a ele e ser livre? Por que preciso me preocupar com qualquer outra coisa?

Esta é a minha vida agora, certo?

Como um ômega em Monsterland.

Com três homens muito sensuais que parecem pensar que sou a companheira deles.

Um desse homens está beijando meu pescoço com ternura, como se estivesse se desculpando por me sufocar. É uma sensação boa. Quente. *Segura.*

Mas antes que eu possa ficar muito confortável, ele coloca a mão no meu seio e belisca meu mamilo. Suspiro, em conflito com as sensações variadas.

— Craze — Krolic diz com um tom de autoridade na voz. — Ela ainda não sabe o que é um nó.

O homem em cima de mim faz uma pausa, afasta os dedos da minha pele machucada e levanta a cabeça para me olhar.

— É verdade, linda? Aqueles dois não te deram o nó ontem à noite?

Eu tremo, sem saber do que ele está falando. Mestre Pillar e Krolic me deram prazer com suas bocas. No entanto, nó...? Pigarreio. Não tenho ideia do que isso significa.

— É o metal? — pergunto, me referindo ao vislumbre que tive dele nu. Agora, também consigo sentir um pouco. Na minha vagina. — Os, hum, piercings? — tento novamente, sem saber como chamar.

Estou familiarizada com o conceito de piercings. As filhas da Baronesa Clarice tinham as orelhas furadas. Mas o tipo que Craze tem, bem, esse eu nunca vi nem ouvi falar antes.

Ele ri.

— Você é realmente inocente, Ailsa. — Ele dá um beijo nos meus lábios antes que eu possa responder. — Corromper você vai ser o ponto alto da minha vida.

Estremeço. Ele usou essa palavra logo antes de Krolic e Mestre Pillar chegarem, dizendo que mal podia esperar para corromper cada centímetro meu.

Eu quero isso, penso. *Eu realmente quero isso.*

Mas agora, ele rola para o lado e me deixa estendida em sua cama enquanto se apoia no cotovelo.

— Me explore, linda. Considere isso sua recompensa por ter sido uma boa menina para mim.

Deuses, por que essas palavras me fazem corar?

Os três homens disseram coisas semelhantes para mim, me elogiando por ser *boa* ou por seguir uma ordem. Isso deveria ser condescendente. Mas, algo na maneira como eles dizem isso, como se considerassem minha aquiescência um presente, me faz sentir reverenciada.

Eu nunca vali nada no meu mundo.

Tudo mudou com uma única bebida.

Porque esses homens, esses *Alfas*, me tratam como se eu fosse importante.

Eles falam comigo. Respondem perguntas. *Me protegem.*

E agora... agora, Craze está me oferecendo a chance de *explorar.*

Umedeço os lábios e lentamente volto meu rosto para ele, percorrendo seu corpo completamente nu com o olhar. Em algum momento, ele perdeu as meias. Eu também. Não sei quando. Não me importo. Estamos os dois... *nus.*

A iluminação não é forte, apenas sutil, me lembrando a

luz de velas. E brilha nas barras de metal que revestem a parte inferior do seu membro.

— Você pode me tocar — ele murmura. — Pode tocá-los também. — Ele aponta para Krolic e Mestre Pillar, ainda vestidos e em pé perto dos pés da cama. — Ou podemos fazê-los assistir.

Engulo em seco enquanto observo os dois Alfas. Krolic está de calça jeans e camiseta branca, e Mestre Pillar usa outro terno todo preto.

Os dois estão me encarando com avidez, assim como ontem à noite.

— Vocês todos têm... nós de metal? — pergunto, desviando o olhar para as virilhas e os impressionantes volumes.

Craze ri ao meu lado.

— Olhe para o meu pau, Ailsa.

Eu pisco e suas palavras soam mais como um convite do que uma ordem. No entanto, meus olhos se dirigem para seus piercings como se estivessem sob um feitiço, sendo atraídos apenas por suas palavras.

Contraio a garganta enquanto observo a espessura e o padrão em forma de escada que começa na cabeça e vai até a base protuberante.

Ele é... grande.

Muito grande.

E, hum, bem decorado.

Eu meio que quero lambê-lo.

Não. Eu *realmente* quero lambê-lo. Só para ver qual é o gosto dele. Especialmente a cabeça.

É um desejo estranho, que tenho certeza de nunca ter experimentado antes. Minhas fantasias com o Mestre Pillar nunca incluíram nada parecido, mas a vontade me atinge bem no ventre.

Talvez seja resultado da noite passada, de saber como foi bom ser lambida entre as coxas.

Eu me entrego ao desejo e me inclino para traçar seus nós metálicos com a língua.

— *Puta merda* — ele murmura e leva a mão ao meu cabelo. — Não esperava que você fosse tão ansiosa.

Uma resposta permanece na minha boca. No entanto, não consigo expressá-la. Em vez disso, um gemido escapa quando chego à ponta dele, fazendo com que um sabor proibido irrompa na minha língua.

Não sei o que foi isso, mas preciso de mais.

Lambo novamente, depois coloco a cabeça na minha boca e meu instinto de chupar me domina.

Quero mais do sabor dele, da sua essência picante.

Seu pênis me recompensa, me fazendo gemer de prazer. Ele xinga, apertando meu cabelo com mais força enquanto rola para trás e me puxa com ele.

— Graves, você é um talento natural, e nem percebe isso. — Sua voz soa mais rouca do que antes e seu abdômen flexiona com o esforço para falar.

Ou talvez seja por outra coisa.

Seu aperto é firme, mas sinto que ele está tremendo, como se estivesse se segurando.

A cama afunda ao nosso lado quando Mestre Pillar se senta na beirada. Seus olhos castanhos capturam e prendem os meus enquanto minha língua se move ao redor da cabeça de Craze.

— Me dê sua mão — Mestre Pillar murmura.

Estou prestes a me sentar, mas ele balança a cabeça com firmeza.

— Não, srta. Marvel. Continue chupando o pau dele e me dê sua mão.

O colchão se move à medida em que uma mão sobe pela minha coluna até a nuca.

— Faça o que ele diz, garotinha — Krolic murmura.

Estremeço. A presença deles ao meu redor incendeia meu sangue.

Três homens.

Três alfas.

Todos focados em mim.

Oh, deuses...

Engolindo a cabeça de Craze, levanto lentamente a mão em direção ao Mestre Pillar.

Ele a pega gentilmente, alinhando nossos dedos, e leva nosso toque conjunto até a base inchada da excitação de Craze. Ele está quente e tão grande que não consigo envolvê-lo com a mão.

— Isso é um nó — Mestre Pillar diz ao pressionar meus dedos e polegar na parte grossa de Craze. — Todos nós temos isso.

Krolic beija meu ombro e sua mão aperta minha nuca.

— É assim que prendemos nossos corpos ao seu, Ailsa. É assim que transamos. E é assim que *procriamos*.

Outro arrepio percorre minha coluna. Aquela última palavra me afeta. Algo de que eu não deveria gostar. Mas parece... certo.

O que é estranho, porque não me senti assim quando soube que o Rei de Prata queria procriar comigo.

Mas Krolic... se ele é o verdadeiro Rei de Prata, como diz ser... talvez eu não me importe tanto.

— Ele se estende para fora de nossos pênis e nos conecta a você, nossa Ômega, e libera um prazer que nenhum de nós jamais sentiu — ele acrescenta. — É muito provável que você fique inconsciente. Mas vai acordar querendo experimentar tudo de novo.

O pênis de Craze jorra novamente, me fazendo gemer em torno de sua cabeça e engolir avidamente sua essência.

— Puta merda, isso pode me fazer gozar — ele diz, parecendo quase dolorido.

Mestre Pillar pressiona meus dedos novamente.

— Massageie o nó dele enquanto chupa a cabeça — ele me instrui. — Depois, tente colocar mais dele na boca.

Craze xinga e seu aperto torce meu cabelo como se estivesse tentando se impedir de guiar meus movimentos.

Mas não preciso que ele faça isso.

Tudo o que Mestre Pillar acabou de dizer é algo que *quero* fazer.

— Graves, isso é tão bom, Ailsa — Craze diz enquanto deslizo a boca para baixo.

— Certifique-se de relaxar a garganta — Mestre Pillar murmura. — Se você sentir que está prestes a engasgar, levante-se um pouco, respire e tente novamente.

O polegar de Krolic massageia meu pescoço enquanto faço o que Mestre Pillar disse: chupar Craze e acariciar sua base latejante.

Mais daquele sabor delicioso toca minha língua, o que me faz gemer ao redor dele.

— Puta merda, ouvir você gostar disso só intensifica a experiência — Craze diz com dificuldade. — Seus gemidos são tão gostosos, Ailsa.

— Continue — Mestre Pillar me incentiva. — Vamos ver até onde você consegue levá-lo.

Krolic pressiona minha nuca, me guiando para baixo. Eu me engasgo um pouco quando Craze atinge o fundo da minha garganta e a pressão diminui, me permitindo recuar e respirar como Mestre Pillar instruiu.

Então, tento novamente e olho para cima para ver Craze praticamente ofegante em resposta.

Era assim que eu parecia ontem à noite?, me pergunto. *Extasiada e constantemente no limite?*

Porque é uma visão muito sedutora, que quero

intensificar fazendo-o se sentir bem. Fazendo-o perder o controle.

É um desejo tão intrínseco, que arde nas minhas veias e me leva a engolir mais dele. Tudo isto enquanto aplico pressão no seu nó. E me deleito com os piercings que percorrem a parte inferior do seu pênis.

Nunca experimentei nada assim.

Nunca provei algo tão fascinante.

Ou senti esse tipo de textura na minha língua. É suave, mas pontuada por aço. Quente, mas fria. Macia, mas incrivelmente *dura*.

— Você fica incrível com meu pau na boca, linda — Craze diz, com um tom rouco na voz.

— Ele está certo — Mestre Pillar murmura, com a mão ainda cobrindo a minha. — Você é deliciosa, srta. Marvel. Como uma deusa sensual.

Krolic concorda com um grunhido. Seu corpo se move no colchão enquanto ele solta minha nuca. Sinto uma perda repentina com a retirada de seu toque. Mas então, sinto-o se mover atrás de mim, e logo suas mãos estão me tocando novamente. Só que mais abaixo. Entre minhas coxas. Separando minhas pernas. E... e...

Oh, deuses...

Sinto seus ombros tocarem minhas pernas enquanto ele se posiciona *debaixo de* mim.

— Concentre-se no Craze, srta. Marvel — Mestre Pillar exige. — Chupe o pau dele enquanto nosso rei come sua boceta.

Come minha... ohhh...

Gemo quando a língua de Krolic separa minha vagina e vai direto para meu clitóris latejante.

Estremeço, mal acreditando no que está acontecendo.

Porque estou montada no rosto dele.

Suas mãos estão em meus quadris, me segurando junto a ele enquanto brinco com o nó de Craze.

Mestre Pillar me mantém firme, guiando minha mão, Craze me incentiva com sua mão em meu cabelo, e Krolic... Krolic está me *devorando*. Mal percebo quando ele desliza um dedo dentro da minha umidade, que age como lubrificante para sua penetração.

Ele acrescenta um segundo e começa a movê-los em movimento de tesoura, uma sensação diferente de tudo que já experimentei. Posso praticamente sentir meus olhos se revirarem.

Mas um puxão no meu cabelo me traz de volta para Craze e sua excitação escorrendo para dentro da minha boca.

Deuses, quero mais.

E digo isso a ele, sugando-o mais.

Ele xinga e Mestre Pillar me elogia, dizendo como estou indo bem, como estou provocando Craze da melhor maneira possível.

— Olhe para ele, srta. Marvel. Você está fazendo isso. Sua boca habilidosa e sua língua linda estão deixando-o louco.

— Você consegue sentir como ele está perto de gozar? Como seu nó está pulsando para você?

— Está pronta para sua recompensa, querida? Porque o Craze está prestes a explodir na sua garganta. Você consegue engolir para ele?

Os comentários contínuos de Mestre Pillar estão me levando mais perto do precipício sem volta. Entre suas palavras sensuais e a língua de Krolic no meu clitóris, mal consigo enxergar direito. Junte tudo isso ao sabor viciante de Craze e eu estou... eu estou...

— *Puta merda* — ele geme, agarra meus cabelos com

seus dedos ásperos e empurra seu pau ainda mais fundo na minha garganta.

Eu me assusto, incapaz de respirar.

— Relaxe — Mestre Pillar diz com os lábios bem perto do meu ouvido. — Use sua garganta, srta. Marvel. *Engula.*

Arregalo os olhos, mas faço o que ele diz, e meu interior parece queimar enquanto absorvo o êxtase de Craze em meu corpo.

É intenso.

E ele tem um gosto incrível.

Eu... eu... eu *grito* à medida em que o sigo até o clímax. Meu mundo se dissolve em uma série de ondas orgásticas.

Meus instintos assumem o controle e minha garganta se move em torno de Craze enquanto Krolic me dá prazer por baixo.

Respirar não importa mais.

Apenas isso. O prazer. A escuridão. A essência inebriante de Craze. A língua de Krolic. A voz grave de Mestre Pillar.

— Linda pra cacete — ele me diz. — Muito linda.

— Graves, nunca gozei tanto na vida — Craze acrescenta, parecendo exausto. — E ainda estou duro pra caramba.

Krolic rosna em meu clítóris, seus dedos ainda entrando e saindo de mim.

— Ela está pronta.

— Pronta para quê? — pergunto ao soltar Craze da minha boca.

— Pronta para receber nossos nós — Mestre Pillar me diz, com um brilho pecaminoso em seu olhar castanho. — Vamos te comer, srta. Marvel. E te mostrar o que significa receber nosso nó.

KRΘLIC

Ailsa não reage imediatamente às palavras de Catum, ficando imóvel enquanto digere o que ele acabou de dizer.

— Você ainda não está no cio — digo a ela. — Então, isso não tem nada a ver com reprodução, Ailsa. Trata-se de mostrar quem somos juntos. Te ensinar sobre a dinâmica entre Alfa e Ômega.

Se ela negar, não vamos pressioná-la.

Mas essa parece ser a melhor maneira de demonstrar nosso futuro juntos.

Ah, será muito mais do que transar. No entanto, somos seres sexuais. É importante que ela entenda o que isso significa. Que entenda quem ela realmente é neste mundo.

Ômegas são seres sensuais e adoram ser cuidadas por seus companheiros Alfa. Isso inclui as necessidades sexuais, além de uma miríade de outras.

No entanto, essa é a base da nossa conexão, como nossos corpos se entrelaçam e prosperam juntos em momentos de prazer.

— Te dar o nó também não torna isso permanente — acrescento. — Não é uma cerimônia de acasalamento. — Isso... é um evento bastante primitivo. Algo que espero experimentar em breve. Mas esse não é o objetivo de hoje.

— Nós valorizamos o seu consentimento, Ailsa. E, embora

vamos adorar nos unir a você, isso não significa tirar suas escolhas.

Craze bufa.

— Não preciso da cerimônia primitiva para dedicar minha vida a ela. Depois desse boquete, vou adorá-la para sempre. Me considere seu para sempre, linda. — Ele quase parece bêbado. Não que eu possa culpá-lo. Sinto o mesmo depois de me banquetear com sua boceta.

Ela é deliciosa e ainda está escorrendo pelo meu queixo.

Movo os dedos dentro dela novamente e roço meus lábios em seu clitóris inchado.

Ela geme. É o primeiro som que emite desde que Catum a informou de nossas intenções de darmos o nó a ela.

— Você vai nos deixar mostrar o que significa isso, Ailsa? — pergunto junto à sua carne úmida. — Será a primeira vez para todos nós.

Porque nunca estivemos com uma Ômega.

— Betas e outros Alfas não podem receber o nó — Catum explica. — Só as Ômegas podem, o que as tornam ainda mais preciosas para nós.

Ele deve enfatizar a palavra "nó" apertando a mão de Ailsa, porque Craze murmura:

— Vá se foder, Catum. Vá se foder.

— Você já se divertiu — Catum retruca. — Agora é a sua vez de assistir. — Ele afasta a mão de Ailsa de Craze e a coloca na cama antes de se levantar, algo que sinto mais do que vejo, pois o colchão se move.

Mas suspeito que ele esteja se despindo quando ouço Ailsa suspirar.

Ou, talvez, isso seja resultado da minha língua traçando círculos preguiçosos em seu ponto sensível.

— Quer sentir nossos nós dentro de você, srta. Marvel? — Catum pergunta, um grunhido sutil enfatizando o sobrenome dela. — Quer ver o que significa ser devidamente tomada pelos seus alfas?

Ela estremece em cima de mim e a parte superior do seu corpo parece cair na cama. Mas Craze a segura e a empurra para cima, fazendo-a se sentar sobre meu rosto enquanto se ajoelha ao lado dela.

Ailsa olha para baixo, permitindo que eu veja suas bochechas coradas. Nossa, ela está deslumbrante assim. Um ronronar ressoa em meu peito e minha necessidade de expressar minha adoração me atinge em cheio.

Porque, caramba, essa mulher é tudo.

Esperei dois anos para me entregar a ela, para amá-la, para *cuidar* dela. E, finalmente, chegamos aqui, poucos dias antes do seu cio.

Eu a lambo profundamente, adorando a maneira como isso a faz se contorcer em cima de mim.

— Será apenas uma introdução — Catum continua, seguido pelo som de um zíper. — Um cortejo sexual, se você preferir.

Craze ri, entrelaçando os dedos em seus cabelos enquanto a puxa para um beijo longo e sensual que a deixa tremendo sobre mim.

Eu lambo sua boceta, fazendo sua parte inferior se mover.

Ela gosta disso.

Quer isso.

Anseia por isso.

Mas ainda não disse as palavras que precisamos ouvir antes de transar com ela.

Tiro meus dedos dela e agarro seus quadris.

Craze deve sentir o que estou prestes a fazer, porque se

move, permitindo que eu a levante e a deite na cama. Ela grita quando me abaixo sobre ela, ainda totalmente vestida, e prendo seus braços acima da cabeça.

— Precisamos das suas palavras, garotinha. Do seu *consentimento*. Ou não vamos te dar nossos nós.

Ela arregala seus olhos azuis e suas pupilas brilham de desejo.

— Como eu disse, isso é uma introdução — digo a ela.

— Não é um voto. Nada permanente. Apenas uma maneira de você experimentar o que estamos oferecendo. Nunca vamos forçá-la, Ailsa. Esse não é o objetivo disso tudo.

— Também foi por isso que diluí o elixir — Catum acrescenta enquanto se acomoda na cama ao nosso lado, agora completamente nu.

Ailsa engole em seco e olha para ele, percorrendo o comprimento de seu corpo exposto e focando em seu pênis colorido.

Ela franze a testa e uma confusão óbvia se destaca em suas feições.

— Ele é tatuado — eu explico a ela. — Craze gosta de piercings, daí a escada de Jacó. E Catum gosta de tatuagens.

Catum segura seu pau, se acaricia e o desenho azul e verde gira com seus movimentos.

— O apelido dele é Caterpillar — Craze comenta. — Um trocadilho com seu nome, mas também com seu pau.

A boca de Ailsa forma um pequeno O.

— Minha forma de monstro das sombras é toda preta — Catum acrescenta com um dar de ombros. — Eu queria um pouco de cor na minha vida.

— Monstro das sombras? — Ailsa repete.

Ele sorri.

— Quer ver meu monstro interior, srta. Marvel? — A mão dele começa a se transformar, sua pele muda para um tom de obsidiana que contrasta com as cores vibrantes que decoram seu pau.

Ela arregala os olhos ainda mais quando os tons de ébano sobem pelos braços dele até o pescoço, pintando-o com ondas escuras da meia-noite. O corpo dele não muda de tamanho, mas todas as partes ficam pretas antes de se tornarem translúcidas, como uma sombra.

No entanto, ele não vai tão longe.

Ele apenas mostra a ela seu braço sombrio.

— Eu me torno assim por inteiro, incluindo meu pau. — Ele volta a acariciá-lo enquanto sua pele volta à cor bronzeada. — Posso transar com você nessa forma, se você preferir. Mas será melhor para nós dois se eu ficar assim.

— Você não vai sentir nada se ele estiver na forma de sombra — esclareço quando vejo que ela ainda está confusa. — Ele é literalmente uma sombra. — Seguro seus pulsos com uma mão enquanto a outra vai até seu queixo para que ela volte a focar em mim. — E eu não vou transar com você na forma de lobo.

Se ela pudesse se transformar, talvez tivéssemos outra conversa.

Mas transar como meu lobo simplesmente... não me atrai.

— Isso não quer dizer que meu animal interior não vai despertar alguns dos meus desejos mais selvagens — admito, curvando os lábios com o pensamento. — As necessidades selvagens dele são as minhas. Mas vamos chegar lá, garotinha. Tudo o que você precisa fazer agora é concordar em nos deixar te amar. O resto está aberto para negociação.

Ela olha para mim, com a expressão cheia de luxúria,

me dizendo sua decisão antes mesmo de expressá-la. Mas não vou aceitar isso como resposta.

Preciso ouvir suas palavras.

— Isso é loucura — ela sussurra. — Mas eu quero.

Eu sorrio.

— Não é loucura, Ailsa. É quem nós somos. E passamos os últimos dois anos preparando você sutilmente para isso. Através da minha companhia e proteção, do domínio e dos sonhos de Catum e da preparação de Craze em Monsterland. Tudo nos trouxe até este momento.

— Exceto que eu não sabia que nada disso estava acontecendo.

— É verdade, mas agora sabe — murmuro, roçando meu nariz no dela enquanto abaixo os lábios a centímetros de sua boca. — E sua alma sempre soube. — Algo que ela entenderá assim que nos acasalarmos. Assim que a *reivindicarmos.* — Diga que você quer receber nossos nós, garotinha. Diga para transarmos com você e nós transaremos.

Ela engole em seco e seu corpo praticamente vibra debaixo de mim.

— Eu... eu quero que você me dê o nó.

— Só eu? — pergunto. — Ou nós três?

Suas pupilas dilatam ainda mais e sua respiração sopra em meus lábios.

— Oh, deuses...

— Alfas — Catum murmura. — O único ser divino nesta sala é você, srta. Marvel.

— Nossa deusa — concordo enquanto meu nariz percorre de sua bochecha até sua orelha. — Agora, diga que quer os três dentro de você. Não ao mesmo tempo, ainda não, mas preciso que você nos diga para transar com você, Ailsa.

Ela estremece e seus mamilos endurecem mesmo através do tecido da minha camisa.

— Eu quero que todos vocês... me deem o nó — ela finalmente diz. Estou prestes a fazê-la dizer isso com um pouco mais de confiança quando ela acrescenta: — Eu quero que todos vocês me comam.

Meu pau lateja, arrancando um palavrão dos meus lábios.

Porque, *luas,* isso é excitante.

Adoro quando uma mulher diz o que quer, quando expressa seu consentimento.

E sei que Craze e Catum também gostam, porque os dois gemem em resposta.

— Que garota boa — sussurro em seu ouvido. — Agora, fique aqui para mim, querida. Pernas abertas. Boceta molhada e necessitada. Porque vou ser o primeiro a entrar em você.

Ela é a imagem da sensualidade devassa enquanto eu me afasto dela.

Catum não se move, apenas fica deitado ao lado dela enquanto acaricia seu pau, com o olhar fixo em seus seios.

Craze está deitado do lado oposto, se preparando para outra rodada, massageando seu nó.

No entanto, os olhos dela estão em mim enquanto eu me dispo, sem dúvida imaginando como é meu pau.

— Desculpe desapontá-la, Ailsa, mas tudo que tenho é um nó — digo enquanto tiro a calça jeans, meias e sapatos. Minha camisa é a última peça e o tecido desaparece com um puxão sobre a cabeça. — No entanto, não se deixe enganar pela falta de ornamentos. Eu sei muito bem como transar.

Suas pernas tremem quando volto para a cama e me ajoelho entre seus membros abertos.

— Você não se mexeu nem um centímetro —

murmuro, satisfeito. — Sabe o que isso significa, querida?
— Eu me inclino para beijar seu clitóris. — Você merece
uma recompensa. — Eu a lambo enquanto Craze e Catum
se inclinam para tomar seus mamilos com as bocas.

Eles me conhecem tão bem quanto eu os conheço.
Quando se trata de sexo, estamos em sincronia da melhor
maneira possível, e Ailsa descobre isso enquanto a levamos
ao ápice com nossas bocas.

Meus dedos deslizam mais uma vez em seu calor
escorregadio, retomando facilmente meus preparativos
anteriores.

Ela está tão pronta para nossos paus.

Nossos nós.

Nosso tipo de prazer.

Mas quero que ela goze novamente antes de eu transar
com ela, para deixá-la tão delirante de prazer que ela nem
perceba que estou dentro dela até sentir a pontada de sua
inocência se romper ao redor do meu pau grosso.

Ela está ofegante, gemendo, agarrando o travesseiro
acima da cabeça.

Porque ela ainda não se moveu.

— Que garota boa para nós — digo em sua boceta
úmida. — Vamos fazer você gozar muito, querida.

Repetidamente, acrescento com a mente.

Mas vou deixar essa parte ser surpresa.

Catum se move para capturar sua boca enquanto
Craze agarra seu seio e belisca o mamilo, fazendo-a gritar.
Mas não é um grito de dor, e sim de prazer enquanto ela
explode em uma onda orgástica que aperta meus dedos
com força.

Luas Todo-Poderosas, preciso senti-la fazer isso em
torno do meu pau.

Agora. Agora mesmo.

Catum e Craze se movem enquanto eu rastejo por

cima dela, com os dedos ainda enfiados profundamente em sua boceta à medida em que meu polegar pressiona seu clitóris.

Quero acariciar seu prazer, mantê-la gozando.

Mas também não posso esperar mais.

Preciso dela.

Tirando a mão, levo-a até sua boca e abro seus lábios com meus dedos úmidos.

— Chupe — digo a ela, deslizando-os sobre sua língua e forçando-a a sentir seu próprio gosto na minha pele.

Isso tem o efeito desejado de distraí-la e prolongar seu estado de êxtase enquanto me posiciono na entrada dela.

Então, a penetro sem aviso, fazendo-a me receber até o fundo.

Ela arregala os olhos e um som ininteligível escapa de sua boca.

— Shh — eu a acalmo, sem me mover um centímetro à medida em que deixo seu corpo se acostumar ao meu tamanho. Ela se contorce, claramente desconfortável, então seguro seu quadril com a mão livre e a mantenho no lugar. — Você consegue — garanto a ela. — Apenas dê a si mesma um momento.

Ela balança a cabeça, com lágrimas brilhando nos olhos.

Tiro os dedos de sua boca e a beijo antes que ela possa falar, minha língua sussurrando um doce pedido de desculpas na dela enquanto meu polegar desenha círculos de encorajamento em seu quadril.

— Dói agora — Catum sussurra em seu ouvido, segurando uma de suas mãos no travesseiro. — Mas eu prometo que vai ser muito bom, querida. Confie em nós.

Ela ainda está chorando, sua agonia dói em minha alma.

Não me importo de misturar dor e prazer, mas isso é

difícil para ela. Somos Alfas. Não somos apenas maiores, somos mais fortes e isso é demais para uma pequena Ômega aguentar.

No entanto, Catum está certo.

Ela vai adorar em breve.

Ela só precisa passar por este primeiro passo. Depois, será pura felicidade.

Craze se inclina para frente, sua proximidade me faz afastar os lábios dos dela e deixá-lo assumir o controle. Só que ele lambe uma de suas lágrimas perdidas primeiro, depois a alimenta com sua língua.

Levo a mão para sua garganta, com a outra ainda em seu quadril à medida em que espero que ela se acalme.

Qualquer que seja a magia que Craze usa nela, parece acalmá-la. Sua boca claramente fala com a dela. Quando ele termina de beijá-la, ela não está mais chorando. Mas também não está muito entusiasmada.

Pelo menos, não até que eu me mova sutilmente.

Apenas meio centímetro para me reajustar dentro dela.

No entanto, é o suficiente para fazer suas narinas se dilatarem. E não de uma maneira ruim.

Seus olhos encontram os meus, com choque irradiando de suas íris azuis. Ainda há um brilho úmido neles que a deixa incrivelmente bonita, embora um pouco inocente. Esse brilho logo se torna sensual quando ela move os quadris. Um novo tipo de som sai dela, parte gemido, parte ronronar ofegante.

Eu sorrio.

— Aí está nossa linda Ômega. — Dou um beijo em seu queixo. — Pronta, querida? — Passo o nariz por sua bochecha enquanto Craze rola de volta para o lado. — Diga para eu me mover.

Ela estremece. Os cílios ainda estão úmidos com as

lágrimas. Mas nada em sua expressão é triste agora. É tudo calor. Desejo. *Intriga.*

— Me come — ela diz em vez disso, e sua ordem vai direto para minhas bolas.

— Você é uma aluna muito boa, srta. Marvel — Catum murmura com um gemido, claramente tendo gostado da exigência dela tanto quanto eu. — Chamas, é melhor você transar com ela, K. Ou serei o primeiro nó que ela sentirá nessa boceta bonita.

CATUM

Desafiar o Rei de Prata não é uma decisão sensata.

Mas, puta merda, preciso estar dentro dessa mulher. Agora mesmo.

Então, se ele não começar a se mexer, vou empurrá-lo e assumir o controle.

Estamos envolvidos no jogo da gratificação adiada. Foi divertido por um tempo. Mas agora... agora eu preciso da nossa Ômega.

— Humm — Krolic murmura, um som que pode ser bom ou ruim.

Decido que é o último quando ele sai da boceta dela, com a cabeça do pau manchada com a inocência dela. Quase espero que ele a obrigue a lambê-lo, mas, em vez disso, ele diz:

— Quero você de joelhos, Ailsa.

Ela pisca para ele, parcialmente atordoada com sua retirada repentina.

— O quê?

— De quatro, garotinha. Catum precisa que você chupe seu pau enquanto eu te como — ele diz.

Ah, o murmúrio era bom, então, percebo, satisfeito com esse desenvolvimento.

Quando Ailsa não se move imediatamente, ele agarra seus quadris e a rola de barriga para baixo. Então eu ajudo, segurando seu cabelo e puxando a cabeça para cima enquanto me ajoelho na frente dela.

Ela se debate, as mãos encontrando o colchão com a ajuda de Craze à medida em que Krolic a guia para ficar de joelhos.

Seus olhos estão arregalados enquanto ela olha para mim, a surpresa em suas feições é bastante sedutora.

— Abra os lábios, srta. Marvel — digo a ela.

Como uma boa menina, ela obedece, depois grita ao redor da cabeça do meu pau quando Krolic a penetra por trás. Não a deixo recuar, mantendo-a no lugar enquanto lágrimas se acumulam em seus olhos mais uma vez.

Mas essas lágrimas não são de dor.

São de prazer.

Um prazer que aumenta à medida que Krolic começa a estocar, exatamente como ela pediu.

As linhas envelhecidas de seu rosto estão tensas com prazer agonizante, seu prazer palpável enquanto seus quadris se movem contra ela.

Não há nada neste mundo como a boceta de uma Ômega. Ou, pelo menos, é o que todos nós sempre ouvimos. E parece que esse boato é muito, *muito* verdadeiro.

Mas quero sentir a boca dessa Ômega.

— Me chupe mais fundo — digo a ela, com os dedos ainda entrelaçados em seus cabelos, minha outra mão segurando sua nuca.

Ela crava as unhas nos lençóis enquanto eu arqueio sua cabeça um pouco mais para encontrar um ângulo melhor.

Então penetro sua boca cada vez mais aberta,

adorando o modo como seus olhos se arregalam em alarme.

Porque sim, sou mais longo que Craze. Mais largo também.

E meu nó é maior que o de Krolic também.

Ela está prestes a entrar em um mundo de prazer único no que diz respeito ao meu pau, algo que ela já parece estar aprendendo enquanto minhas tatuagens ganham vida dentro de sua boca.

Elas estão *se contorcendo*, algo que vai ser incrivelmente bom para ela quando eu a penetrar.

— Lembre-se de relaxar a garganta, srta. Marvel — digo quando ela começa a se engasgar. Krolic está provocando muitas sensações lá embaixo, levando-a à loucura a cada estocada.

Ele não estava mentindo quando disse que não precisava de nenhum acessório sofisticado para transar com ela direito.

Ele é um rei.

E está mostrando a ela o que isso significa.

— Chupe o clitóris dela para mim — ele diz a Craze.

O infame Chapeleiro Maluco sorri.

— Só se eu puder mordiscar também. — O sádico adora provocar dor.

Krolic assente enquanto os olhos de Ailsa ficam enormes.

Mas ela não pode protestar com meu pau enfiado em sua boca.

— Se isso se tornar demais para você, feche a mão e levante-a — digo, percebendo que ela precisa de uma palavra de segurança, bem como de um gesto para fazer quando não puder falar.

Ela me engole, revirando os olhos quando Craze se move por baixo dela.

— Demonstre para mim, srta. Marvel — exijo, apertando sua nuca. — Me mostre que você consegue cerrar o punho e levantá-lo no ar.

Seu olhar volta para mim, com um toque de clareza em suas feições, talvez porque Craze ainda não começou a brincar com ela, e Krolic diminuiu o ritmo. Ambos percebem o quanto isso é importante.

— Feche a mão, Ailsa. — As palavras de Krolic são sublinhadas com domínio, seu estado real se manifestando para envolver nossa Ômega com uma mão invisível e forçá-la a obedecer.

Seus cílios tremulam enquanto ela levanta a mão.

Solto o seu pescoço e passo a mão pela sua bochecha.

— Boa menina, srta. Marvel. Repita esse movimento agora se precisar que paremos.

Em vez disso, ela abaixa a mão com um olhar desafiador que me faz sorrir.

— Se mudar de ideia, sabe o que fazer. — Roço a sua bochecha mais uma vez, depois agarro o seu rosto e me empurro profundamente na sua boca.

Ela se engasga, depois geme quando Krolic retoma as estocadas.

Tudo isso enquanto Craze tortura seu clitóris.

Ela grita cada vez que ele morde e geme sempre que ele alivia a dor.

É uma visão gloriosa, que me deixa tão perto de gozar que quase cedo ao impulso.

Mas quero dar meu nó a ela.

Para nos unir. Para sentir a felicidade de sua entrada quente me apertando enquanto gozamos juntos.

Ela está prestes a experimentar o início disso agora com Krolic. Posso dizer que ele está perto, vejo na maneira como seu ritmo se tornou selvagem. Ele está se soltando.

Caindo no clímax que ele sabe que vai deixá-lo fora de controle.

É um raro momento de paz para ele. Um momento em que ele confia em Craze e em mim para proteger tanto ele quanto nossa companheira escolhida.

E algo nisso torna tudo ainda mais poderoso.

Somos um círculo por um motivo.

Uma unidade compartilhada do poder Alfa.

Como Segundo, serei o rei temporário enquanto Krolic se entrega ao prazer.

Então, ele reassumirá seu trono e eu vou comer nossa Ômega até ela perder os sentidos.

— *Puta merda* — ele geme, inclinando a cabeça para trás enquanto o orgasmo o invade. Seu nó dispara dentro da nossa Ômega e a faz gritar ao redor do meu pau.

Quase gozo com eles, a sensação de seus suspiros sufocados é quase suficiente para me levar ao limite. Mas puxo antes que ela me destrua com aqueles lábios e a puxo para cima, de joelhos, para que Krolic possa agarrar seu queixo e guiá-la de volta para um beijo.

Ela está exausta, sua forma de deusa rosada pelo esforço enquanto ela chega ao clímax com nosso rei.

É uma exibição erótica pra caramba, vê-lo pulsar dentro dela assim, com o pau profundo enterrado em sua boceta enquanto ele a segura como uma oferenda para nós adorarmos.

Craze está louco de tesão, olhando para eles da cama enquanto eu permaneço de joelhos, amando essa exibição selvagem de prazer.

Krolic está com a cabeça virada para o lado para poder devorar melhor a boca de Ailsa. Seu outro braço está em volta da cintura dela, sustentando seu peso enquanto ele libera seu êxtase dentro dela.

Isso continua por minutos. O abraço deles deixa Craze e eu ofegantes de *desejo*.

Mas nós lhes damos seu momento.

Permitimos que ela sinta seu primeiro nó.

Tudo isso sabendo que somos os próximos.

— Puta merda, querida — Krolic sussurra em sua boca, sua testa tocando a dela. — *Puta merda.* — Ele a beija novamente, seu êxtase continuando.

Ela está tremendo em seus braços, seu corpo dominado pelo orgasmo interminável.

É uma sensação que mal posso esperar para experimentar com ela.

Acaricio meu pau, antecipando totalmente o que está por vir.

Porque é a minha vez de estar dentro dela.

Minha vez de experimentar a felicidade de uma Ômega...

Minha mão fica imóvel, os pelos da nuca se arrepiam quando uma sensação escaldante percorre minhas veias. Não é agradável, mas é um aviso.

Craze e eu trocamos um olhar. Seus olhos escuros brilham com compreensão, porque ele também sente isso.

Eu me lanço sobre Ailsa e Krolic, envolvendo os dois enquanto ativo um portal no chão, destinado a nos levar para os Planos de Gelo.

Tanto para a segurança subterrânea, penso, furioso por ter permitido essa distração. Esta caverna tem sido um refúgio seguro por centenas de anos. O fato de alguém tê-la descoberto prova que Ailsa não está mascarada. Podem sentir o cheiro dela através de toda a minha magia.

O que é um problema enorme.

Porque ainda temos cinco dias antes do cio dela.

Os braços de Krolic estão ao meu redor enquanto acalentamos Ailsa entre nós, os três rolando pelo portal e caindo nos campos nevados. O frio queima minha pele nua, este plano tem um nome apropriado. Ele fica no alto das Montanhas Garnet e é envolto por nuvens, tornando difícil enxergar através da neblina.

Mas sinto Craze rolando no chão atrás de nós, sua presença é um cheiro que está gravado na minha memória. Rapidamente fecho o portal e examino a tundra gelada em busca de ameaças.

O plano D é um dos nossos últimos recursos.

— Merda — Craze murmura, tirando as palavras da minha boca enquanto se levanta de um salto. — Trazê-la aqui foi um erro. Nunca deveríamos ter deixado ninguém saber que ela existe.

Krolic já está balançando a cabeça.

— Monsterland merece conhecer sua rainha.

— Claro, *depois que* ela estiver carregando seu herdeiro — Craze rosna, mostrando um de seus lados mais antagônicos. Não posso dizer que o culpo, dada a situação.

Mas Krolic está certo.

— Nossa rainha também merece uma escolha — acrescento.

— Que escolha estamos dando a ela exatamente? — Craze exige. — Já a reivindicamos. Puta merda, estamos eliminando todos e qualquer um que se aproxima dela. Como isso é uma escolha?

Eu me solto de Krolic e Ailsa para poder me sentar. Não vou ter essa conversa espalhado no chão.

Passando os dedos pelo cabelo, tento recuperar o controle das minhas faculdades mentais.

Krolic, no entanto, é mais rápido.

— A escolha dela é se quer ou não aceitar seu papel em Monsterland.

— E se ela não quiser? — Craze retruca. — Nós

simplesmente a levamos de volta para o reino dela? Ou deixamos outro círculo Alfa reivindicá-la?

Krolic solta um grunhido baixo e se senta com Ailsa no colo. Felizmente, ele não parece mais estar dentro dela, seu nó provavelmente tendo diminuído no momento em que chegamos aos Planos de Gelo.

— Todos concordamos com este plano, Craze. Reclamar...

— Eu não reclamei — Ailsa interrompe. — Eu nem entendo o que está acontecendo, ou quais *planos* vocês fizeram, ou por que estou aqui, ou... ou *como* n-nós acabamos a-aqui. — Seus dentes começam a bater na última parte. O ar gelado não é nada gentil com sua pele exposta.

— Vamos levar essa discussão para dentro da cabana — digo a eles, apontando para a camada de gelo a cerca de dez metros à nossa frente.

Ailsa franze a testa para ela.

Considerando como parece do lado de fora, não me surpreende.

Krolic fica com ela nos braços, e eu pulo para ficar na frente dele.

Craze sai atrás de nós, claramente irritado.

— Que mudança de humor — comento com cautela.

Quando me aproximo da parede, pressiono a mão no centro e uma porta aparece, que só se manifesta quando um de nós três toca essa camada específica de gelo.

Empurrando a porta, mantenho-a aberta para Krolic trazer Ailsa. Craze segue logo atrás deles e se dirige ao quarto sem dizer uma palavra.

Presumo que ele esteja se vestindo, até que ele retorna com uma camiseta para Ailsa.

Krolic pega a camiseta e coloca sobre a cabeça de

Ailsa, criando uma espécie de vestido temporário enquanto Craze sai novamente.

— Volto já — Krolic murmura, seguindo Craze e me deixando sozinho com Ailsa.

Ela não disse nada desde que mencionou suas frustrações lá fora.

— Sinto muito, Ailsa — murmuro, sincero. — Você está certa. Deveríamos ter nos concentrado em nossos planos, não... — Quase digo "em nossos nós", mas pigarreio. — Que tal você se sentar ali enquanto eu preparo um chocolate quente para você?

— Será que vou conseguir aproveitar? — ela pergunta, parecendo exausta.

— Os únicos monstros aqui são criaturas da neve, e a maioria deles é leal a Krolic — digo a ela. — E eles não gostam de intrusos.

Ela olha para mim.

— Se você está dizendo que aqui é mais seguro, por que não começamos aqui?

— Porque achei que minha capa seria suficiente para esconder sua presença enquanto trabalhávamos em alguns outros detalhes — digo a ela.

— Que detalhes? — ela pergunta.

— Detalhes sobre a corte real. — Eu me viro para a cozinha, determinado a preparar algo para ela comer e beber. Acho que ela precisa disso depois de... tudo.

— Me diga o que isso significa — ela exige, parada a poucos passos atrás de mim. — Que detalhes você precisava resolver?

— Os planos finais para tentar recuperar o trono — respondo. — Mas tudo isso é irrelevante agora. Não conseguimos ficar no mesmo lugar tempo suficiente para finalizar nada. E, sinceramente, isso realmente não importa. Nossos aliados estarão do nosso lado ou não.

— Que aliados? — ela pergunta. — Porque todos que conheci até agora parecem querer me matar.

Eu balanço a cabeça e olho para ela.

— Eles não querem te matar, Ailsa. Eles querem transar com você ou te levar para o Rei Impostor.

Ela esfrega as têmporas.

— Mestre Pillar, eu...

— Catum — interrompo, virando-me para encará-la.

— Formalidades podem ser divertidas, mas agora precisamos ser Catum e Ailsa. Tudo bem?

Ela engole em seco, com o cansaço palpável.

— Catum — ela sussurra, fazendo meus lábios se curvarem um pouco.

— Boa garota — elogio, me inclinando para roçar a boca na dela. — Agora, por que você não se senta no balcão, já que não quer relaxar na sala? Vou preparar um chocolate quente para você, depois conversamos mais.

Ela dá um passo em direção aos bancos, como se fosse obedecer, mas então para e franze a testa.

— Não.

— Não? — repito.

— Não posso me sentar agora.

Franzo a testa.

— Por que não?

— Porque... porque... — Ela aponta para as coxas e depois para o monte escondido, a camisa grande parecendo mais um vestido nela. — Estou *vazando*.

Mordo o lábio para não rir.

Ela percebe, porque faz uma careta.

— Não tem graça.

— Você está certa — concordo. *É hilário.* Mas também não é hora de rir, então não acrescento essa explicação em voz alta.

Em vez disso, dou um passo em direção a ela e a levanto nos braços, fazendo-a gritar em resposta.

— O que você está fazendo? — ela grita.

— Levando você para o chuveiro — digo a ela. — Onde vou te limpar enquanto alguém prepara algo para comer.

A última parte é para Krolic e Craze. Os dois acabaram de se juntar a nós na cozinha.

— Ela quer chocolate quente — digo a eles, ciente de que Ailsa nunca disse isso, mas acho que ela vai gostar. — Preparem algo para acompanhar. Voltaremos em trinta minutos.

AILSA

MESTRE PILLAR — Catum — tira minha camisa e a deixa cair. Seu olhar ardente percorre meu corpo em uma carícia arrebatadora enquanto a água cai do chuveiro ao nosso lado. Não havia torneira ou alavanca para ligá-lo. Em vez disso, tudo o que ele fez foi acenar com a mão debaixo do chuveiro e a água começou a jorrar sobre o piso de mármore azul.

Não faço ideia de onde estamos ou por que estamos aqui. Ou como esses homens têm tantas casas. Percebo que Krolic é da realeza, mas deduzo que eles estão se escondendo.

— Todos esses lugares são seus?

Por alguma razão, essa é a primeira pergunta que faço.

Talvez porque estou tão perdida e confusa que não tenho noção de como proceder em qualquer tipo de conversa.

— Temos casas por toda Monsterland — ele murmura antes de me puxar para baixo da água quente.

Tudo o que ouço é a água do chuveiro cair sobre mim por um longo momento, o barulho repetitivo é quase reconfortante.

— São como refúgios — ele acrescenta depois de me guiar de volta para si. — Nós os encantamos para esconder nossa presença, o que funcionou por centenas de anos.

Mas seu cheiro aparentemente é forte demais para ser mascarado.

— Mas você queria que todos soubessem sobre mim? — hesito, me lembrando de algumas coisas que eles me disseram sobre a necessidade de Monsterland saber que sou uma Ômega.

Ele assente.

— Faz parte do ritual de acasalamento. — Ele pega um frasco de shampoo da prateleira, coloca um pouco na mão e começa a massagear meu cabelo. — Mas também é uma forma de garantir que o reino saiba que você é real, tornando sua escolha incrivelmente importante.

— Minha escolha — repito.

— Com quem você vai acasalar — ele responde antes de me empurrar gentilmente para baixo da água novamente. Ele passa os dedos pelo meu cabelo, lavando a espuma dos meus longos fios enquanto continua massageando meu couro cabeludo.

É uma sensação boa.

Relaxante, até.

No entanto, suas palavras ecoam na minha mente, tudo o que esses homens me disseram se repete em sequências aleatórias de reviravoltas lógicas e ilógicas.

Eles me trouxeram aqui para espalhar meu cheiro. Para garantir que toda a espécie Monsterland soubesse que eu existia.

No entanto, continuamos fugindo toda vez que alguém me encontra, porque os Alfas querem transar comigo... ou me levar para o Rei Impostor.

Estremeço. O que estou deixando de ver? O que eles não estão me contando?

— Qual é o ritual de acasalamento? — pergunto ao sair do chuveiro e me afastar de Catum.

Ele olha para mim, com um brilho sombrio nos olhos castanhos.

— É uma caçada.

— Uma caçada? — repito.

Ele assente.

— Onde a Ômega no cio corre e os Alfas... caçam.

Engulo em seco.

— E como...? Como isso é *minha* escolha?

— Porque uma Ômega só se submete ao círculo Alfa mais forte, e o círculo Alfa mais forte é normalmente aquele que a Ômega escolhe.

Balanço a cabeça lentamente.

— Isso não faz sentido.

Ele passa os dedos pelos cabelos grossos e solta um suspiro.

— O elixir desperta uma energia dentro da Ômega que impulsiona seu cio. Mas, com isso, vem um elemento mágico. As Ômegas são literalmente os diamantes do mundo Monsterland. Dentro de você repousa um poder diferente de qualquer outro.

— Mas eu sou humana — lembro a ele.

— Uma humana não pode receber um nó, Ailsa — ele responde, me segura pelo queixo e me força a sustentar o seu olhar intenso. — Eu vi o nó de Krolic disparar para dentro da sua linda boceta, confirmando quem e o que você é. Aceite. Você não é humana. Você é uma Ômega. O que te torna absolutamente extraordinária.

Ele me agarra entre as pernas no instante seguinte, penetra os dedos em minha umidade e me acaricia profundamente.

Eu gemo. Seus movimentos são inesperados e bruscos, mas ao mesmo tempo excitantes.

Mas, muito rapidamente, seu toque desaparece e seus dedos alcançam meus lábios.

— Abra — ele exige, pressionando para dentro sem esperar e me forçando a provar a mim mesma.

Não, não apenas a mim mesma.

Krolic.

Porque a essência dele ainda está dentro de mim, a substância quente que foi exatamente o motivo pelo qual eu não quis me sentar.

— Você sente o gosto, Ailsa? — ele pergunta, com os dedos na minha boca, me impedindo de responder. — *Isso* é o sêmen do nosso rei escorrendo entre suas coxas. Sêmen que só é liberado quando um Alfa *dá o nó* em uma potencial companheira *Ômega*. Você não é humana, querida. Você é algo completamente diferente. Agora *chupe.*

Oh, deuses... por que o domínio desse homem me deixa tão fraca? E por que estou tão ansiosa para obedecê-lo?

— Boa menina — ele murmura enquanto faço exatamente o que ele diz.

É isso, penso no instante seguinte. *É por isso que eu o obedeço.*

Seus elogios me fazem sentir quente.

Querida.

Importante.

— Agora me diga que você é uma Ômega — ele exige enquanto tira os dedos da minha boca.

Engulo, adorando o gosto que ele deixou. Sou eu e Krolic, com um pouco de Catum misturado. *Pecaminoso*, decido, minha garganta trabalhando mais uma vez.

— Srta. Marvel. — A autoridade em sua voz me faz tremer.

— Craze me disse que as Ômegas podem ser qualquer tipo de ser, incluindo humanas — sussurro, me lembrando do que ele disse. — Então, ainda sou humana e também... uma Ômega.

Mestre Pillar estreita o olhar, me considerando por um momento.

— Craze está certo... Ômegas podem ser qualquer tipo de ser. Mas o que ele não explicou é que quando o elixir é ingerido, ele desperta a alma Ômega dentro desse ser. E essa alma assume o controle, Ailsa. Quaisquer fraquezas que você possa perceber não se aplicam mais.

Ele me leva de volta para debaixo da água para continuar enxaguando meu cabelo, depois me puxa para perto novamente para passar o condicionador.

Estremeço e meus mamilos ficam duros ao roçar seu peito duro.

Ele está nu.

E colorido, penso, lançando um olhar furtivo para sua impressionante masculinidade. Ele é maior do que os outros homens e seu nó ainda mais impactante.

Estou com um pouco de medo de aceitá-lo, especialmente depois de como a estocada inicial de Krolic doeu.

Mas, ah, o prazer depois... a maneira como seu nó se prendeu a mim e me manteve em uma espiral descendente de prazer... eu gostei disso. Gostei *muito* disso.

— O ritual exige que você seja apresentada diante do reino — Catum me diz. — É por isso que você tomou o elixir e foi trazida para cá. Monsterland precisa saber que uma Ômega foi encontrada. O mais velho da nossa espécie exigirá que o ritual seja honrado.

— O ritual que exige que eu corra — traduzo antes que ele me mergulhe de volta na água.

Seus dedos massageiam meu couro cabeludo novamente e seu toque hipnótico quase me faz esquecer o que perguntei. Mas ele se lembra e responde no momento em que me puxa para fora do chuveiro.

— Sim, o ritual que exige que você corra e os Alfas

cacem. Não confiamos que o Rei Carmesim seguirá o protocolo. Acreditamos que ele irá prendê-la em uma jaula e obrigá-la a reproduzir, reivindicando-a como dele por causa do herdeiro dentro de você.

Engulo em seco.

— Foi o que a voz disse depois da cerimônia... que eu seria reproduzida.

Catum grunhe.

— Essa voz era Craze sendo lunático e tentando te assustar.

Meus lábios se curvam para baixo.

— Era Craze?

Catum assente.

— Sim, ele gosta de se exibir. Mas ele também não estava errado. O Rei Carmesim não vai seguir as regras. Engravidar você vai solidificar seu domínio.

— Por quê? — pergunto, sem entender essa parte. A menos que... — Esse é o resultado do ritual? Eu... ficar grávida?

Ele pega um sabonete e começa a ensaboá-lo entre as mãos. Então, muito baixinho, ele diz:

— Sim. É assim que a reivindicação é consolidada.

Arregalo os olhos.

— Me engravidando. — Não consigo evitar o tom estridente da minha voz. — E se eu não quiser engravidar?

— Então é sua escolha recusar todos os pretendentes — ele murmura e seus olhos encontram os meus. — Se essa for sua decisão, nós a respeitaremos. E o resto da espécie Monsterland também deveria.

— Dado o que experimentei até agora, tenho dificuldade em acreditar nisso — digo a ele.

— Porque Monsterland não é mais o que costumava ser. — Ele parece quase triste ao dizer isso. Seu olhar vaga para a parte superior do meu corpo enquanto começa a espalhar o sabonete pelo meu ombro e braço. — Queremos restaurá-la, mas, para isso, precisamos de uma Ômega. Tudo está de cabeça para baixo aqui, e tem sido assim desde que Heart começou a mexer com a hierarquia.

Heart. A irmã de Krolic.

— Mas é o Rei Carmesim que você fica insinuando que eu devo temer.

Ele se concentra em trocar de braço antes de responder:

— Os dois são igualmente vilões. Mas Crimson é o único que pode te engravidar. Heart tem um bloqueio, não um nó.

— Um... bloqueio? — Minha testa se franze, a confusão girando em minha mente.

— Você sabe como o nó de Krolic prendeu vocês dois, tornando impossível para você se afastar dele?

Suas palavras evocam uma lembrança agradável, que faz minhas coxas formigarem, uma sensação que aumenta quando ele começa a ensaboar meus seios.

— S-sim — consigo gaguejar.

— Um bloqueio é o oposto. É quando uma fêmea Alfa prende o pênis de um macho dentro de si — ele me diz com naturalidade. — Mas, mais do que isso, uma fêmea Alfa não tem sêmen. E você, minha doce Ômega, precisa da semente Alfa para criar um bebê. — Ele move a mão para minha barriga enquanto fala e um brilho melancólico cintila em seu olhar.

— E você quer isso — sussurro, com a garganta seca.

— Sim — ele admite, sem hesitar. — Todos nós queremos, Ailsa.

— Mas acabamos de nos conhecer.

— Será mesmo? — ele pergunta, voltando o olhar para mim. — Talvez você e Craze, sim, mas você pode realmente negar o que sentimos um pelo outro?

Eu... não posso.

No entanto...

— Quanto do que sinto é... real? O elixir é? — Paro, incapaz de terminar a pergunta. Porque, no fundo, parece errado até mesmo pensar assim.

Esses homens estão me cortejando há dois anos. Talvez seja estranho, mas é aí que nossas definições de "normal" diferem.

Eles se aproximaram de mim da maneira que acharam certa.

Posso puni-los por isso? Posso negar o que sinto por causa disso?

— O elixir inspira seu cio, o que, sim, pode alterar seu estado de espírito — ele responde. — Em alguns dias, você vai implorar por nossos nós. Mas esse instinto ainda não surgiu.

Não digo nada, apenas pensando no que ele disse.

Tenho me sentido um pouco fora do normal, tomando decisões irracionais, como brincar com os nós deles, mas eu... me sinto viva como resultado dessas escolhas.

Embora eu tenha abraçado totalmente a loucura deste reino, isso não significa que eu tenha perdido a cabeça, significa?

— Eu diluí o elixir, Ailsa — ele continua. — Bem, mais ou menos.

Franzo a testa.

— O que você quer dizer com "mais ou menos"?

— O elixir ritual deve levar três dias para fazer efeito. Isso faz parte do cronograma da caçada. — Seus lábios se contorcem. — Mas Crimson alterou a fórmula séculos atrás para torná-la mais potente, porque ele está desesperado para encontrar uma Ômega no cio. A única parte do ritual que ele manteve igual foi a exigência do aniversário de vinte e um anos, e acho que ele só fez isso para garantir que o elixir funcionasse corretamente.

Não consigo deixar de notar que ele não está mais se referindo a ele como o *Rei Carmesim*, mas como *Crimson*, sugerindo que esse é o nome verdadeiro do misterioso impostor.

Deixo esse pensamento de lado e me concentro no que ele está dizendo sobre o elixir.

— Então você... reverteu o elixir?

— Sim. — Ele retoma o banho, ensaboando meu torso antes de acrescentar: — Mas eu o tornei ainda menos potente para te dar tempo. Também queríamos garantir que outros em nosso mundo descobrissem sua existência. Se Crimson te levar agora, haverá um motim. Ele tem que seguir as regras e deixar os Alfas caçarem. Ou é possível que sua reivindicação seja contestada.

— Exceto que ele já não é o rei legítimo... — Deixo a frase no ar enquanto ele me gira gentilmente para começar a ensaboar minhas costas.

— Correto. Ele está fingindo ser o Rei de Prata.

— Mas você chama o Rei Carmesim de Crimson porque esse é o nome verdadeiro dele...? — formulei isso como uma pergunta.

— Crimson é o sobrenome dele — ele murmurou. — Assim como Silver é o sobrenome de Krolic. Eles são de alcateias rivais.

— Minha mãe escolheu o círculo de acasalamento Silver — uma voz acrescentou quando Krolic entrou no banheiro com uma bandeja. — E o círculo de acasalamento Crimson nunca a perdoou por isso.

Catum se ajoelha diante de mim e começa a ensaboar minhas pernas. Estremeço quando seu toque se move para dentro, passando pela parte interna das coxas e subindo até minha pele sensível.

— Você está dolorida, srta. Marvel? — ele pergunta baixinho.

Engulo em seco e balanço a cabeça.

— Não. — Isso ficou evidente quando ele penetrou os dedos dentro de mim há pouco. Eu não estava dolorida, de forma alguma.

— Outro sinal de sua mudança genética — ele murmura, inclinando-se para me beijar bem no clitóris. — Você não é mais uma humana comum, querida.

Quase caio para trás quando ele me beija novamente.

Mas ele não continua, apenas se inclina para trás e volta a ensaboar cada centímetro do meu corpo.

— Ela está questionando seu status de ômega? — Krolic pergunta, arqueando uma sobrancelha. — Porque eu ficaria mais do que feliz em provar que ela está errada novamente.

— Ela está em conflito sobre o que significa ser humana e ômega — Catum diz antes de alcançar minhas costas. — Mas ela está aprendendo. Certo, Srta. Marvel?

— Sim, Mestre Pillar — respondo com um suspiro.

Ele sorri para mim e pisca. Em seguida, se levanta e me ajuda a enxaguar.

— Da próxima vez que tomarmos banho, vou te ajudar a se dePillar — ele diz no meu ouvido. — Embora eu aprecie sua boceta bem cuidada, quero ver você nua.

Minhas bochechas ficam em chamas em resposta às suas palavras inesperadas, depois esquentam ainda mais quando ele dá um beijo no meu pulso.

Ele está atrás de mim, com o peito nas minhas costas, me permitindo sentir sua dureza em minha bunda. Seu calor me lembra uma marca e seu toque é cheio de promessas.

No entanto, ele se limita a me contornar para se lavar,

me dando uma exibição gloriosa de todos os seus músculos enquanto se esfrega e lava o cabelo.

Parte de mim quer se oferecer para ajudar, mas ele é uns trinta centímetros mais alto do que eu e não parece haver um banco ou um banquinho no chuveiro.

Quando ele desliga a água, estou ofegante. Mas tudo o que ele faz é me envolver em uma toalha e me passar para Krolic, que está esperando com a comida.

Ele leva algo vermelho para minha boca, que aceito sem examinar. O sabor explode na minha língua, me lembrando sopa de tomate. Mas está gelado.

Catum termina de se secar, com a toalha branca baixa nos quadris enquanto caminha em minha direção para me dar mais um pedaço.

Queijo quente, penso, gemendo de prazer. É uma das minhas refeições favoritas de casa, uma refeição que raramente fazia porque a cozinha não era minha. Mas, às vezes, eu entrava escondida para fazer um sanduíche de queijo e roubar sobras de sopa.

Krolic sabia disso, pois eu costumava levar comigo para comer sozinha.

É uma coisa simples, mas importante. Porque reforça o que Catum tem dito: esses homens me conhecem.

Não no sentido convencional.

Mas tudo bem.

Gosto do que não é convencional.

Gosto deles... Catum, Krolic e Craze.

— Então, qual é o plano? — pergunto a Catum e Krolic. — O que vem a seguir?

Porque quero entender tudo. Entendê-los. Entender minhas escolhas. Entender o futuro, o presente... *o ritual*.

— Estamos seguros aqui por enquanto — Krolic diz.

— Mas isso não vai durar muito. O que significa que precisamos discutir o plano Z.

— E qual é o plano Z? — pergunto em voz alta.

— Vamos levá-la de volta para o seu reino — ele responde, parecendo insatisfeito com a ideia. — Não é o ideal, mas se Monsterland não vai respeitar sua escolha, o que estou começando a questionar, considerando todos esses ataques recentes, então precisamos removê-la da situação.

Curvo os lábios para baixo.

— Mas e o seu trono?

Ele dá de ombros.

— Vamos reconquistá-lo de uma maneira diferente.

— De uma maneira diferente — repito.

Seus olhos verdes brilham enquanto ele olha para mim, e sua expressão exala uma tristeza que dói no meu coração.

— Sim. Virando Monsterland de cabeça para baixo.

KRӨLIC

Dou outra bomba de tomate para Ailsa.

Embora não tenha ouvido a maior parte da conversa dela com Catum, entendi o essencial do que discutiram: o elixir, o ritual de acasalamento e a rivalidade da minha família com a alcateia Crimson.

Meu sangue ferve como sempre quando penso no Rei Impostor e em Heart. Eles destruíram tudo, incluindo este reino.

Falei sério quando disse a Ailsa: se não conseguirmos resolver isso com o ritual de acasalamento, seremos forçados a seguir um caminho muito mais violento.

Até agora, não matamos ninguém, apenas ferimos gravemente aqueles que representavam uma ameaça. Principalmente porque ainda não temos certeza se os seres que nos atacam estão em seu perfeito juízo.

Eles não querem machucar Ailsa. No entanto, parecem inclinados a levá-la à força.

Craze me contou o que aconteceu na Selva dos Cogumelos com os homens-focinho.

— Eles foram dominados pela luxúria — ele murmurou na cozinha. — Todos foram dominados por ela, K. E está claro que eles não estão interessados em seu consentimento. Apenas no fato de ela ser uma ômega fértil.

— Foi assim que eles a chamaram? — perguntei, franzindo a testa para o termo "fértil".

O cio dela ainda não começou. Logo, por definição, não está "fértil". Por isso pude acasalar com ela sem engravidá-la.

Craze confirmou que essa foi a frase que um dos homens-focinho usou antes de tentar reivindicar seu direito.

Tradicionalmente, os alfas interessados e seus círculos de companheiros caçam uma ômega desejada durante o período ritual. E a ômega escolhe a quem se submeter, sucumbindo ao cio eventual.

No entanto, as ômegas podem recusar todos os pretendentes.

Isso raramente acontecia na época em que os rituais eram mais comuns. Mas quando acontecia, essa ômega escolhia viver sem companheiros.

Ailsa poderia seguir um caminho semelhante.

A menos que Monsterland não permita.

Nesse caso...

— Guerra — Catum diz, respondendo a uma pergunta que Ailsa acabou de fazer sobre o que eu quero dizer com virar Monsterland de cabeça para baixo. — Ele está falando sobre guerra.

Sim, penso, odiando a palavra. Infelizmente, ele está certo.

— Evitamos lutar por uma eternidade — acrescento, levando outro pedaço de queijo quente aos lábios dela. — Nossa esperança sempre foi encontrar um ômega para completar nosso círculo e lembrar Monsterland de nossos rituais. Porque, em algum momento, os alfas perderam o sentido da vida.

— Isso acontece quando o líder está ausente — Craze

interrompe ao se juntar a nós no banheiro. — Ou, neste caso, escondendo sua verdadeira identidade.

— Não sei se você está me insultando ou ao Rei Impostor — murmuro, nada divertido com seu comentário.

— Um pouco dos dois, imagino — ele responde antes de roubar uma das bombas de tomate.

Mas ele não come.

Coloca entre os dentes e dá para Ailsa comer. Ela geme, não muito diferente de como gemeu antes na nossa cama.

Craze agarra os quadris dela e a segura contra si. Seus ombros parecem relaxar no processo, enquanto sua personalidade muda visivelmente para alguém mais suave, gentil e carinhoso.

Quando terminam de compartilhar o tomate, ele parece muito menos irritado, o que é bom, porque seu lado irritadiço estava começando a me incomodar.

Se alguém tem o direito de ficar chateado por não ter conseguido transar com Ailsa, esse alguém é Catum. No entanto, além da ereção óbvia sob a toalha, ele parece bem.

— Você disse que Crimson está escondendo sua identidade — Ailsa murmura. — Fingindo ser o Rei de Prata.

— Sim. Seu lobo é branco, então ele só se mostra na forma de lobo quando Heart traduz seus decretos para as massas — explico. — Todos acham que é uma irmã apoiando o irmão.

— E há especulações de que o rei nunca se transforma em sua forma humana porque perdeu seu círculo de companheiros — Catum acrescenta. — O reino acha que Craze e eu estamos mortos.

— Por isso, eu sou o Chapeleiro Maluco — Craze

comenta, balançando as sobrancelhas enquanto ele pega outra bomba de tomate da bandeja e a come.

Pego outro pedaço de queijo quente para dar a Ailsa, mas ela não aceita de imediato.

— Então, o que muda se ele tomar uma companheira? — ela pergunta. — Por que isso o faria se revelar? E isso não iria irritar todo mundo?

— O reino caiu nas minhas mãos como o Alfa mais forte — digo, tentando explicar como funciona a hierarquia em nosso mundo. — No entanto, esse papel não é oficial até que um rei escolha uma companheira. Continuar a linhagem é muito importante neste mundo, mas com a falta de Ômegas... — paro de falar, engolindo em seco.

O desaparecimento das Ômegas começou com a morte da minha mãe. Então, mais nenhuma nasceu, tornando impossível para mim reivindicar oficialmente meu título.

Assim, começamos a caçar da maneira que um círculo de companheiros deveria.

E levou séculos para encontrarmos Ailsa.

Se ela nos recusar...

Não consigo nem terminar o pensamento. A escolha sempre será dela. Mas nosso círculo não vai desistir. Ela é a única para nós. E não apenas porque as Ômegas parecem estar à beira da extinção. É *ela*. Ela se tornou nossa escolha desde o momento em que senti seu cheiro pela primeira vez.

Nossa Ômega forte e aventureira. A mulher que nunca se afastou da minha fera, mesmo quando pensou que eu queria comê-la.

Ela sempre foi forte. Ousada. Confiante em si mesma.

Talvez tímida externamente com Catum, mas ousada em sua mente e em seus sonhos.

A companheira perfeita.

— Ômegas sempre foram raras — Catum continua por mim, enquanto se inclina contra o balcão, com os braços cruzados sobre o peito. — E só acasalam com Alfas fortes.

Assinto.

— Se o Rei Impostor tomar uma companheira nessas condições, ele será visto como o Alfa mais forte entre nós. E ninguém se importará com como isso foi feito. A menos, é claro, que sejam levados a perceber que ele está ignorando os rituais.

— Certo. Caso contrário, ele pode alegar que a Ômega veio diretamente até ele e recusou o ritual, como comprovado pelo herdeiro em seu ventre. — Craze pronuncia as palavras com um tom malicioso, sua antipatia palpável. — Foi por isso que te apresentamos à Monsterland, para provar que você não está negando o ritual.

— Para te dar uma escolha — reformulo. Porque esse era o objetivo de tudo isso: queremos que ela escolha seus companheiros por vontade própria.

E, é claro, esperamos que a escolha seja por nós.

Somos os alfas mais fortes de Monsterland. No fundo, sua alma ômega sabe disso.

É a parte humana dela que precisa entender e aceitar.

— Então, com o ritual, eu... eu corro. E vocês me perseguem? — Ela pergunta em um tom ofegante que vai direto ao meu nó.

E não sou o único que sente isso. Porque Craze geme:

— Graves, agora estou duro de novo.

Catum apenas sorri, mas tenho certeza de que ele não está indiferente às palavras da nossa Ômega.

— Você corre e os alfas perseguem, sim — ele confirma. — E você escolhe a qual círculo se submeter.

— Para um cio — ela diz lentamente, como se estivesse saboreando o termo. — O que significa...?

— Sexo — Craze rosna antes de agarrá-la e puxá-la para um beijo. — Muito, muito sexo. E gozar. E prazer.

Ela se derrete ao toque dele, seus lábios se arredondando em um gemido.

— Ohhh.

Craze sorri em sua boca.

— Você gosta disso, não é, linda?

Ela engole em seco.

— Eu... eu talvez goste.

— Você vai gostar — ele promete, beijando-a novamente. — Você vai adorar.

— Supondo que continuemos com o ritual — interrompo, odiando ter que ser a voz da razão. Mas é meu trabalho. Meu papel. Meu fardo. — Se os Alfas não respeitarem a escolha de Ailsa, então é muito perigoso continuar com nossos planos.

— Então vamos para o plano Z — Craze diz com um suspiro, afastando-se de Ailsa.

— Me levar... para casa — ela resume, curvando os lábios para baixo. — E depois?

— Depois lidamos com os problemas aqui e voltamos para buscá-la mais tarde — digo a ela. Odeio esse plano, mas é nosso último recurso. — Esperávamos que sua presença aqui reacendesse alguns de nossos velhos costumes. No entanto, até agora... parece ter provado o quanto Monsterland se tornou perdida.

Olho para Craze, com as palavras dele de alguns minutos atrás girando na minha cabeça.

— *Isso acontece quando o líder está ausente.*

É meu medo mais sombrio se tornando realidade.

Levamos muito tempo para encontrar uma

companheira em potencial, permitindo que Monsterland se deteriorasse sob o governo do Rei Impostor.

Procuramos uma Ômega por necessidade. Mas estaria mentindo se não admitisse que nossas razões iam além de apenas salvar o reino.

Queríamos um propósito.

Um futuro.

Uma rainha.

Talvez isso nos torne egoístas de certa forma.

Mas eu achava que trazer Ailsa para cá uniria o reino, não o dividiria ainda mais.

Previmos que os lacaios do Rei Impostor tentariam arrastá-la de volta para o seu covil, mas até agora, os únicos Alfas que vieram atrás dela são aqueles que querem se unir a ela.

Exceto talvez os irmãos Tweedle e Brandt. No entanto, nunca esperamos para ouvir os seus motivos. Simplesmente assumimos que eles estavam lá a mando do Rei Impostor.

Será que estivemos errados desde o início?, eu me pergunto. *Será que o traidor do meu trono enviou alguém atrás dela?*

— Precisamos seguir em frente com o plano Z — digo em voz alta enquanto minha mente tenta resolver todos os quebra-cabeças dos últimos dias.

Caramba, para ser sincero, esses quebra-cabeças datam de *séculos*. E agora estão ainda mais complicados porque o Rei Impostor não está fazendo o que esperávamos.

O que torna tudo aqui uma incógnita.

Não gosto de incógnitas.

— Ailsa estará mais segura fora de Monsterland neste momento — continuo, ainda pensando em voz alta. — Sei que temos aliados aqui, mas atualmente não confio em ninguém. Precisamos nos reorganizar e determinar em quem podemos realmente confiar. E não podemos fazer isso com ela servindo essencialmente como isca para o caos.

Nossa Ômega franze a testa ao ouvir o termo "isca".

Mas é um termo preciso.

Ela é um farol para o caos.

— Alguém tem que ficar para trás para protegê-la — Craze diz. — O reino dela está muito conectado ao nosso para simplesmente deixá-la lá.

Ele está certo. Há uma razão pela qual o decreto do Rei Impostor é tão fortemente obedecido em todos os reinos. Somos o coração de toda a magia, nossa influência monstruosa se espalhou por toda parte.

O Rei Impostor tem informantes em todos os lugares.

É por isso que não levaremos Ailsa de volta para o seu distrito ou para qualquer lugar onde ela possa ser notada e descoberta. Graças à tecnologia e à cobertura da imprensa, todos no reino dela saberão que ela é uma Ômega, já que os resultados da cerimônia foram transmitidos para o mundo todo.

Ela será reconhecida em todos os lugares que for.

E é por isso que o Rei Impostor nunca esperaria que a levássemos de volta para lá.

No entanto, assim como em Monsterland, temos lares no mundo dela. Lugares onde podemos escondê-la enquanto resolvemos os problemas aqui.

— Você irá com ela — digo a Craze.

Não porque ele não será útil aqui, mas porque é um mestre do disfarce. Se alguém pode proteger Ailsa enquanto se move pelo reino, é ele.

É por isso que ele foi escolhido para ser sua escolta inicial aqui.

E é por isso que ele precisa ir com ela agora.

Ele assente.

— Tudo bem.

— Tenho voz nessa decisão? — Ailsa pergunta.

— Tem — Catum diz antes que eu possa responder. — A escolha sempre foi sua, Ailsa. Sempre *será* sua. Mas é exatamente isso que estamos tentando conseguir agora. E, como não podemos garantir sua capacidade de escolher aqui, faz sentido passar para o plano Z, como Krolic disse.

— Ou poderíamos elaborar um plano totalmente novo — ela sugere. — Um que envolva eu escolher vocês agora e dar o herdeiro de que você precisa. Então, você poderia recuperar o trono, certo? Fazer exatamente o que Crimson planejou e dizer que eu escolhi não me entregar à caçada?

Meu coração se aperta com a ideia e minha alma imediatamente recusa a opção.

Porque não é quem nós somos.

Não tomamos nada à força.

E não vamos acasalar nossa Ômega sob falsos pretextos.

Faremos isso da maneira certa.

Ou não faremos nada.

— Eu não sou Crimson — digo a ela com a voz rouca. — Eu não posso... *não vou*... me esconder atrás de um detalhe técnico. Se – *quando* – retomarmos o trono, será da maneira certa. Porque sou um rei que respeita a espécie Monsterland. Não um covarde que se esconde atrás de miragens e mentiras descaradas.

Ela me encara por um longo momento. Então ela contorna Craze para chegar até mim e fica na ponta dos pés para beijar meus lábios.

— Eu entendo. — Ela segura meu queixo, só então me fazendo perceber que cerrei os dentes em algum momento durante meu discurso. — Mas abrir mão da caçada e escolher você nunca seria uma miragem ou uma mentira. Porque acho que escolhi você e seu lobo na primeira vez que nos encontramos.

Eu me inclino para o seu toque, fechando os olhos.

— Por mais que eu queira fazer isso, não posso. Pelo bem do reino, precisamos realizar o ritual — digo a ela. — Eles precisam se lembrar dos nossos costumes.

Mas precisa ser seguro o suficiente aqui para que possamos realizar a caçada da maneira como deve ser feita.

— Tudo bem — ela sussurra, me beijando novamente.

Seguro sua nuca e a puxo ainda mais para perto para retribuir o beijo, desta vez permitindo que minha língua entreabra seus lábios carnudos e aprofunde nosso abraço.

Ela estremece, depois se pressiona com mais firmeza contra mim.

Passo o braço livre em torno de sua cintura, segurando-a junto a mim enquanto a possuo. Adoro-a. *Devoro*-a.

Luas, ela é viciante.

Perfeita.

Linda.

Minha.

Meu lobo ronrona por dentro, satisfeito com sua aquiescência. Emocionado com sua presença. Amando seu carinho.

Caçamos por uma companheira por tanto tempo, finalmente encontrando a perfeita em uma floresta nos arredores de uma pequena mansão desprevenida.

Ela vivia em um bairro nas montanhas, sua vida não era de prestígio, mas de trabalho. E algo nisso a tornava ainda mais perfeita.

Porque ela nunca foi colocada em um pedestal. Nunca foi do tipo que mandava nos outros ou menosprezava ninguém.

Ela é jovem. Vibrante. *Viva.*

Trabalhadora. Dedicada. E cheia de sonhos.

Sonhos que eu quero realizar.

Ela merece tudo e muito mais.

— Vamos preparar Monsterland para você — prometo. — E voltaremos para buscá-la, Ailsa. Eu juro.

Ela engole em seco e assente.

— Se não voltarem, encontrarei outro portal para cair.

Eu sorrio.

— Você não caiu, garotinha. Você pulou.

Ela franze a testa.

— Eu definitivamente caí.

Dou de ombros.

— Se é assim que você prefere lembrar, tudo bem. Eu vou lembrar da minha versão. — Em que ela se inclinou para tocar o portal e basicamente mergulhou nele. — Você está destinada a governar este reino, Ailsa Marvel.

— Você será a Rainha de Monsterland — Catum declara, aproximando-se por trás dela para beijar sua nuca. — E nós seremos seus cavaleiros.

— Sua corte pessoal — Craze acrescenta, dando um passo à frente para completar o círculo ao redor dela. — Todos nos curvaremos diante de você como nossa companheira.

— E a adoraremos como nossa deusa — concluo, com meus lábios nos dela. — Sinto muito, garotinha. — Porque odeio que ela não possa ficar. Odeio que Monsterland precise da nossa intervenção agora. Odeio ter que dizer *adeus*.

Craze encontra meu olhar quando olho para ele, meu queixo se inclinando em um aceno.

Ele precisa te levar agora.

Antes que eu mude de ideia.

Antes que eu decida aceitar sua oferta.

Não que eu possa. Ela deve estar no cio, e me recuso a

dar a ela outra dose daquele elixir só para acelerar o processo.

É assim que o Rei Impostor escolhe jogar.

Mas, como eu disse, não sou ele.

Eu sou o Rei de Prata. O verdadeiro herdeiro do trono. O Rei de Monsterland.

E meu círculo de companheiros é o mais forte da terra.

Finalmente, é hora de lembrarmos ao nosso reino nosso lugar no topo da hierarquia.

É hora do Rei Impostor e da minha querida irmã pagarem.

Assim como é hora de nos despedirmos temporariamente, penso, olhando para nossa companheira escolhida. Eu a beijo uma última vez, então deixo Catum virá-la em seus braços para fazer o mesmo.

Ela ainda está vestida apenas com uma toalha, mas Craze encontrará algo para ela vestir em seu reino natal. Ele a esconderá. Protegerá. E garantirá que ninguém a encontre.

Seu olhar me diz isso enquanto ele a puxa para seus braços.

— Vamos embora agora? — Ailsa pergunta, parecendo sem fôlego.

— É uma hora tão boa quanto qualquer outra — ele responde. — Espere, Ailsa. A ascensão não é tão fácil quanto a queda.

Seus lábios se curvam para baixo.

— O quê?

Craze não explica, apenas invoca um portal e a puxa para dentro dele.

O redemoinho se fecha meio segundo depois, deixando Catum e eu olhando um para o outro.

— Quem é o primeiro da lista de mortes? — ele me

pergunta casualmente, como se não estivéssemos prestes a aniquilar metade do reino.

— Quero falar com Brandt primeiro — digo a ele. — Descobrir se ele está em seu perfeito juízo. — E se estiver, ele será o primeiro Alfa que servirá de exemplo.

Catum concorda.

— Tudo bem. Eu vou...

O chão se abre sob nossos pés, jogando-me de encontro ao balcão e Catum no chuveiro de onde ele acabou de sair.

Nós dois franzimos a testa e o estrondo se intensifica quando um portal se abre onde Craze estava segundos atrás.

Ele sai voando, com uma toalha na mão – a toalha que estava em volta de Ailsa quando ele saiu com ela – e cai no chão.

Inconsciente.

Sozinho.

E coberto de sangue.

AILSA

Eu pisco.

Depois, franzo a testa.

— Craze? — sussurro, com a boca incrivelmente seca.

— Por quê...? — Engulo em seco, minha voz é apenas um som rouco. *O que aconteceu?*, eu me pergunto, piscando novamente.

Um minuto atrás, estávamos no banheiro.

E no outro...

Não me lembro.

Eu só... estou aqui.

Franzo ainda mais a testa. Estou na minha cama. Sinto os caroços familiares debaixo de mim, vejo o papel de parede rachado decorando a parede sem graça. Há pouca luz, a janela estreita acima mal permite que a luz do sol entre no meu quarto no porão.

O cheiro de almíscar provoca minhas narinas.

Mas, por baixo dele, há um aroma sutil e persistente de canela.

E fumaça.

E floresta.

Craze. Catum. Krolic.

Onde eles estão?

E por que estou aqui?

Rolando para o lado, imediatamente me arrependo da

decisão e encolho os joelhos contra o estômago. Porque *argh*. Estou me sentindo mal. Como se não tivesse comido nada há dias e ainda assim não tivesse vontade de comer.

O que há de errado comigo?, eu me pergunto, com a cabeça girando enquanto fecho os olhos. A tontura ataca meus sentidos, piorando a sensação de vômito.

Deuses, Craze não estava brincando quando disse que a ascensão seria pior do que a queda.

Mas onde ele está?

Espio novamente, procurando por seus cabelos escuros e olhos pecaminosos. Até mesmo seu rosto mascarado seria suficiente agora. Mas ele não está no meu campo de visão, e não tenho certeza se consigo me sentar para examinar o resto da sala neste momento.

Mas eles não disseram que eu não voltaria para o meu distrito?, penso, franzindo a testa mais uma vez. *Algo não está certo.*

— Ailsa? — uma voz feminina murmura, me assustando.

Baronesa Clarice.

— Finalmente acordou, menina? — ela pergunta, e a impaciência sutil em sua voz faz meu estômago revirar.

Ela só me chama de *menina* quando está descontente.

Engulo em seco, minha garganta mal funciona. Preciso de toda a energia que tenho para rolar em direção à porta do porão.

— Eu... não me sinto bem, baronesa Clarice. — Minha voz rouca mal atravessa o espaço entre nós.

No entanto, posso perceber que ela me ouviu pela maneira como cruza os braços.

— Bem, não, imagino que não. Você perdeu a cerimônia do seu aniversário e ficou inconsciente por dias.

O quê? Eu pisco para ela.

— Eu...

— Eu disse que vagar pela floresta não era saudável.

— Ela continua como se eu não tivesse tentado falar e começa a descer as escadas, seus saltos batendo contra a madeira. — Talvez agora você me escute, humm?

Ela acende as luzes, me fazendo estremecer e cobrir os olhos. Os tubos fluorescentes são brilhantes demais para esta área, mas ela diz que isso a ajuda a confirmar que estou mantendo o meu quarto *limpo*.

Não que eu tenha muito espaço para sujar.

Uma cama de solteiro.

Uma cômoda e um guarda-roupa para meus uniformes.

E um banheiro com um chuveiro medíocre.

Isso é tudo.

O que ela quis dizer com "perder sua cerimônia"?, eu me pergunto, tentando me concentrar. Eu... eu fui à minha. Bebi o elixir. E... e conheci os homens mais incríveis.

— O dr. Tav virá em breve para avaliá-la. Quero ter certeza de que você está se recuperando adequadamente. — Ela se aproxima da cama, os lábios franzidos enquanto me olha. — Você está três dias atrasada nas suas tarefas, Ailsa. Isso é muito inconveniente para todos nós.

— Desculpe — consigo dizer, com a boca seca.

Foi tudo um sonho?

— Humm — ela murmura, batendo o pé. — Bem, vou pedir à Tabitha para te trazer algo para comer enquanto espera pelo dr. Tav. Faça exatamente o que ele disser. Não podemos deixar você morrer aqui.

Com essa frase adorável, ela joga seus longos cabelos loiros sobre o ombro e sai pelo mesmo caminho por onde veio.

Não respiro até que o som de seus saltos não seja mais do que uma lembrança.

Estou em casa. No meu distrito. E perdi a cerimônia do meu aniversário.

Isso... isso não pode estar certo.

Eu estava naquele banheiro, enrolada em uma toalha, dizendo aos três Alfas que não precisavam me caçar, que eu diria que os escolhi.

Craze me trouxe aqui.

Eu ainda estava com a toalha. E eu...

Franzindo a testa, olho para baixo e vejo que estou vestida com meu uniforme habitual de criada: calça marrom escura e camiseta branca simples.

Me levanto, olho para o meu guarda-roupa parcialmente aberto e vejo o vestido cerimonial azul e branco pendurado na porta espelhada.

Meu estômago se contrai. *Não. Não, isso não pode estar certo.*

Craze, Krolic e Catum são reais.

Tudo o que vivemos... foi demais para ser um sonho.

Exceto que até os sapatos estão no chão, esperando para serem calçados.

Minhas mãos começam a tremer e o tremor sobe pelos meus braços quando Tabitha aparece na escada. Ela desce com a cabeça baixa. Seu comportamento tímido me lembra o meu quando comecei a trabalhar na mansão da Baronesa Clarice.

Mas Tabitha parece um pouco mais nervosa agora. Talvez porque tenha tido que trabalhar horas extras nos últimos dias para cobrir minha ausência.

Ela se aproxima de mim com a bandeja, sem levantar os olhos.

Não nos conhecemos bem. Ela começou a trabalhar aqui há apenas treze meses e é oito anos mais nova que eu. Ainda assim, não gosto da postura dela. Está um pouco abatida, como se algo tivesse acontecido recentemente para quebrar completamente seu ânimo.

— Você está bem? — pergunto baixinho, ciente de que há dispositivos de escuta por toda parte nesta mansão.

A baronesa Clarice leva sua segurança a sério e isso inclui monitorar sua equipe. Mas ela não tem se interessado muito por mim nos últimos anos, provavelmente porque estou com ela há tempo suficiente para saber meu lugar e como fazer meu trabalho corretamente.

No entanto, foi através da segurança que ela descobriu minhas frequentes idas à floresta.

Ela não gostava das minhas "pequenas aventuras", como ela as chamava, mas nunca me disse para parar. Apenas disse que não era seguro e que era melhor eu não pegar um resfriado.

Parece que falhei nessa exigência.

Supondo que eu realmente estivesse doente, penso, franzindo a testa novamente. *Não poderia ter sido um sonho. Meus Alfas são reais. Ainda posso sentir o cheiro deles. Ainda posso sentir o toque deles.*

Krolic me marcou entre as coxas.

Posso sentir isso.

A maneira como seu nó pulsava dentro de mim.

Seu sêmen.

Aquilo não foi um sonho.

Tabitha coloca a bandeja na cama, me lembrando de sua presença e da pergunta que ela ainda não respondeu. Olho para seus olhos violeta, notando o fino cacho de cílios rosados emoldurando seus olhos felinos. Ela é humana, mas sempre houve algo sobrenatural nela. Algo que parece realçado por suas feições faciais. Os reflexos rosados em seus cabelos também parecem artificiais.

Mas apenas humanos são servos neste mundo.

E ela é uma serva.

Portanto, humana.

— Não beba o chá — ela sussurra. Suas palavras são quase inaudíveis.

Então, ela se vira e sai sem dizer mais nada, me deixando em um silêncio atordoado.

Olho para a bandeja, notando o pequeno sanduíche de salada de atum e a xícara de chá ao lado.

Algo não está certo.

Faço uma careta quando outra parte de mim rosna: claro que tem.

Craze, Catum e Krolic são reais. Tenho certeza disso. Eles são meu... meu círculo de companheiros. Mais ou menos. Não realmente. Não *ainda*.

Balanço a cabeça e imediatamente me arrependo. A sensação de delírio me atinge novamente.

Eu estava em Monsterland. Sou uma Ômega. Eu... eu não deveria estar aqui.

Não é um sonho. Não é um sonho. Não. É. Um. Sonho.

Mas como o vestido está em perfeitas condições? E os sapatos?

Eu destruí tudo isso em Monsterland.

Expirando, esfrego a mão no rosto. Nada disso faz sentido.

E, embora meu estômago esteja me matando, não quero comer.

Não beba o chá, Tabitha disse.

Mordendo a bochecha, examino o conteúdo. Parece normal.

Me inclino e cheiro. O cheiro também parece normal.

Mas isso não significa que eu queira provar. Especialmente depois do aviso de Tabitha.

Balançando a cabeça, empurro a bandeja para o lado e forço as pernas a se moverem em direção ao chão. Elas parecem pesadas, confirmando que talvez eu tenha dormido por um tempo.

Ou tenha sido drogada, penso.

Não tenho certeza de como seria isso, mas ouvi falar sobre drogas das filhas da baronesa Clarice. Bem, não diretamente delas. Apenas nos filmes que elas costumavam assistir.

— Se mexa, Ailsa — digo a mim mesma.

Mas mal consigo sentir o chão de cimento sob meus pés descalços. É como se eu estivesse entorpecida.

— Onde ela está? — uma voz grave ressoa, causando um arrepio na minha coluna.

— No quarto dela, descansando — a baronesa Clarice responde com um leve ronronar. É uma voz que eu nunca a ouvi usar antes. Ela geralmente é exasperada ou severa, não... sedutora.

— Leve-me até ela — o homem rosna.

Há algo em sua voz que desperta todos os meus instintos. Uma sensação de que algo está errado, que não consigo explicar. Um *alerta* que me faz querer correr.

Mas minhas pernas estão pesadas como chumbo e minha cabeça está latejando.

Deuses, isso não é bom. Isso...

Passos na escada me fazem olhar para a entrada do meu quarto no porão, bem quando um homem de calças pretas e camisa branca começa a descer.

Ele é alto. Forte. Do mesmo tamanho que Krolic, Catum e Craze.

Um Alfa, percebo, e então franzo a testa com meu conhecimento. Como eu sei disso?

Como eu sei que isso está acontecendo?

Talvez... talvez eu tenha desmaiado no portal e isso seja apenas um pesadelo.

Ou... ou nada disso aconteceu e foi apenas um sonho fantástico. Até que acordei para a realidade.

— Srta. Marvel? — pergunta a voz grave, com um tom suave.

Pigarreio e me concentro no homem que se aproxima, notando as rugas profundas perto dos olhos – olhos de um azul vibrante que contrastam com o cabelo preto e a pele pálida.

Ele é bonito.

Sem dúvida.

Mas não cheira bem.

O que é estranho. Meu nariz normalmente não é tão sensível, mas há algo em sua colônia que está um pouco estranho. *Sândalo,* eu acho. *Não é o tipo certo de óleo de árvore.*

Krolic cheira a cedro e pinho.

Este Alfa... seu cheiro é muito suave. Muito *diferente*.

Preciso da floresta.

Preciso de *Krolic*.

— Olá, srta. Marvel — o Alfa murmura e seus olhos se iluminam ao me analisar.

Engulo em seco, desconfortável com sua proximidade. Sua *falta de sintonia*. Eu... não sei como sinto isso, mas não vou ignorar meus instintos. Não quando tudo o mais parece tão pouco confiável.

— Sou Tav — ele me diz ao se sentar ao meu lado na cama.

— Dr. Tav — Baronesa Clarice interrompe, recebendo um olhar frio do Alfa à minha frente. Nem sei ao certo como sei que ele é um Alfa. Talvez pelo tamanho. Mas agora tenho certeza.

E, pensando bem, a Baronesa Clarice... ela também é uma Alfa.

Como nunca percebi isso antes?

Ela é alta. Esbelta. E excepcionalmente dominante.

Mas nunca percebi seu status. Ela sempre foi apenas a Baronesa Clarice, um ser de origem sobrenatural desconhecida que por acaso era dona da mansão onde eu trabalhava. Nunca fiz perguntas. Nunca me perguntei sobre sua herança. Apenas obedeci.

No entanto, neste momento, tenho certeza absoluta de sua classificação, como se tivesse adquirido a capacidade de identificar aqueles com traços de Monsterland.

Será resultado do elixir? *Ou será que perdi completamente a cabeça?*

— Ela precisa respeitar e obedecer aos seus superiores — ela sibila em resposta a algo que o dr. Tav acabou de dizer. Não ouvi, estava muito perdida nos meus pensamentos. — Ela está plenamente consciente da sua posição. E vai se dirigir a você como *doutor*.

O Alfa solta um som de descontentamento antes de pigarrear e olhar para mim novamente.

— Ouvi dizer que você não está bem.

Isso é um eufemismo, eu quero dizer.

Mas não quero antagonizá-lo, nem à Baronesa Clarice.

A presença Alfa deles é... opressora. Intensa. Exige submissão.

Muito diferente de Krolic, Catum e Craze. Embora eu pudesse sentir suas personalidades dominadoras, eles nunca me fizeram sentir que eu precisava suplicar ou implorar por seus favores. Eu os obedecia para agradá-los.

Com a Baronesa Clarice e o dr. Tav... minha obediência seria motivada pelo medo.

Mas eu não tenho medo deles.

É uma sensação estranha, que não consigo entender completamente.

E não estou pronta para aceitá-la.

Não até entender o que está acontecendo.

Então, em vez disso, pigarreio e digo:

— Não sei bem o que aconteceu, mas dormi por um tempo. — Isso parece verdadeiro – eu *definitivamente* dormi por algum tempo. O que explica a sonolência, a dor de cabeça e a sensação geral de peso morto.

Mas espero que eles também acreditem na história da Baronesa Clarice sobre eu ter perdido a cerimônia.

Eu não perdi. Meu círculo de companheiros é real.

O vestido deve ser uma réplica. Essa é a única explicação que aceito.

Porque a vida sem Catum, Krolic e Craze... simplesmente, não. Nem vou considerar essa possibilidade. Não depois de passar um tempo com eles e ter um gostinho do que poderíamos ser juntos. Preciso de mais. Preciso deles. Preciso do potencial para o nosso futuro.

O dr. Tav não diz nada imediatamente, em vez disso, se estica para pegar o chá. Ele cheira e seu nariz franze visivelmente.

— O que é isso? — ele pergunta, olhando para a baronesa Clarice.

Ela simplesmente olha para ele.

— Chá.

Sua expressão endurece.

— Refaça.

— Como?

— Você me ouviu, Heart. *Refaça.*

Eu recuo ao ouvir o nome – Heart - serve como um golpe no meu coração, fazendo meu pulso acelerar. A irmã de Krolic.

Isso é... isso é mesmo possível?

Por que ela estaria aqui?

Talvez eu tenha entendido mal.

— Desculpe, pequena — o dr. Tav diz. Sua mão segura a minha e envia uma onda de frio pelas minhas veias. Quase tremo em resposta. Seu toque é tão errado que mal consigo pensar direito. — Eu não quis rosnar.

Rosnar? Repito para mim mesma. *Oh.*

Ele acha que meu pulso está acelerado por causa do seu rosnado, não por ter ouvido *Heart*.

Será que ouvi direito?

— Refaça o chá — ele diz novamente, sem olhar para mim.

— Eu não *faço* chá — a baronesa Clarice - *Heart?* – diz antes de pegar a bandeja e se dirigir para as escadas. — E também não me submeto a você.

O dr. Tav grunhe.

— Como se eu não soubesse.

A baronesa joga seus longos cabelos loiros por cima do ombro, como costuma fazer, e sobe as escadas com um gingado, batendo a porta atrás de si.

Dr. Tav suspira, traçando círculos indesejados com o polegar no meu pulso.

— Não combinamos, não é? — ele pergunta em voz baixa.

Eu pisco.

— O quê?

Ele inclina a cabeça para o lado, com os olhos azuis quase gentis.

— Você me ouviu, srta. Marvel. Nossos aromas não combinam.

Desta vez, não consigo impedir que um arrepio percorra meu corpo.

E ele solta minha mão, levando os dedos ao cabelo escuro enquanto balança a cabeça.

— Nada é o que parece aqui. Absolutamente nada.

— O que você quer dizer?

— Eu esperava que fôssemos compatíveis, pelo menos para tornar isso mais palatável. Mas eu deveria saber que o destino nunca me recompensaria com tal presente. — Ele olha para a escada, fazendo uma careta. — Mas ela não vai se importar. Ela nunca se importa.

— Eu... eu não entendo.

— Não, imagino que não — ele murmura. — E por isso, sinto muito. Droga, sinto muito por muitas coisas. Infelizmente, desculpas são um conceito do passado.

Ele se levanta.

— Vou verificar se sua comida e seu chá estão seguros para comer e beber — ele diz, finalmente olhando para mim. — Você vai precisar de suas forças, Ômega. Os próximos dias serão difíceis para nós dois.

Com isso, ele sai.

Tudo o que posso fazer é ficar olhando para a escada.

Ele me chamou de Ômega.

É real. Tudo... é real.

E tenho quase certeza de que acabei de conhecer o Rei Carmesim.

CRAZE

O QUE ACABOU DE ACONTECER?, penso, com a cabeça latejando enquanto abro os olhos lentamente.

Há água por toda parte.

Encharcada de sangue.

— Que merda é essa? — Me sento, espirrando o líquido quente por todo o revestimento de mármore.

— Ah, que bom, você acordou — Krolic diz. — Já estava na hora.

— O quê? — Eu pisco. — Por que estou em uma banheira?

— Porque você estava coberto de sangue e sangrando muito — Catum responde. — Tive que fazer algo para curá-lo rapidamente. Mas, ainda assim, levou dois dias.

— *Dois dias?* — Tento pular da banheira, mas minha agilidade falha, e minha cabeça me força a cair de volta na banheira.

— Você está fazendo uma bagunça — Krolic me repreende.

— Ah, me desculpe — respondo, irritado. — Vou me afogar em vez disso.

Ele grunhe.

E Catum suspira.

— Vamos limpar isso depois. O importante é colocá-lo a par de tudo.

— A par do quê? — pergunto enquanto recosto a cabeça no revestimento de mármore e fecho os olhos. — Fui atacado por um ogro de novo? Essas coisas estão sempre tentando me espancar até eu ficar em pedaços, e sinto que um deles se esgueirou para me atacar. Provavelmente me acertou na cabeça com um taco de pedra ou alguma merda do tipo.

— O Rei Impostor está com Ailsa — Catum me diz, o que me faz franzir a testa.

Ailsa Marvel.

Minha companheira em potencial.

Não, não uma companheira em potencial. Definitivamente, *minha companheira.*

Abro os olhos rapidamente enquanto me forço a sair da água novamente. Desta vez, Krolic me joga uma toalha em vez de me repreender por fazer bagunça. Eu a pego, mas não a uso. Em vez disso, olho boquiaberto para Catum enquanto minhas memórias começam a ressurgir.

Estávamos neste mesmo banheiro, conversando com Ailsa sobre os rituais de acasalamento. Um pouco sobre Crimson. Então decidimos... pelo plano Z.

Eu criei o portal.

E nós...

Franzo a testa.

— Não me lembro do que aconteceu depois de entrar

no portal. — Tudo é um borrão, como um grande buraco negro.

— Minha irmã aconteceu — Krolic rosna e se inclina para começar a esvaziar a enorme banheira. Não vai demorar muito, a magia gira no ar para acelerar o processo e limpar a bagunça deixada para trás. As preocupações de Krolic são em vão.

Pelo menos em relação ao banho.

Suas preocupações com a irmã, no entanto, estão definitivamente se provando válidas.

— O que ela fez? — questiono, precisando entender, preencher as lacunas da minha memória perdida.

— Ela armou uma arapuca. *Acima do solo* — Catum murmura. As palavras parecem irritá-lo. — O gato nos avisou para não levar Ailsa para cima. Achei que ele quisesse dizer Monsterland. Mas não, ele quis dizer no reino dela.

— O que às vezes é chamado de ir acima do solo — traduzo, percebendo o que ele quer dizer. — Que merda.

— Sim, *que merda*. Ela esteve se escondendo à vista de todos o tempo todo. — Catum parece furioso. — Eu até *a encontrei* como Baronesa Clarice, mas não percebi sua presença. Ela está brincando conosco há dois anos.

— Mais do que isso — Krolic diz, parecendo igualmente furioso.

Mas eu... estou um pouco perdido em uma parte importante dessa conversa.

— Baronesa Clarice?

— Minha irmã é a Baronesa Clarice — Krolic diz entre dentes. — Ou melhor, ela transformou a mulher em uma espécie de fantoche. Um *eu sombra* seria o termo apropriado, eu acho.

— Ela basicamente a possuiu e está existindo dentro dela — Catum explica — É uma loucura.

— Claro — murmuro. — Heart nem consegue se transformar em loba. É por isso que ela nunca foi forte o suficiente para governar.

— Ela ainda não consegue se transformar — Krolic afirma. — Mas parece que está usando outra magia, uma antiga e sombria, para consolidar seu domínio de várias maneiras. — Ele parece irritado com isso, provavelmente porque é a primeira vez que ouvimos falar disso.

Mas essa situação poderia explicar como ela conseguiu matar os pais e irmãos deles.

E também como escapou da prisão há tantos séculos.

Catum cruza os braços.

— O enigma do gato incluía uma parte sobre como ela sempre esteve um passo à nossa frente. Presumimos que seja por isso.

— Assim como esperamos que a parte sobre Ailsa ser a chave para derrubar Heart, uma rainha contra outra, também seja verdadeira — Krolic acrescenta.

— Exatamente. — Catum se move para ligar o chuveiro. — Você precisa se enxaguar, Craze.

Quase digo para ele se danar, mas a toalha ensanguentada em minhas mãos sugere que ele está certo. Jogo o pano sujo na banheira ainda escoando, onde desaparece junto com a água.

— Qual é o plano? — pergunto enquanto entro debaixo do jato frio. Vai esquentar logo. Mas não dou a mínima para a temperatura. Me importo com o tempo perdido e como vamos recuperar nossa Ômega.

— Invadir o palácio — Catum declara.

Eu bufo.

— Claro. Eu adoraria. Mas precisamos de um exército. Qual é o plano de verdade?

— Invadir o palácio — Krolic repete.

Olho boquiaberto para os dois.

— Vocês beberam demais do meu chá, amigos. Isso é uma missão suicida.

— Não exatamente — Krolic murmura. — Estivemos ocupados enquanto você dormia.

Arqueio uma sobrancelha.

— Eu não diria que estava *dormindo*.

— Independentemente disso, encontramos alguns velhos amigos seus — Krolic continua.

— Amigos? — repito. — Eu não tenho amigos. — Exceto pelos dois idiotas que estão me observando tomar banho agora.

E Ailsa.

Eu gostaria de chamá-la de amiga também.

Além de deusa chupadora de pau.

Mas vou discutir esse apelido com ela mais tarde. Quando a encontrarmos. Porque vamos encontrá-la. E vou matar qualquer um que tenha tocado nela, decido enquanto começo a lavar o cabelo.

— Brandt — Krolic me diz. — E os irmãos Tweedle.

Minha mão para.

— O quê?

— Tive uma conversinha com eles sobre o motivo pelo qual tentaram atacar Ailsa. Foi muito... esclarecedora.

— Eles a chamaram de fértil, como os homens-focinho? — pergunto.

— Sim — Krolic confirma. — Mas eles não se lembram por que se sentiram assim e ficaram bastante horrorizados com as próprias ações.

Olho para ele.

— Então, eles se sentiram... possuídos?

— Parece que sim — Catum responde. — Assim como a baronesa Clarice.

— Assim como a baronesa Clarice — Krolic repete. —

Dizer que Brandt e os irmãos Tweedle ficaram furiosos com essa revelação... seria um eufemismo.

— Mas eles estão livres do poder dela? — pergunto.

Catum e Krolic sorriem.

— Agora, estão — Krolic me diz.

— Como? — pergunto em voz alta.

— Jurando lealdade — Krolic responde, me fazendo piscar.

Eu pisco para ele.

— O quê?

— Percebemos que as criaturas da neve aqui nunca foram afetadas pela magia dela, porque juraram lealdade a mim há muito tempo. Aparentemente, é tão simples quanto um voto. — Krolic dá de ombros. — Então, como dissemos, nosso plano é invadir o palácio. E enquanto você descansava sua beleza, reunimos alguns amigos para ajudar.

Ignoro a provocação sobre meu "descanso de beleza" e me concentro no que mais importa.

— Vocês realmente estiveram ocupados.

— Sim — os dois homens dizem.

— Isso ainda vai ser uma missão suicida — digo a eles. Porque essa coisa de lealdade parece fácil demais. — Mas dane-se. Estou dentro.

Ganhei meu título de Chapeleiro Maluco por um motivo. *Este* motivo. Se meus melhores amigos querem invadir uma maldita fortaleza para resgatar nossa Ômega, então sou o Executor certa para o trabalho.

Termino de me enxaguar, desligo a água e pego uma toalha limpa.

Só resta uma coisa a dizer.

— Vou precisar das minhas cartas.

Porque a Rainha de Copas vai pagar. Aquela vadia vai cair, mesmo que eu tenha que me sacrificar no processo.

Hora de jogar.

AILSA

Não TOCO na comida nem na bebida da nova bandeja. Tabitha a trouxe pouco depois de o *dr. Tav* sair. Mas me recuso a comer. Não confio no conteúdo.

Caramba, não confio em *nada* aqui.

A porta do meu quarto está trancada. Sei disso porque tentei abri-la há cerca de trinta minutos.

Normalmente, isso não seria problema. Já escapei pela janela do porão dezenas de vezes.

Mas, agora, essa janela não se move.

Porque não é a mesma janela.

Descobri logo depois de encontrar a porta trancada e estou tentando entender o que significa. Obviamente, não estou em casa de verdade. Mas por que passar por toda essa charada de fingir que estou aqui? Por que me dizer que a cerimônia nunca aconteceu, apenas para que o Rei Impostor, ou quem tenho noventa e cinco porcento de certeza de que é ele, me chame de Ômega?

Nada disso faz sentido.

A Baronesa Clarice é realmente Heart? Ou Heart está apenas se passando pela Baronesa Clarice?

Ando pelo quarto com a mente a mil.

Onde estão Catum, Krolic e Craze? Craze se machucou de alguma forma? Ele me perdeu no portal?

Vou até o guarda-roupa para tocar no vestido cerimonial azul e branco. Parece o que usei no outro dia. E os sapatos também são do mesmo tamanho.

Ranjo os dentes.

Será que tudo isto é um ardil elaborado para me fazer enlouquecer? Porque está funcionando. Eu...

A fechadura estala no andar de cima, fazendo os cabelos da minha nuca se arrepiarem.

Mas a sensação de expectativa desaparece quando vejo que é Tabitha.

Ela entra em silêncio no quarto, fechando a porta atrás de si, e desce as escadas como se fosse um gatinho silencioso.

— Você não tocou na comida.

Olho para ela e arqueio uma sobrancelha.

— Você está aqui para me forçar a comer? — Sai um pouco rude, o que não é minha intenção. Mas estou cansada de toda essa bobagem.

Pelo menos, a rouquidão na minha voz desapareceu.

Estranho, porque não bebi nada. No entanto, me sinto um pouco normal novamente. Até meu estômago parou de revirar.

Tabitha me encara.

— Acho que você deveria pelo menos experimentar o chá.

Eu pisco para ela.

— Mais cedo você...

— É um chá muito bom — ela enfatiza, me interrompendo. — Confie em mim.

Franzo a testa. Uma hora atrás, ela me disse para não beber o chá. Agora, ela quer que eu experimente?

Caminho até lá, determinada a pegar a xícara e jogá-la na parede ou despejar o conteúdo no ralo do banheiro.

Mas quando levanto a xícara de cerâmica de tamanho médio, vejo um pedaço de papel dobrado cuidadosamente embaixo dela.

Ou, pelo menos, acho que é um papel. É pequeno, a mensagem foi dobrada várias vezes para ficar escondida debaixo da xícara.

Coloco a bebida de lado e pego o bilhete.

Quando olho para Tabitha, ela está com um dedo na frente dos lábios.

Franzindo a testa, desdobro a carta e arqueio uma sobrancelha ao ler as cinco palavras.

— Há ouvidos por toda parte.

Eu bufo.

Não brinca, quero responder. Mas como não posso, deixo meus olhos transmitirem a mensagem por mim.

Tabitha pega a bandeja.

— Bem, já que você não quer comer nada, vou levar isso lá para cima. — Ela dá um passo, depois tropeça, derramando todo o conteúdo no chão. Com um grito alto, ela diz: — Você me empurrou.

Arqueio as sobrancelhas.

— Não empurrei.

— Empurrou, sim! — ela acusa, parecendo furiosa. — Agora vou ter que pegar produtos de limpeza para arrumar a sua bagunça. O que há de errado com você, Ailsa? Por que você é tão ingrata?

Com esse discurso glorioso, ela sai batendo os pés e sobe as escadas, me deixando boquiaberta com sua partida.

— Todo mundo aqui é louco.

Pego o bilhete que ela me deixou, rasgo-o e jogo-o no cesto do banheiro.

— Que útil — murmuro.

— Você não tem ideia — uma voz sedutora diz, o que

me faz gritar e virar no mesmo momento em que a porta do banheiro se fecha.

O chuveiro começa a funcionar um segundo depois, quando um homem aparece ao lado da banheira. Corro para a porta, mas ele é mais rápido, me agarra pelo pulso e me puxa de volta para ele.

— Não vou te machucar, Ailsa Marvel. — Seu aperto forte no meu pulso diz o contrário. — Mas preciso entregar uma mensagem.

Observo seu cabelo rosa vibrante e seus cílios combinando, e imediatamente franzo a testa.

—Você se parece com a Tabitha.

— Bem, parentes costumam ser parecidos — ele diz com voz arrastada. — Mas não estou aqui para discutir semelhanças familiares, querida mascote. Preciso saber o quanto você descobriu sobre o ritual.

Eu o encaro.

— O ritual de acasalamento?

— Não, o de formatura.

Franzo ainda mais a testa.

— O quê?

— Claro que me refiro ao ritual de acasalamento, querida — ele responde bruscamente, sua mudança repentina de humor me faz querer recuar. Mas sua mão ainda está apertando meu pulso. — Me diga o que você sabe.

— Que é uma caçada...

— Não, me diga o que você sabe sobre como começa — ele interrompe e sua falta de paciência começa a me irritar.

— Escute, eu não sei quem você...

— Querida — ele interrompe, com um ronronar sutil sublinhando a palavra. — Estou destinado a amar você e adorá-la como a futura Rainha de Monsterland, mas agora preciso que você se concentre. Você é a nova jogadora no tabuleiro, a rainha desconhecida. Você tem o poder de consertar tudo isso, mas precisa me ouvir.

— Diz o homem que fica fazendo perguntas — retruco.

Ele faz um som que quase soa como uma risada abafada. No entanto, seus olhos felinos irradiavam irritação. — Você não tem ideia de como o ritual começa.

Arqueio uma sobrancelha, preferindo o silêncio à confirmação. Afinal, foi ele quem disse que eu precisava *ouvir*.

— É claro que não sabe como começa. — Ele parece irritado. — Eu avisei a eles, Ailsa. Avisei para não levarem você para a superfície, mas eles ouviram? Não. Alfas filhos da mãe.

Ele finalmente me solta e dá um passo em direção à porta para pressionar a orelha na madeira. Depois de um segundo, acena com a cabeça e volta para a banheira.

Este pequeno banheiro de repente parece ainda menor com nós dois isolados dentro dele.

— Certo, não temos muito tempo. — Ele olha para a porta, depois volta para mim. — O palácio tem olhos e ouvidos por toda parte. Lembre-se disso, minha rainha. *Use* isso. Se você declarar seu desejo por uma caçada, o ritual deve ser oferecido. Mas você tem que realmente querer. Grite por ele. *Implore*. E encontre a História de Alice. Está escrita nas paredes. As palavras dela... *estão por toda parte.*

As duas últimas palavras são um sussurro no vento quando o homem desaparece diante dos meus olhos.

A porta se abre com um estrondo um segundo depois, me fazendo gritar e pular de volta para o chuveiro.

A baronesa Clarice está lá, com os olhos semicerrados, examinando o cômodo.

— Ouvi vozes.

Engulo em seco.

— Eu... eu estava falando sozinha. Sobre a bandeja. — É uma coisa idiota de se dizer, mas se aprendi alguma coisa durante meu tempo em Monsterland, é que a insanidade é moeda corrente. — Eu não empurrei a Tabitha.

A baronesa revira os olhos.

— Não dou a mínima para sua comida e bebida, Ailsa. Agora se limpe. Temos uma cerimônia para participar.

— Uma cerimônia? — repito.

— Sim — ela sibila. — Aquela que você perdeu no seu aniversário. Lembra? Então, tome um banho e vista-se. Esperarei por você lá em cima.

A porta se fecha com um estrondo antes que eu possa dizer mais alguma coisa.

Por que ela está fingindo que ainda não passei pela cerimônia?

Ela quer que eu tome o elixir de novo?, me pergunto. *O mais potente? Para forçar meu cio?*

Mas, se for esse o caso, por que o Rei Impostor me chamaria de Ômega? Por que me dar a dica de que ele já sabe quem e o que eu sou?

Passo os dedos pelo cabelo e me viro para olhar no espelho.

— O que eu devo fazer? — questiono, com o vapor do chuveiro embaçando o vidro.

Estou prestes a esticar o braço para limpá-lo quando uma única palavra aparece. *Fuja.*

Arregalo os olhos.

— Eu... — Engulo em seco, baixando a voz para um sussurro. — Eu devo fugir?

"Fuja" desaparece, sendo substituída por *sim*.

Pulo para trás com a mão no peito.

— Isso não pode estar acontecendo. — É oficial: perdi a cabeça.

Outra palavra aparece.

Vá.

Estremeço, começando a balançar a cabeça de um lado para o outro enquanto o vidro embaça mais uma vez.

Para o, segue, me fazendo olhar boquiaberta para o espelho. *Pátio* é a palavra final.

— E fazer o quê? — pergunto à estranha figura.

— Implore pelo — escreve o ser invisível — ritual.

— Você é o homem de cabelo rosa? — pergunto com cautela. — Você ainda está aqui?

— Não.

— Então, quem é você? — questiono, ainda sussurrando.

— Alice.

Eu olho fixamente.

— Esse é o nome que o cara de cabelo rosa deu. — O que me deixa instantaneamente desconfiada.

Eu sou.

Uma.

Ômega.

A sequência de letras me deixa sem fôlego.

— Você é uma Ômega invisível? — sussurro. — Como...?

Liberte-nos, é tudo o que a figura responde. Em seguida, duas linhas aparecem abaixo dessas palavras, pontuando-as.

— Exigindo o ritual — digo.

Sim.

— Você quer que eu seja caçada pelos alfas.

Sim.

— E se...? — Não consigo terminar a pergunta. Há muitas incógnitas. E se o Alfa errado me levar? E se eles me forçarem a procriar? E se meu círculo de companheiros não chegar a tempo?

A figura já está desenhando novamente.

Não.

Se submeta.

Até.

O.

Círculo.

Certo.

Te.

Encontrar.

Isso soa sinistro.

No entanto, eu entendo, graças aos meus Alfas, que explicaram parte do processo.

Só não sei como exigir o ritual.

— Eu simplesmente... imploro para ser acasalada? — pergunto, engolindo em seco.

Sim.

No.

Pátio.

— E é assim que a caçada começa?

Não, a figura volta. *Rosna.*

— Rosna? — repito. — Alfa... rosna?

Sim.

Não sei exatamente o que isso significa, mas suspeito que vou descobrir. Supondo que tudo funcione. E que eu não tenha perdido completamente a cabeça.

Mas estamos em Monsterland.

Aceite a loucura, penso. *Experimente o caos.*

Dou uma risada.

— Eu enlouqueci completamente.

Ótimo, a figura responde. *Você está pronta.*

Fico boquiaberta diante do espelho.

— Certo...

Balanço a cabeça e entro no chuveiro.

Vou me limpar, vestir o vestido e fingir ser a pequena Ômega obediente que a Baronesa Clarice espera que eu seja.

Então, vou correr assim que encontrar o pátio. Se eu conseguir vê-lo.

Depois disso... *Vou implorar.*

AILSA

No momento em que saio do porão, fica claro para mim que estamos em algum tipo de ilusão. Uma que não consigo entender muito bem. *Como Heart está fazendo isso?* eu me pergunto, olhando para a mulher que conheço como Baronesa Clarice.

Ela arqueia uma sobrancelha, provavelmente esperando que eu faça uma reverência, como faria normalmente.

Quase a desobedeço. A vontade de olhar diretamente para ela me atinge em cheio.

Mas cerro os dentes e faço a reverência que ela espera, fingindo entrar no jogo.

Encontre o pátio, digo a mim mesma. Como vou fazer isso se não consigo ver através dessa ilusão?

— Pare de enrolar — ela diz bruscamente, seus saltos já fazendo barulho.

Vaca, penso, me levantando.

O comportamento dela não está diferente. Ela sempre foi assim. Mas eu... eu me sinto diferente. Talvez seja a capacidade de perceber seus traços alfa ou meus instintos que me dizem que ela não é quem parece ser. Talvez esteja relacionado ao elixir que despertou minha Ômega interior, ou ao fato de ter sido exposta ao meu círculo de companheiros.

Independentemente disso, posso sentir a mudança, sentir que nada aqui está certo.

Porque não é real.

Pelo menos, não da maneira que deveria ser.

Os corredores se parecem com a mansão onde passei os últimos nove anos da minha vida, mas os cheiros não estão certos. A sensação geral também está errada.

Esta não é a casa da Baronesa Clarice.

Também não é a minha casa.

Mas poderia ser, penso, olhando ao redor mais uma vez. *Aqui é Monsterland.*

Reconheço alguns dos aromas da minha breve estadia aqui, assim como consigo sentir o cheiro do meu círculo de companheiros.

Fogo.

Especiarias.

Cedro.

Inspiro, permitindo que a presença deles me acalme. *Eles estão por perto? Ou apenas em algum lugar dentro do reino?*

— O que você está fazendo, Ailsa? — a baronesa Clarice – *Heart* – pergunta. — Apresse-se.

Aparentemente, parei no corredor, perdida no ambiente.

— Desculpe — digo, fingindo uma careta de desculpas.

Ela estala os dedos e eu obedeço rapidamente, pulando para a frente e retomando o caminho atrás dela. Tudo isso enquanto tento discernir a origem da ilusão, como enxergá-la.

Porque não conseguirei encontrar este pátio evasivo se não conseguir romper esta miragem.

Supondo que o pátio seja real, penso.

Eu me sacudo mentalmente. *É real.*

Tudo em Monsterland é insano. Eu só tenho que abraçar o caos. Aceitar que o incomum é o novo normal.

Acreditar que eu estou destinada a estar aqui, com todo o caos.

Sou uma Ômega. E quero participar do ritual.

É assim que vamos reconquistar Monsterland. Quebrar qualquer feitiço que essa Alfa tenha lançado sobre o reino. E destruir suas ilusões.

Expor o Rei Impostor.

Embora eu esteja questionando o quanto ele participa de tudo isso.

Heart parece ser a mente por trás de tudo.

Há quanto tempo ela é a Baronesa Clarice? Ela sabia que eu era uma Ômega o tempo todo?

A resposta para a última pergunta provavelmente é sim. O que significa que ela sabia que Krolic e Catum estavam no meu distrito. Ela deixou que eles me levassem.

Por quê?

Ou talvez... talvez eles tenham frustrado seus planos originais ao reagir rapidamente. Talvez ela não quisesse que eles me levassem.

O que sugeriria que ela nunca levou em conta o quanto eles me contariam, o quanto eu sei agora.

Pelo que percebi, ela não tem muita consideração pelas Ômegas. Ela quer que eu implore. Ela não me vê como uma rainha. Nem me respeita como sua igual.

— Ela está plenamente consciente de sua posição — ela disse a Tav anteriormente. Havia um tom de orgulho nessa afirmação, quase como se ela estivesse satisfeita por ter me ensinado a ser inferior.

Ela sem dúvida presume que funcionou, já que estou concordando e seguindo-a como um bom animal de estimação. Que eu claramente acreditei na história dela e não acredito que meu "sonho" foi real.

Ah, foi muito real, penso. *Mas este lugar não é.*

Estamos do lado de fora agora, e posso sentir a

diferença no ar. Há algo doce por perto. Floral. *Como rosas*, penso, inspirando. Só senti esse aroma uma vez, quando Mestre Pillar trouxe um vaso delas para colocar no altar.

Me lembro de me aproximar sorrateiramente para cheirar a flor bonita, curiosa para saber qual era o seu aroma. Foi a primeira vez que vi rosas ao vivo, e estas eram particularmente únicas, pois eram roxas.

Por que estou sentindo cheiro de rosas agora?, me pergunto, examinando a paisagem monótona da montanha. *Não há flores por perto.*

O campo de girassóis mais próximo fica a quase dois quilômetros de distância.

Olho para a borda da floresta, para onde normalmente correria, e franzo a testa ao perceber que ela não está mais lá. Estreitando os olhos, percebo que há muitos detalhes que não existem aqui. Assim como a fechadura da janela do porão.

É uma miragem imperfeita.

Então, o que acontece se eu correr em direção a algo que sei que é impreciso?

Mordo o lábio, pensando se devo agir. Isso vai revelar meu disfarce obediente, mas o que mais posso fazer? Segui-la até a cerimônia que ela tem em mente?

Não.

Não, eu *não* vou fazer isso.

Porque eu sei o que isso causaria. Catum diluiu minha dose propositalmente. Não vou contrariar o trabalho dele, não até ter certeza de que o ritual será honrado.

É meu dever como Ômega. Meu destino. E eu aceito esse caminho.

Engolindo em seco, olho para a baronesa e noto que ela está caminhando com determinação em direção à capela. Os detalhes são perfeitos.

Mas a borda da floresta ainda não está.

Particularmente, o lugar por onde corri durante minha fuga após a cerimônia.

Ela não viu, percebo. *O que significa que ela não previu.*

Algo que Catum, Krolic e Craze fizeram atrapalhou seu plano.

Ou talvez... tenha sido simplesmente *eu*.

Ela está ciente das habilidades deles e elaborou uma estratégia cuidadosa contra os três. Mas eu sou uma incógnita.

O que foi que aquele homem de cabelo rosa disse?

Você é a nova jogadora no tabuleiro, a rainha desconhecida. Você tem o poder de consertar tudo isso.

Ao declarar que quero um ritual, acrescento.

Mas preciso ser ouvida.

Preciso ser vista.

E não vou conseguir isso nesta ilusão.

Hora de correr...

Não questiono meu instinto. Simplesmente corro em direção à floresta.

A baronesa Clarice nunca passou tempo lá. Ela não conhece os detalhes como eu. Deve ser suficiente para romper sua miragem e finalmente ver o que está ao meu redor. Para finalmente abraçar Monsterland e todo o seu caos.

A Alfa disfarçada ruge atrás de mim.

Mas não obedeço. Não escuto. *Não me submeto.*

Tiro os sapatos baixos, estúpidos e desconfortáveis, e corro mais rápido. Com mais força. E atravesso a linha das árvores, entrando em uma terra de rosas.

Eu sabia!

Só que é um mar infinito de cores e sebes, e o labirinto se espalha diante de mim em curvas e voltas caóticas.

Não é um pátio, mas também não está mais escondido da minha vista.

Começo a correr ao lado dele, ansiosa para encontrar mais, para localizar um lugar central, para aproveitar o que o homem de cabelos cor-de-rosa disse sobre haver olhos e ouvidos por toda parte.

Tenho uma declaração a fazer.

Um pedido que não pode ser negado.

Ritual. Ritual. Ritual. A palavra se repete na minha cabeça a cada passo, atingindo uma crescente quando encontro uma escadaria ornamentada que parece levar a uma abertura no labirinto.

As sebes em forma de jardim de rosas se abrem na parte inferior, formando uma espécie de parede oval com várias aberturas em arco. Mas a área à frente é uma fonte enorme, que pode ser alcançada se eu descer a grande escadaria.

Não é um pátio. Pelo menos, não no sentido tradicional. No entanto, não há nada de tradicional neste lugar.

E parece oficial, com as estátuas de pedra decorando a área da fonte.

Tem que ser aqui.

Dou um passo, mas um borrão branco chama minha atenção pelo canto do olho. Eu me viro na direção dele. Meus lábios se abrem ao ver algo a talvez dez metros de onde estou.

— Fera — sussurro, correndo instantaneamente em sua direção.

Mas quando estou a poucos metros, ele se afasta de mim, levando-me a outra escadaria, que sobe.

Meu estômago se revira, a direção não parece certa.

Mas é Krolic em sua forma de lobo. Ele está claramente tentando me mostrar algo.

Subo alguns degraus, com o nome dele na ponta da língua, quando seu cheiro me envolve.

Meus passos ficam mais lentos e respiro fundo, esperando ser dominada por sua colônia amadeirada. Só que... sinto o cheiro de cinzas. Como uma árvore em chamas.

Franzo a testa.

O cheiro está completamente errado.

Fera para no topo da escada, seus olhos verdes com um olhar expectante.

O comentário de Krolic sobre como Crimson se disfarça como o Rei de Prata sussurra em minha mente.

Mas esse cheiro também não pertence a Tav. Ele me lembrava óleo de sândalo, e essa fragrância lembra o cheiro de uma árvore queimando.

Eu estava errada sobre Tav ser Crimson? Este é o Rei Carmesim?

Estremeço e dou um passo para trás.

O lobo rosna em resposta.

Não é Fera.

Eu me viro e corro de volta, depois corro para a outra escada.

Eu deveria ter seguido meus instintos. Mas deixei esse lobo me distrair.

Posso senti-lo correr atrás de mim, seu cheiro está errado.

— Eu quero o ritual! — começo a gritar, com medo de que ele me alcance primeiro. — Eu quero ser...

Algo duro me atinge por trás, me jogando para frente.

Não penso. Rolo com a força, deixando o impulso me levar morro abaixo ao lado da grande escadaria.

Espinhos afiados prendem-se ao meu vestido, rasgando o tecido apertado. Mas não me importo. Deixo-o rasgar enquanto giro e caio em um caminho de cascalho que emoldura o labirinto de rosas.

Rosnados irrompem perto da minha cabeça.

Eu os ignoro, suportando a agonia para me levantar e correr descalça pelas pedras em direção às estátuas da fonte.

— Eu sou Ailsa Marvel! — grito, com o coração batendo forte no peito e nos ouvidos. — Eu sou uma Ômega! E eu quero o ritual! Me cacem!

Não tenho ideia se o que estou dizendo está correto. Mas continuo gritando enquanto chego à fonte, apenas para ser derrubada no chão coberto de pedras por um lobo furioso.

Ele rosna para mim enquanto a baronesa Clarice diz:

— Garota tola. — Ela está descendo as escadas, seus saltos ecoando pela fonte. — Você não tem ideia do que fez.

Ela está fervendo. Posso sentir sua fúria como uma onda quente em meus sentidos, seu peso quase mais intenso do que o do lobo em cima de mim.

O animal rosna, abaixando o focinho até meu pescoço para abrir as mandíbulas ao longo da minha garganta.

Eu paraliso. O gesto dominante me intimida da pior maneira possível. Se fosse Krolic, eu inclinaria a cabeça para o lado em sinal de submissão. Mas este Alfa não é Krolic. Ele é um desconhecido. Um rival estranho. E não é meu companheiro.

Alguém assovia ao longe e o som ecoa ao nosso redor, fazendo o lobo rosnar no meu pescoço.

— Ah, ah, ah. Você conhece as regras, Spaten — uma voz cantarola.

O homem de cabelo rosa, reconheço, engolindo em seco.

— A Ômega solicitou o ritual. Então, toda a espécie Monsterland foi convidada para brincar, e não acho que eles ficarão muito satisfeitos com você exigindo a submissão dela antes mesmo de os jogos começarem.

— *Você* — a baronesa sibila. — Você tem se intrometido. Eu disse o que aconteceria se...

— Suas ameaças são desnecessárias, Rainha de Copas — ele interrompe friamente. — Uma nova rodada começou. Você e eu continuaremos nossa dança caso você vença.

Ela rosna e o som vibra na pedra debaixo de mim enquanto o lobo ecoa o grunhido na minha garganta.

Então, um rosnado mais alto e intenso ressoa pela terra enquanto o cheiro familiar de cedro me envolve.

Fera.

Minha *fera.*

Krolic... está aqui.

KRΘLIC

Mal consigo acreditar no que vejo, mas reconheceria meu irmão mais velho em qualquer lugar.

Ele deveria estar morto.

Morto pela nossa querida irmã.

Mas está em cima da *minha* Ômega.

Rosno novamente, o que faz suas orelhas se mexerem enquanto seus olhos verdes – do mesmo tom dos meus – se fixam em mim.

Todo esse tempo, pensei que Heart estava por trás da morte dos nossos pais.

Mas agora vejo claramente.

Foi Spaten. Sempre foi Spaten.

É por isso que seu lobo é idêntico ao meu. Porque sua presença permaneceu aqui como rei. Porque alguns do reino escolheram segui-lo.

Ele é um herdeiro.

Não *o* herdeiro, mas um herdeiro aceitável.

E sua aura está repleta de escuridão.

Magia?, eu me pergunto. *É ele quem está lançando feitiços sobre os habitantes do reino?*

Eu achava que era Heart. Agora, não sei mais o que pensar.

Especialmente porque minha irmã parece ainda estar possuindo a Baronesa Clarice.

Ou talvez ela seja a baronesa.

Não sinto o cheiro forte de Heart em lugar nenhum. O que significa que ela não está por perto ou que está usando um disfarce inteligente.

Como se ouvisse minha confusão, sua pele começa a derreter, revelando a irmã que conheço por baixo da máscara.

Uma metamorfa, percebo, com o coração parando no peito. *Heart se tornou uma metamorfa.*

Como?, quero perguntar. Ela nunca teve um lobo. Nunca foi capaz de se transformar. No entanto, ela está se transformando em seu verdadeiro eu agora, como se já tivesse feito isso milhares de vezes.

— Esse é um truque novo — Craze diz atrás de mim. — Você também consegue fazer um nó?

Minha irmã rosna para ele.

— Bem, vejo que seus modos deram um passo na direção certa — ele reflete de forma ríspida. — Melhor do que seu irmão supostamente morto, de qualquer forma. — Seu olhar se estreita para Spaten. — Rosne para a nossa companheira mais uma vez e veja o que acontece.

— Ela não é sua companheira — minha irmã sibila para ele.

— Também não é sua — ele responde na mesma moeda. — Ela quer um ritual de acasalamento. Então, vamos dar um a ela e ver quem ela escolhe. — Seu olhar cai na parte inferior do corpo de Heart. — Ah, espere... acho que você vai ter que ficar de fora dessa.

Ches ri em algum lugar distante. O gato desapareceu quando sentiu nossa chegada. Provavelmente, está brincando nas sebes novamente, observando cada momento.

Ele não é o único.

Há vários monstros à espreita no labirinto. É lá que o ritual começará. Não sei como Ailsa sabia que deveria exigir seus direitos aqui no pátio cerimonial, mas estou feliz que ela tenha feito isso. Sua voz ecoou por toda Monsterland, convidando todos os alfas para brincar.

E, até agora, o único que parece determinado a tomá-la à força é meu irmão.

Ele ainda não soltou o pescoço dela, apesar de sua recusa em se submeter.

Ah, ela ficou imóvel. Mas não inclinou a cabeça.

Ela não vai dar a ele o que ele quer.

Mas já me deu isso antes. Na primeira noite em que nos conhecemos, eu a imobilizei de maneira semelhante, minha boca indo instantaneamente para o pescoço dela.

Ela inclinou a cabeça para o lado, exatamente como uma Ômega deve fazer quando seu Alfa exige sua submissão.

Mas ele não é o Alfa dela.

Nós somos os Alfas dela.

O pobre Spaten está prestes a aprender essa lição da maneira mais difícil.

Catum aparece atrás dele, sua sombra escondendo-o da vista. Mas eu o sinto ali. Sei o que ele está prestes a fazer. E dou um sinal sutil para prosseguir, inclinando meu queixo.

Esta é minha luta, o que a torna *nossa* luta. Como uma unidade. Um círculo. Uma corte real de verdade.

É isso que minha irmã e meu irmão não conseguiram perceber.

É uma lição que está prestes a custar-lhes caro.

Cometi o erro de aprisionar minha irmã há muito tempo. Agora, percebo como ela escapou: com a ajuda de Spaten.

Então, ela deve ter fingido a morte dele antes de realmente matar nosso outro irmão.

As traições deles contaminaram Monsterland, criando uma escuridão que lembra uma doença.

É uma doença que pretendo curar agora.

Livrando este reino da presença deles. Para sempre.

Não faço ideia de onde está Crimson, mas imagino que ele aparecerá a qualquer momento. Também daremos conta dele.

Então... reivindicaremos nossa pequena companheira ousada.

Ela ainda se recusa a se submeter, apesar de ter os dentes do meu irmão pressionados em sua garganta. Posso sentir sua determinação. Sua raiva.

Que Ômega boa, penso. Ela conhece o seu lobo, e aquele animal em cima dela não é ele.

Rosno, baixo e com um tom de aviso. *Solte-a*, digo. *Solte-a ou enfrente as consequências.*

As referidas consequências estão atrás dele.

Meu irmão rosna de volta para mim, depois faz exatamente o que eu queria que ele fizesse: levanta a cabeça para me encarar de maneira desafiadora.

Quase sorrio por dentro.

Mas o instinto desaparece por trás do uivo da minha fera quando Catum dá uma pancada em Spaten, fazendo meu irmão voar pelo pátio e bater em uma escultura. O golpe é tão forte que a pedra racha. Mas meu irmão mais velho se levanta instantaneamente e avança. Não em direção a Catum, mas em minha direção.

Eu me preparo para o impacto, pronto para lutar.

Faz muito tempo.

E não tenho ideia dos poderes que ele deve ter herdado.

Mas estou pronto. Meu círculo de companheiros está pronto. E nossa Ômega está observando.

Craze vai para cima da minha irmã enquanto Catum corre em direção a mim e meu irmão.

Então, tudo se torna um borrão de pelos brancos quando nós dois rolamos pelo chão.

Ele é grande. Um pouco maior que eu. E está lutando como se sua vida estivesse em jogo.

E realmente está.

Mordo seu pescoço, sua nuca, sua garganta, tudo isso enquanto tento ganhar vantagem.

Mas ele é rápido... mais rápido do que eu me lembrava.

E completamente louco.

Ele nos derruba na fonte, fazendo com que meus ouvidos se encham de água, abafando todos os sons ao meu redor.

Tanto que quase perco o eco estrondoso dos Alfas se aproximando.

No entanto, quando volto à superfície, vejo-os a chegar.

Uma multidão faminta.

Todos com os olhos postos em Ailsa.

Possuídos, reconheço.

Catum também deve ver, porque muda o foco, correndo para a nossa protegida para defendê-la.

Mas são muitos. Muitas feras salivando.

O meu lobo rosna quando Spaten nos ataca mais uma vez. Nossa distração momentânea lhe dá vantagem.

Engulo um pouco de água e meus pulmões gritam pela necessidade de respirar. Mergulhei antes de respirar direito.

Merda!

Giro, usando as patas traseiras para chutar Spaten para longe de mim. Mas isso me afunda ainda mais.

Minhas costas batem no chão, provavelmente três metros abaixo da superfície agora.

Giro novamente, determinado a empurrar o chão para alcançar o ar de que preciso desesperadamente.

Mas, assim que empurro o fundo, Spaten me segura novamente, me empurrando de volta para baixo.

Meu lobo solta um som que não consigo ouvir por causa das bolhas em meus ouvidos, meu interior exigindo que eu respire.

Não, eu luto. *Não!*

Mas os pontos... a escuridão... está começando a se infiltrar.

E com isso vem a dúvida.

Medo.

Terrível. Puro. *Medo.*

Posso sentir Catum lutar por sua vida. Sinto Craze fazer o mesmo.

Não subestimamos nossos oponentes. Subestimamos Monsterland. Sua capacidade de ser manipulada. De ser *controlada* pelo vilão sombrio no meio deles.

Meus irmãos nunca respeitaram minha regra.

Agora está claro.

E também não respeitaram as regras dos nossos pais.

O que é este mundo sem respeito? penso, furioso. *O que aconteceu à Monsterland? O reino que amo? O reino que antes reverenciava?*

Com um rugido, dou um último empurrão, me recusando a cair assim. Me recusando a abandonar o meu trono. O meu propósito. *O meu destino.*

Spaten tenta me manter no chão, mas algo vindo de baixo me empurra para cima, e a força me permite irromper à superfície para respirar.

É quando vejo o caos que está acontecendo no pátio.

Catum arrancou o coração de quase uma dúzia de alfas, mas está ferido, ensanguentado e ofegante.

E Ailsa está atrás dele com um frasco na mão.

Um que diz *beba-me*.

Arregalo os olhos e minha fera instantaneamente tenta nadar em direção a ela.

— Não! — Eu quero gritar. — Ailsa, não!

— Vocês me querem? — ela pergunta à multidão, com um tom de aço na voz.

Assisto horrorizado enquanto ela derrama o conteúdo na garganta. Engole. E grita quatro palavras que acendem a perseguição.

— Então venham me pegar!

AILSA

— AILSA — uma voz sussurra no vento, fazendo minha cabeça se virar rapidamente enquanto tento encontrar o dono daquele som.

Um par de lábios aparece no espaço à minha frente, me fazendo gritar.

— Shh — ele sussurra e o resto do rosto aparece, seguido por uma cabeça de cabelos cor-de-rosa. — Você precisa tomar o elixir.

— O quê?

Sua mão aparece enquanto ele a estende para mim.

— Tome. Depois, diga a eles para persegui-la.

Eu balanço a cabeça.

— Eu não...

— Olhe ao seu redor — ele exige. — Olhe para as estátuas. Olhe bem para elas. Depois, verifique a água.

Pisco para ele enquanto um caos violento irrompe ao meu redor.

Craze esfaqueou Heart há alguns minutos, mas ela se recuperou instantaneamente, fazendo-o rosnar sobre feitiços de magia sombria enquanto jogava o cartão dele de volta em sua direção.

Os dois estão lutando a alguns metros de distância,

enquanto Catum gira em um borrão de preto e sangue, lutando contra Alfas que rosnam.

Alfas com quem eu *realmente* não quero brincar de perseguição agora.

— *Olhe* — o homem de cabelo rosa diz novamente. — Por favor, Ailsa. Apenas... *olhe.*

Engolindo em seco, olho para as estátuas, notando os ângulos femininos e as feições angelicais. Seus lábios são todos arredondados, como se estivessem perdidos em uma canção.

Olho para a fonte, momentaneamente distraída por Krolic e o outro lobo lutando perto da parte mais funda da piscina. Ou, pelo menos, é o que eu acho que é funda, já que eles continuam mergulhando.

Mas, quando desaparecem atrás da estrutura central, começo a ver os reflexos que o homem de cabelo rosa mencionou.

Franzo a testa.

A inocência gentil das estátuas desaparece quanto mais eu olho. Suas expressões são grotescas e agonizantes, como se estivessem *gritando,* não cantando.

Estremeço. É uma justaposição horripilante.

— Não entendo.

— Beba e declare a perseguição — ele sussurra, empurrando o frasco para as minhas mãos. — Mas certifique-se de tocar na água antes de fugir.

Balanço a cabeça, suas palavras me dizem o que fazer sem fornecer qualquer contexto sobre como isso se relaciona com as estátuas e seus reflexos estranhos.

Mas quando olho para ele, não está mais ali.

E tudo que tenho é o frasco.

Beba-me, diz o rótulo.

Fecho os olhos.

Se eu tomar isso, vou entrar no cio. Talvez

imediatamente, já que tenho um pouco desse elixir no meu organismo.

Talvez seja isso que ele quer dizer com iniciar a perseguição.

Mas... mas como isso resolve alguma coisa?

Os Alfas que estão me perseguindo estão meio loucos. Suas auras irradiam dor enquanto vêm atrás de mim.

Catum é o único que os impede de me despedaçar.

Não quero piorar as coisas.

A menos que algo no ritual os tire desse estado, penso. O homem de cabelos cor-de-rosa ainda não me enganou.

E Alice me disse para começar o ritual no pátio.

Talvez este seja o passo final.

Abro os olhos mais uma vez e endureço a coluna ao me levantar.

— Tudo bem — murmuro para mim mesma. As soluções mais loucas são as que funcionaram até agora neste mundo. Por que não tentar essa também?

Pigarreio e concentro minha atenção nos Alfas que se aproximam de mim pelo lado. Eles estão caminhando sobre os restos dos outros que vieram antes deles, sem nem mesmo olhar para baixo, seus olhos fixos em mim.

— Vocês me querem? — pergunto. Minha voz exala uma calma que não sinto.

Uma calma que se esvai de mim enquanto me forço a empurrar o conteúdo para o fundo da garganta e engolir.

— Então venham me buscar! — grito, correndo em direção à água e à figura de Krolic que me observa.

Seus olhos encontram os meus, com um pânico no olhar que não consigo ignorar.

Talvez eu tenha feito a escolha errada.

Quem sabe?

Mas corro pela área rasa da água e o líquido é uma bênção para meus pés descalços. Uma sensação de formigamento percorre minha pele, quase me fazendo tropeçar.

Parece mágico.

— Cura — percebo quando as dores nas solas dos pés começam a diminuir. — Que... fascinante.

Tão fascinante que não consigo não parar e olhar para baixo.

É uma coisa estúpida a se fazer, especialmente quando tenho uma horda de Alfas rugindo atrás de mim. No entanto, a água parece tão convidativa, como se estivesse me chamando para casa.

Quase como o portal na caverna, penso, me lembrando de como o buraco escuro me intrigou o suficiente para tocá-lo. Quase como se estivesse me convidando a cair.

Meus joelhos se dobram por conta própria e meus dedos alcançam a água novamente, curiosos para saber por que me sinto tão compelida a tocá-la.

Alguém grita meu nome.

Eu os ignoro, consumida pela necessidade de passar os dedos pela água fria.

O líquido parece zumbir, me deixando completamente hipnotizada.

Pelo menos, até que uma mão agarre a minha e tente me puxar para dentro.

Me afasto e grito.

Então, um par de olhos verdes brilhantes encontra os meus debaixo da água. A mulher de cabelos loiros acinzentados é pequena como eu. Mas é mais velha. Parece ter a idade de Krolic.

Ela crava as unhas no meu pulso enquanto me puxa novamente.

Puxo minha mão para fora da água.

E a trago comigo.

Ela ofega e o som parece ecoar por todo o pátio.

Então, ela me solta e cai de volta.

Mas não afunda. Ela puxa outra mulher para fora.

Seguida por mais duas.

Eu pisco, minha mão se juntando à dela quando um homem agarra meus dedos.

Em vez de pensar em como isso é impossível, eu apenas o ajudo a chegar à superfície.

Todos continuam o processo até que metade da fonte parece estar cheia de pessoas.

Ômegas, percebo. *São todos... Ômegas.*

Krolic não está mais na forma animal, mas de pé, como um humano, a poucos metros de mim e com os olhos cheios de admiração.

— Como? — ele sussurra.

Eu... eu apenas balanço a cabeça.

Porque não tenho ideia de *como* tudo isso está acontecendo.

— Obrigada — a primeira mulher diz para mim com a voz rouca. — *Obrigada.*

— Mãe? — Krolic sussurra, piscando para a mulher. — C-como?

Ela sorri carinhosamente para Krolic, levando a mão até o queixo dele.

— A sua Ômega te escolheu.

Ele franze a testa.

— Ainda não completamos o ritual.

— Eu sei — ela sussurra. — Mas a alma dela já escolheu, e isso foi o suficiente.

— Suficiente para quê? — ele pergunta, olhando para ela como se não acreditasse que ela está ali.

Entendo a emoção, porque me sinto da mesma forma.

Nada disso parece real ou possível.

O que, é claro, significa que tudo é totalmente plausível.

Porque nada é o que parece.

— Para quebrar a maldição — ela diz antes de mudar o foco para o outro Alfa na água que também não está mais na forma de lobo. Ele está parado ali, olhando para Krolic e sua mãe, com uma expressão de horror no rosto.

Uma expressão que me lembra a de Krolic.

— Você e sua irmã têm muito a explicar, Spaten — a mulher anuncia, sua voz perdendo a rouquidão. — Primeiro, você matou meu círculo de companheiros. Seu próprio pai. Depois, me baniu para as profundezas da fonte ritual. Mas você não tinha ideia de que as Parcas enviariam toda a espécie Ômega comigo, tinha?

Ela procura Heart, que está ajoelhada no paralelepípedo com Craze atrás dela, uma de suas cartas contra a garganta da mulher. A outra mão está presa nos cabelos loiros, da mesma cor dos da mãe de Krolic. Assim como os da Baronesa Clarice, mas eu já havia percebido que Heart pode mudar de forma. Isso ficou bastante óbvio quando ela se transformou em outra mulher bem diante dos meus olhos.

Assim como Krolic é capaz de se transformar em lobo à vontade.

Um silêncio assustador toma conta do pátio quando a fonte, que agora percebo ser mais um pequeno lago devido à profundidade no centro, é desligada.

A mãe de Krolic ergue a mão para o céu, criando uma tonalidade escura que toma conta do sol e mergulha o pátio na escuridão.

Uma luz ofuscante logo se segue quando um raio atravessa o ar e atinge Heart no peito.

Craze a solta bem a tempo, pulando vários metros para trás um segundo antes de ser atingido. Ele xinga.

— Da próxima vez, avise antes, Alice — ele murmura. Suas palavras ecoam devido ao silêncio impressionante.

Em seguida, um ruído suave ecoa, parecendo irradiar da pele de Heart enquanto ela literalmente se transforma em pedra.

Percebo com um sobressalto que todas as outras estátuas não existem mais.

Porque elas eram Ômegas, compreendo de repente.

É por isso que o homem de cabelos cor-de-rosa me disse para olhar para os reflexos. Faço isso novamente e vejo o rosto de Heart congelado em horror.

Outro raio atravessa o céu noturno, este atingindo o Alfa na água.

Seu corpo desaparece apenas para reaparecer ao lado do de Heart, seu reflexo mostrando um rosnado em vez de terror.

— Crimson — a mulher grita.

O labirinto se abre para revelar um novo arco, permitindo que o homem que conheci há poucas horas entre no pátio.

— Vossa Majestade — ele responde, curvando-se. — É bom vê-la em carne e osso, Alice.

Ela sorri.

— Igualmente, Tav.

Krolic franze a testa.

— Ele está aliado à Heart.

— Não está — ela murmura. — Ele está aliado a mim. E há muito, muito tempo.

Tav se ajoelha na beira do lago, com a cabeça baixa.

— Minha lealdade é à Rainha de Prata.

— Assim como a minha — o homem de cabelos cor-de-rosa diz ao aparecer ao lado de Tav, ambos ajoelhados.

— Eu deveria ter imaginado — Catum diz, fazendo o homem de cabelos cor-de-rosa sorrir.

— A Rainha Alice sempre será meu primeiro e único amor — ele diz.

Os lábios da Rainha Alice se curvam.

— Não serei rainha por muito mais tempo. — Ela olha para mim. — Essa honra cabe a você, Ailsa Marvel. Então, vá atrás dela. Corra livremente. — Ela volta sua atenção para Krolic. — E aproveite sua caçada.

A noite clareia, revelando o sol mais uma vez enquanto a diversão acompanha sua proclamação.

— Boa diversão — ela sussurra para mim ao passar para alcançar Tav e o outro homem.

Os dois ficam em fila, com a cabeça ainda inclinada em reverência.

— Você sempre será rainha para mim — o de cabelo rosa murmura.

— Pare de flertar comigo, Ches — ela responde.

— Nunca — ele responde.

Tav simplesmente balança a cabeça.

— Você vê com o que você me deixou lidar nos últimos duzentos anos?

— Você está dizendo que minha presença é mais irritante do que a de Heart? — o de cabelos rosa pergunta, parecendo ofendido. — Porque isso dói, Tav. Dói muito.

A rainha Alice ri.

— Senti saudades de vocês dois.

— Não tanto quanto sentimos sua falta — Tav responde, puxando-a para um abraço.

Ches se junta a eles do outro lado, e os três se abraçam por um longo momento.

— Obrigada por ouvirem meu chamado — ela diz.

— Obrigado por nos confiar a honra de ajudar a salvar a espécie Ômega — Tav responde.

— Ele está desapontado porque seus esforços não resultaram no envio de sua própria Ômega pelas Parcas — Ches interrompe, ganhando um bufo de Tav. — Ele escolheu a alcateia Silver em vez da própria. Isso tem que lhe render algum favor, certo?

— Vá se danar, Beta.

Ches sorri.

— Diga que estou errado. Diga que você não quer uma recompensa por escolher o lado certo da batalha?

— Não há batalha — ele resmunga. — Não mais.

Ches dá de ombros.

— Pelo menos, por enquanto.

— A alcateia Crimson não é mais o que costumava ser — Tav diz, com raiva. — Deixa isso pra lá, gato.

É claro que há uma história aqui. Uma história sobre a qual estou curiosa para saber mais. A expressão de Krolic me diz que ele sente o mesmo.

Todo esse tempo, ele achava que Crimson era o Rei Impostor.

Duvido que algum deles tenha imaginado que ele estava do lado deles. Mas vejo um traço de respeito no olhar de Krolic quando ele olha para Tav. O mesmo brilho se reflete nos olhos de Tav quando ele olha para Krolic.

— Os Destinos honrarão vocês dois de maneiras diferentes — a Rainha Alice interrompe, com voz baixa.

— Agora, vamos parar de distrair nossa futura rainha. — Ela me lança um olhar cúmplice. — Aquele elixir já está fazendo efeito. Você precisa correr.

Com essa declaração profunda, ela acena com a mão, criando um portal pelo qual ela passa com Ches e Tav atrás dela.

E, então, eles simplesmente... *desaparecem*.

Franzo a testa. A conexão dela com os dois homens não parecia tão romântica. Não sei bem como reconheço isso. Talvez pela maneira como falavam um com o outro, ou pela maneira como se olhavam. Havia carinho ali, mas não o mesmo tipo de carinho que sinto nos olhos de Krolic enquanto ele me encara.

Encontro seu olhar, depois olho ao redor e vejo que somos os únicos na fonte que parece um lago.

Catum e Craze estão fora do meu alcance, com expressões expectantes.

Todos os outros simplesmente... sumiram.

— Onde...? — paro de falar, confusa com nossa repentina solidão.

— Para casa — Krolic me diz, me fazendo franzir a testa.

— O quê?

— Você ia perguntar para onde foram todos, e eu estou respondendo simplesmente *para casa*. Que é para onde vamos te levar assim que a pegarmos.

— Me pegarem? — repito, e uma estranha sensação de calor parece surgir dentro de mim.

Ele assente em um único movimento.

— Você precisa correr, coelhinha.

Fico boquiaberta, não apenas pela mudança abrupta na atmosfera, mas porque o apelido é novo.

— *Coelhinha?*

Ele sorri.

— Eu sou um predador. E você, minha querida, é oficialmente a *presa*.

Catum e Craze rosnam em concordância, ambos me estudando com olhares intensos.

— Nós... nós só... Tudo isso... Eu. — Balanço a cabeça. — Vocês não acham que precisamos de um tempo para digerir tudo o que aconteceu?

Craze sorri.

— É o caos, linda. Nossas vidas não seriam as mesmas sem ele. Então, não precisamos de tempo para pensar em nada. Na verdade, acredito que falo pelo círculo de companheiros quando digo que nenhum de nós quer pensar em nada agora. Só queremos *caçar.*

— Então *corra* — Catum rosna. — Agora.

Meus mamilos endurecem em resposta e meu corpo parece instantaneamente preparado.

— Isso é loucura — suspiro.

— Isso é Monsterland — Craze rebate. — Bem-vinda ao caos, coelhinha.

— Você pediu por uma caçada, garota — Krolic diz com voz arrastada. — Você iniciou o ritual.

— Sim, porque... porque... — *Porque o homem de cabelo rosa me disse para fazer isso* fica na ponta da minha língua, mas parece errado. Como uma mentira, mesmo que seja tecnicamente verdade.

No entanto, no fundo... eu... eu queria isso.

Agora, posso sentir aquele desejo intrínseco de ser perseguida. Capturada. *E reivindicada.*

Krolic sorri, sua boca irradiando malícia.

— Seremos legais e daremos uma vantagem.

— Trinta segundos — Catum esclarece. — Começando... *agora.*

— Vocês não podem...

— Vinte e nove — Catum diz, me interrompendo. — Vinte e oito.

Oh, deuses...

Eles estão falando sério.

— Vinte e sete.

Merda!

Não sei quando me ajoelhei na água, mas agora estou de pé.

E então faço a única coisa que consigo pensar em fazer: corro.

CATUM

Estou tão excitado que mal consigo pensar direito.

Entre a luta e ouvir Ailsa declarar sua necessidade de caçar... estou escravizado aos meus instintos. Perdido pelo impulso de *reivindicar*.

Porque nossa Ômega começou o mais primitivo dos jogos.

E ela está correndo pelo labirinto de sebes.

Krolic se junta a mim em uma das muitas entradas, com os olhos semicerrados.

— Nos dividimos ou caçamos em equipe? — ele pergunta.

— Em equipe — respondo.

— Sempre em equipe — Craze repete.

Se algum dos dois está chocado com o que foi revelado hoje, que a rainha Alice ficou presa em uma fonte com mais de uma dúzia de outros Ômegas, nenhum deles demonstra.

Talvez porque todos nós já vimos eventos extraordinários em nossas vidas.

Ou, mais provavelmente, porque nenhum de nós consegue tirar Ailsa Marvel da cabeça.

O ritual começou.

O elixir foi bebido *novamente*.

E nossa deliciosa Ômega está prestes a entrar no cio.

Puta merda, mal posso esperar para transar com ela. Vou reivindicar cada parte dela, assim como tenho certeza de que Craze e Krolic farão o mesmo.

Seu cheiro fica mais forte a cada passo, sua boceta já molhada de desejo. Quase posso sentir seu gosto na minha língua.

— Oh, vamos destruí-la, srta. Marvel — rosno, ciente de que minha voz chegará diretamente até ela com o vento. — E você vai adorar cada segundo disso.

Craze e Krolic rosnam em concordância, o eco de sua fome sem dúvida provoca um arrepio na espinha da nossa Ômega.

Isso faz parte da diversão.

Parte da atração.

Parte das *preliminares*.

Faço uma pausa ao senti-la se mover. Sua presença está próxima, mas ainda muito distante.

Ela está correndo.

Procurando.

Desejando um lugar para se esconder.

Eu sorrio.

Não há lugar para ela se esconder neste labirinto. Nós a encontraremos. E vamos transar com ela.

Por dias.

— Graves, ela cheira incrivelmente bem — Craze diz baixinho. — Mal posso esperar para arrancar esse vestido dela.

— Mal posso esperar para estar dentro dela — rosno, meu nó praticamente lateja de desejo. Não sou fã de satisfação adiada, mas mesmo assim eu tenho adiado meu orgasmo por *dias*.

Na verdade, anos.

Minha mão fez um ótimo trabalho, mas transar com nossa companheira será ótimo. Será *delicioso*.

Craze começa a pular pelo labirinto e um assobio tece o ar ao seu redor enquanto provoca nossa pretendida.

Krolic se junta à melodia. Sua fera interior ronrona em um grunhido baixo.

Um ronronar vibra meu peito, criando um barítono que rivaliza com o de Krolic.

Eu praticamente posso ouvir nossa doce Ômega gemer em resposta. Suas coxas provavelmente estão encharcadas de desejo, o elixir tendo intensificado cada sensação, cada reação, cada *desejo*.

— Estamos indo atrás de você — sussurro. Minha magia leva as palavras até nossa Ômega ofegante. — Corra mais rápido, srta. Marvel.

Posso ouvir seu coração bater. Ou talvez seja o meu.

Mas corro em direção ao som, determinado a encontrá-la.

Craze e Krolic estão logo atrás de mim, com a mesma excitação palpável que eu.

Chegamos a um beco sem saída, o que me faz sorrir, porque o cheiro de Ailsa está por toda parte. Ela esteve aqui.

O que significa que acabamos de perdê-la.

Eu me viro e continuo rondando, sendo guiado pelo meu nariz enquanto sigo sua doce fragrância por todo o labirinto.

Krolic agarra meu braço e passa o dedo pelos lábios enquanto inclina a cabeça para o lado.

Franzindo a testa, sigo seu movimento. Meu nariz instantaneamente se alegra com o perfume que paira no ar naquela direção.

Aceno para ele liderar, reconhecendo que é o rei.

Ou o futuro rei, pelo menos.

Com Alice viva, ela é a monarca atual.

Mas assim que reivindicarmos Ailsa, Krolic assumirá oficialmente o trono como **Rei de Monsterland**. Eu serei seu Segundo. E Craze será o Executor.

Exatamente como costumava ser.

Exatamente como deveria ser.

Exatamente como será.

Krolic para na beira de uma cerca viva colorida decorada com rosas, então levanta a mão em sinal de espera.

Entendo o motivo um instante depois, quando ouço o barulho baixo de passos se aproximando. A fragrância de Ailsa se intensifica a cada segundo que passa, então, de repente, ela aparece, com o vestido úmido grudado no corpo como uma segunda pele.

Ela grita ao nos ver esperando por ela e se vira para correr na direção oposta, mas Krolic a agarra pela cintura e a puxa de volta, girando-a em nosso círculo de espera.

Nós nos aproximamos por todos os lados, nossa Ômega gritando enquanto gira, procurando uma saída.

Mas não há nenhuma.

— Você é nossa agora, srta. Marvel — rosno, segurando-a pela nuca, e a puxo para um beijo devastador. Ela me empurra, tentando se libertar, o que só me faz beijá-la com mais força. Ela suspira quando eu a faço sangrar. Seus olhos estão selvagens, com uma mistura intoxicante de medo e excitação.

— Catum — ela murmura.

Quase a corrijo, desejando a formalidade de '*Mestre Pillar*' nos seus lábios. Mas há uma vulnerabilidade nela que me faz querer permitir que ela use o meu primeiro nome. Pelo menos, por agora.

— Ailsa — respondo baixinho, depois a beijo

novamente, desta vez com toda a reverência que sinto florescer dentro de mim.

Ela praticamente se derrete em meus braços, sem mais tentar lutar.

Eu amo isso.

Amo isso.

Amo-a.

Ela é nossa prometida.

E estamos prestes a adorar cada centímetro dela.

Craze a arranca dos meus braços, não para beijá-la, mas para rasgar seu vestido, com movimentos quase selvagens. Ailsa estremece e leva as mãos para cobrir os seios por instinto. Mas eu seguro seus pulsos e os puxo para baixo.

— Chega de se esconder — digo em seu ouvido, com o peito em suas costas. — Você é nossa agora, querida.

— Nossa — Krolic concorda, agarrando-a e beijando-a enquanto Craze rasga sua calcinha com uma de suas cartas.

Ele não espera por consentimento ou por ela dizer qualquer coisa, apenas se ajoelha por trás, abre suas pernas e começa a comer sua boceta enquanto Krolic a beija.

— *Ohh* — ela diz contra a boca do nosso rei.

— Deixe-o te comer com a língua — Krolic diz, com a mão em sua nuca e o outro braço segurando sua cintura. — Ele vai te fazer gozar. Depois, você vai montar em Catum enquanto Craze te come por trás. — Ele muda o aperto para segurar seu queixo. — E eu vou tomar sua boca.

Ela estremece.

— Ouviu isso, srta. Marvel? — pergunto, me inclinando sobre Craze para pressionar meus lábios em seu ouvido novamente. — Vamos tomar todas as suas entradas. Todos ao mesmo tempo. Reivindicar você da maneira mais primitiva. Torná-la *nossa*. E afogar você em nosso sêmen.

Não consigo dizer se seu tremor é por causa das minhas palavras ou das ações de Craze lá embaixo. Provavelmente as duas coisas.

Dou um passo para trás para afrouxar a gravata. Meu paletó e abotoaduras já desapareceram há muito tempo, graças à batalha sangrenta no pátio. Alguns desses Alfas nunca se recuperarão.

Outros acabarão se regenerando.

Felizmente, eu já estou curado.

Foi um dia sombrio.

Mas culminará em luz.

Em beleza.

Em um vínculo futuro.

Minha gravata cai no chão enquanto desabotoo os dois primeiros botões da camisa social. As mangas já estão enroladas até os cotovelos, então deixo-as como estão.

Tudo isso enquanto Krolic sussurra promessas sensuais no ouvido da nossa Ômega, dizendo a ela como ficará bonita cheia dos nossos paus.

Ela está nervosa. Mas também está extremamente excitada, como evidenciado por Craze abaixo. Ele está praticamente encharcado com o líquido dela, o elixir fazendo mais do que o seu trabalho.

Felizmente, ela ainda está em seu perfeito juízo.

Em breve, isso mudará.

Mas nós a protegeremos durante todo o processo. Protegeremos ela durante seus momentos de fraqueza mental. E daremos o nó nela até ela perder a consciência, exatamente do jeito que precisa.

Abro o cinto, depois desabotoo as calças, mas não as tiro.

Quero que Ailsa molhe as minhas roupas com a sua excitação.

Que me reivindique à sua maneira. Que me marque como seu. Que me sature com a sua essência. E que diga ao mundo que este Alfa... não, *estes Alfas* são dela.

Ela se contorce quando Craze começa a cutucar suas costas, preparando-a para seu pênis. É isso ou dividirmos sua boceta, o que não acho que ela esteja pronta para fazer.

Isso será uma sessão mais avançada para mais tarde, quando ela estiver no cio.

Assim como brincar com cera.

Brincar com facas.

Brincar com sangue.

Brincar com tudo.

Vamos corromper nossa pequena Ômega. Apresentá-la a prazeres além de sua imaginação. Mostrar a ela como será seu futuro conosco.

Êxtase desenfreado.

Orgasmos intensos.

Estados delirantes de existência.

Subespaço.

Chamas, mal posso esperar.

— Você se lembra do movimento de segurança que o Mestre Pillar lhe ensinou? — Krolic pergunta a ela, usando meu título formal porque sabe que eu gosto.

Ailsa pisca grogue para ele, mas assente.

— Mostre-nos, srta. Marvel — exijo. — Qual é o seu movimento seguro não verbal? — Porque ela vai ficar com a boca ocupada nos próximos dias. Seja chupando nossos paus, mantendo nossos paus quentes ou nos beijando. Não vai haver muita conversa.

Porque vamos estar dentro dela o tempo todo.

Seus mamilos são pontinhos duros que desejo chupar e morder. Ou cobrir com cera quente.

Puta merda, seus seios ficarão tão bonitos com marcas rosa neles.

Mal posso esperar para brincar.

Mas precisamos terminar isso primeiro, reivindicar nossa presa. Aceitar sua submissão. Fazer com que ela nos aceite aos três como um só.

— Oh, deuses — ela diz enquanto Craze ataca seu clitóris com a boca. Ele está com três dedos em sua bunda agora e seu vigor faz os joelhos dela tremerem.

— O movimento, srta. Marvel — eu a lembro. — Qual é?

Ela fecha a mão e a levanta acima da cabeça, então se agarra a Krolic enquanto desaba.

Um cheiro fresco e úmido perfuma o ar e sua boceta se aperta em sua necessidade desesperada de ser *comida*. O elixir deve ter tornado esse orgasmo ainda mais intenso para ela, o que explica os gemidos suaves que agora saem de sua boca enquanto lágrimas escorrem por suas bochechas.

Krolic lambe uma, depois a beija com paixão enquanto Craze a leva ao delírio, seu toque sem dúvida reacendendo as chamas mesmo enquanto ela continua gozando.

Ela está ofegante quando tudo acaba e seu corpo, visivelmente trêmulo.

— Você está indo muito bem, garotinha — Krolic diz, com os dedos em seus cabelos enquanto inclina sua cabeça para trás para um ângulo melhor.

Seus seios são empurrados contra o peito nu dele, me deixando um pouco invejoso.

Porque eu quero senti-la. Tocá-la. Possuí-la.

— Ela está pronta — Craze rosna, fazendo-a gritar de

surpresa. Porque ele disse isso bem perto do clitóris dela. Ela grita, sugerindo que ele também a mordeu ali.

— Shh — Krolic a acalma. — Seu corpo é nosso para cuidar nos próximos dias. Deixe-nos brincar.

Ela pula quando Craze repete o movimento e move a mão para puxá-lo para longe. Mas ele não cede, em vez disso, agarra sua bunda e pressiona seu rosto ainda mais contra o calor dela.

— *Craze* — ela diz com um grunhido que rapidamente se transforma em um gemido. — O que você está fazendo comigo?

— Te possuindo — digo enquanto me aproximo por trás dela novamente. — Agora, venha aqui e monte em mim, srta. Marvel.

Ela engole em seco. Seus olhos encontram os meus e observam enquanto eu me sento no chão. Deixei a calça aberta para ela. Será tarefa dela puxar meu pau e me levar para dentro de sua boceta.

— Vá até ele — Krolic diz. — Mostre a ele com suas mãos e sua boca o quanto você o deseja.

Suas pupilas se dilatam enquanto ela considera as palavras de Krolic e as minhas.

Craze desliza para fora de entre suas coxas, com o rosto saturado com o prazer dela e um pouco de sangue.

Não sei se ele a cortou com uma de suas lâminas ou se a mordeu com muita força, mas a visão disso faz meu pau latejar. Porque eu amo a maneira selvagem como ele brinca. Amo ainda mais que ela permita isso.

Quando ela se vira, não vejo nenhum sinal de que ele a tenha realmente machucado. Mas suas coxas estão encharcadas de excitação.

Eu me apoio nas mãos.

— Fique perto do meu rosto primeiro — digo a ela. — Quero ver o que Craze fez com seu clitóris.

Ela engole em seco visivelmente, depois avança e agarra os meus ombros. Ela é muito baixa para ficar diretamente sobre a minha cabeça, mas fica na ponta dos pés para me deixar ver a sua linda boceta.

Não toco nela.

Apenas a cheiro.

Então, me inclino lentamente para frente para lhe dar uma lambida longa e sensual. *Aí*, penso, encontrando o pequeno corte perto do clitóris, mas não nele. *Cretino sádico.*

No entanto, não posso dizer que odeio isso.

O gosto do sangue dela é um afrodisíaco. Um que faz meu pau explodir dentro da cueca. Lambo a ferida, adorando o jeito que ela geme em resposta.

Nossa pequena Ômega gosta da pontada da dor.

Isso é bom.

Muito bom.

— Você quer meu pau, srta. Marvel? — pergunto contra sua boceta molhada. — Quer ser comida por nós?

— Sim — ela sussurra.

— Prove — exijo. — Me mostre com sua boca.

CATUM

Aɪʟsᴀ ᴇsᴛá com as pernas trêmulas pelo esforço de ter permanecido na ponta dos pés. Mas ela se move de forma graciosa para trás e se ajoelha entre minhas pernas. Ela fixa os olhos nos meus enquanto abre minha calça. No entanto, eu a interrompo quando ela tenta tirá-las.

— Não, srta. Marvel. Minhas roupas vão ficar onde estão até voltarmos para o ninho. Então, seja criativa.

Ela faz careta, como se não tivesse certeza do que quero dizer.

Craze deve ter pena dela, porque ele faz questão de tirar o próprio pau e acariciá-lo sem tirar a calça jeans.

As narinas dela se dilatam ao focar no pau decorado dele.

Então, ela olha para a minha virilha e alcança a minha cueca boxer.

Ela encontra a abertura dentro dela e guia o meu pau para fora, a cabeça já pingando com líquido pré-ejaculatório.

— Sua boca, srta. Marvel — eu a lembro, o desafio no meu tom inconfundível.

Assim que a sua aceitação do desafio é perceptível, ela

se inclina para chupar a gota da cabeça, tudo isso enquanto mantém o meu olhar fixo.

— Puta merda, isso é bom — digo a ela, satisfeito. — A que profundidade você me quer na sua boceta? Só a ponta?

Ela estreita os olhos, entendendo a dica, e leva mais de mim para dentro da boca.

— Então, até a metade? — pergunto, provocando-a.

Nossa doce Ômega rosna, movendo os lábios para baixo enquanto agarra meu nó e o aperta com força.

— *Puta merda...* — Fui derrotado no meu próprio jogo. Porque *isso* era exatamente o que eu precisava dela. Exatamente o que eu desejava. Um pouco de fogo. Uma maneira de saber que nossa Ômega ainda está conosco e não tem medo de expressar suas próprias necessidades. — De novo, srta. Marvel. Faça *de novo*.

Craze se ajoelha atrás dela. Sua calça desapareceu junto com sua camisa. Ele encontra meu olhar por cima das costas dela, e eu concordo, ciente do que ele quer fazer.

Ele agarra seus quadris, fazendo-a gritar em torno do meu pau.

— Concentre-se no meu pau, srta. Marvel — ordeno. — E deixe o Craze brincar.

Ele levanta sua bunda no ar, então posiciona o pau na entrada úmida.

Ela grita quando ele a penetra com força e inclina a cabeça para trás em uma demonstração de bela agonia.

— Ele precisa lubrificar o pau — Krolic diz baixinho. — Isso vai ajudá-lo a penetrar seu traseiro, garota doce.

Os olhos de Ailsa lacrimejam, tornando-a excepcionalmente bonita com meu pau deslizando para dentro e para fora de seus lábios carnudos. Digo isso a ela e sorrio quando ela geme.

Porque ela gosta dos nossos elogios.

Nosso reconhecimento.

Por saber o que ela faz conosco.

— Se você continuar apertando o Craze assim, vai fazê-lo gozar — digo a ela. — E eu ficarei muito chateado. Porque eu quero dar o nó em sua boceta em seguida. Então, pare de provocá-lo.

Ela geme e Craze estoca com mais força, torturando-a com seu pau perfurado.

Porque essas contas de metal são texturizadas para o prazer dela, e sei que a cabeça do pau dele está batendo naquele ponto profundo dentro dela, aquele que a faz querer gozar.

— Não ouse gozar — digo a ela. — Se você apertar o Craze com mais força, ele vai te dar o nó. Segure, Ailsa. Espere até eu estar dentro da sua boceta.

Ela parece pronta para o clímax, com uma expressão extasiada e quase inconsciente.

Então eu me abaixo e seguro seu seio, torcendo o mamilo de propósito.

Isso foi o suficiente para trazê-la de volta para nós, para adiar seu orgasmo e mantê-la no limite.

Que é exatamente onde precisamos que ela esteja.

Craze e eu trocamos olhares novamente, outra troca sem palavras acontecendo entre nós enquanto ele sai da boceta dela.

— Suba lá e coloque o Catum dentro de você, linda — ele diz no ouvido dela.

Ela mal consegue se expressar, seu corpo está preparado e pronto para explodir.

Eu a puxo para fora do meu pau e seguro em seu cabelo enquanto continuo me acariciando com uma mão no chão atrás de mim.

— Venha me comer, srta. Marvel.

Ela quase revira os olhos. Mas uma palmada de Craze em sua bunda a faz se mover. Suas coxas escorregadias se abrem instantaneamente sobre meus quadris enquanto ela se esfrega de forma lasciva em meu pau colorido.

Mal posso esperar para mostrar a ela o que essas tatuagens fazem.

Estou prestes a lembrá-la do que ela deveria estar fazendo quando ela se ajoelha e leva meu pau até sua entrada.

Aperto os dedos em seus cabelos enquanto ela começa a se abaixar sobre mim. Seu corpo trêmulo me lembrando uma deusa do sexo.

— Puta merda, você é incrível, Srta. Marvel.

— Igualmente, Mestre Pillar — ela ronrona e suas palavras quase me tiram do transe.

Ela está aprendendo.

E eu amo como ela está aprendendo rápido o que excita cada um de nós.

Eu a puxo para mim, beijando-a profundamente enquanto ela me leva até o fundo de sua entrada molhada enquanto seu corpo apertado pulsa ao redor do meu.

Incrível não é mais o adjetivo certo.

Inacreditável.

Irreal.

Fantástico.

Nenhuma dessas palavras é boa o suficiente.

E eu paro de tentar encontrar a palavra certa no momento em que nossas línguas se tocam.

Ela geme, me beijando com uma paixão que sinto em minha alma enquanto seus quadris começam a se mover.

Mas Craze a impede. Seu calor se junta ao nosso quando ele se ajoelha atrás dela mais uma vez.

— Estique os braços para trás e abra as nádegas para mim — ele diz em seu ouvido, fazendo-a estremecer.

— Faça o que ele diz, Ailsa — Krolic murmura. — Porque quanto mais cedo ele estiver em sua bunda, mais cedo eu poderei transar com sua boca. E estou me sentindo particularmente excluído aqui.

Ele está bem ao nosso lado, acariciando seu nó enquanto se prepara para a garganta dela.

Ela provavelmente vai se engasgar com seu sêmen.

Mas tudo bem. Nós a ajudaremos.

Seus membros ainda tremem enquanto ela se inclina para trás para se expor para Craze. Ele xinga, claramente satisfeito com o convite, e não perde tempo em pressionar sua entrada traseira.

— Isso vai ser intenso — eu a aviso. — Tente respirar apesar da ardência, srta. Marvel. Assim que ele estiver dentro de você, a faremos ver estrelas.

Caramba, ela provavelmente vai desmaiar.

Ailsa fica rígida quando Craze começa a empurrar para frente.

— Relaxe — sussurro em sua boca. — Prometo que vai ser muito bom quando começarmos a transar com você. Mas você precisa deixá-lo entrar.

Ela morde o lábio e eu me inclino para chupar aquele pobre lábio inferior. Em seguida, o lambo antes de beijá-la profundamente.

Seus braços estão tensos enquanto ela continua se expondo para Craze, com o corpo paralisado em um ângulo extremamente sensual.

Tenho certeza de que Krolic está ficando louco ao vê-la assim. Mas ele é tão paciente quanto eu, se não mais.

— Tão apertada — Craze geme e inclina a cabeça para trás enquanto move os quadris para frente, forçando-a a receber o resto dele em uma única estocada.

Ailsa grita junto à minha boca. Aumento o aperto em seu cabelo, ordenando que ela fique onde está enquanto a devoro. Mas ela começa a mover os quadris como se estivesse tentando se afastar de nós, como se fosse demais para ela.

O que é tão bom que não consigo evitar de grunhir.

— Continue fazendo isso, srta. Marvel, e você vai receber o meu nó mais cedo do que o esperado.

Craze grunhe e leva as mãos aos seus quadris.

— Aonde você pensa que vai, linda? Você está recebendo nossos dois paus. Aceite isso ou você vai acabar se machucando.

Ailsa solta um grito baixo, que eu engulo antes de beijá-la gentilmente.

Ela não está mais se mantendo aberta para Craze, mas empurrando meu peito.

No entanto, ela não levanta a mão para formar um punho nem uma vez.

É apenas o seu corpo lutando contra o inevitável.

E assim que começarmos a nos mover, ela entenderá o propósito da dor.

— Você se sente cheia, garotinha? — Krolic pergunta. — Esticada de uma forma inimaginável, talvez?

Ela assente com lágrimas escorrendo pelo rosto.

— É demais.

— Não é — ele afirma, passando o polegar pelo queixo dela. — Em breve, você vai nos implorar para dar um nó duplo na sua boceta.

Ailsa arregala os olhos.

— Nó duplo...?

— Vamos chegar lá — sussurro, inclinando a cabeça dela em direção a Krolic. — Agora, abra esses lábios bonitos para o nosso rei, srta. Marvel. Deixe-o comer essa boca deliciosa enquanto Craze e eu fazemos você se sentir bem.

Sua garganta se move e suas pupilas estão dilatadas de luxúria.

Uma luxúria que só aumenta quando Krolic segura o pau e o inclina em direção à boca dela.

— Pronta, garotinha?

Ela parece indecisa entre assentir ou balançar a cabeça, mas se inclina para frente para lambê-lo como a boa Ômega que ela é. Então, ela abre os lábios ao redor dele e o leva o mais fundo que consegue sem se engasgar.

— Boa menina — ele elogia. — Não se esforce demais. Temos alguns longos dias pela frente.

Ela praticamente vibra em resposta às palavras dele e a sensação faz meus testículos se contraírem em antecipação.

Mais uma vez, encontro o olhar de Krolic e lhe dou um olhar que sei que ele entende, porque seus lábios se curvam.

Craze se retira lentamente até a ponta, depois a penetra de novo, fazendo nossa Ômega se contorcer e gritar. Mas é um som ininteligível, já que sua boca está cheia de pau.

— Cuidado com os dentes, garotinha — Krolic diz a ela com um tom de dominação. — Eu gosto de dor, mas não desse tipo.

Ela engole ao redor dele, depois se prepara quando Craze faz isso de novo.

— Relaxe — eu a lembro. — Vamos cuidar de você, Ailsa. Apenas confie em seu corpo para aceitar isso. Prometo que você vai adorar.

Ela fecha os olhos e eu deixo por enquanto. Ela precisa de alguns segundos para se recompor mentalmente.

Craze desliza para dentro e para fora dela uma terceira vez, depois uma quarta, e na quinta, suas bochechas estão coradas.

Na sexta, ela geme.

E na sétima, eu alcanço para acariciar seu clitóris com o polegar.

Ela abre os olhos mais uma vez, revelando íris embriagadas de luxúria.

— Aí está nossa linda Ômega — murmuro. — Veja como você está adorando isso. — Aplico um pouco mais de pressão em seu ponto sensível. — Você está se submetendo tão lindamente, srta. Marvel.

— Tão perfeita — Krolic ecoa, mudando o aperto para a nuca dela enquanto começa a estocar sua boca. — Mantenha a garganta relaxada para mim. — Ele ainda está com a outra mão em seu nó, provavelmente para impedir que ele exploda em sua garganta. Ele vai segurá-lo enquanto seu sêmen desliza sobre a língua dela.

Craze provavelmente não vai segurar o seu no traseiro dela. Ele vai querer que ela sinta a corrente de dor enquanto experimenta o êxtase do meu nó.

Chamas, vai ser bom.

Bom. Pra. Caramba.

Nós três começamos a nos soltar. Perdemos o controle enquanto Ailsa abraça o que está acontecendo com ela enquanto nossa presa finalmente sucumbe a ser capturada. Dominada. *Possuída.*

É a experiência mais quente da minha longa vida.

Posso sentir Craze através da parede fina dentro dela. Ele está tomando-a por trás com abandono enquanto eu estoco em sua boceta com o mesmo vigor selvagem.

E Krolic... ele está completamente perdido em sua boca.

Ela está lutando para respirar, mas se isso a incomoda, ela não demonstra. Ela apenas se deleita no momento. Sua boceta apertada espreme meu pau com força.

Nossa Ômega vai gozar. *Com força.*

Circulo seu clitóris, empurrando-a cada vez mais para

perto do limite, precisando sentir seu aperto ao meu redor. Querendo sua posse tanto quanto quero possui-la.

— Isso, srta. Marvel — digo a ela. — Nós te pegamos. O que significa que você é nossa. Agora, nos mostre o que isso significa e goze para nós.

Craze ruge, comendo-a com mais força.

O aperto de Krolic em seu nó parece quase doloroso.

Tudo isso enquanto nossa Ômega se contorce, nos tomando como se tivesse sido feita para este momento.

— Agora, Ailsa — ordeno e aperto seu clitóris. Ela se contorce, depois grita quando eu o solto com a palavra *goze*.

Seu êxtase é como uma onda de calor. Seu corpo está tenso e explode entre nós. É uma visão linda que instantaneamente faz meu nó subir pelo meu pau enquanto minhas tatuagens começam a girar dentro dela, massageando-a da maneira mais íntima possível.

Ela arregala os olhos e eu curvo os lábios.

— Segure-se em mim, srta. Marvel — ronrono. Meu nó explode enquanto meu sêmen se derrama dentro dela. — Você está prestes a ver as estrelas.

Craze nos segue até o limite. Seu nó dispara no traseiro dela e arranca um grito de choque de nossa Ômega.

Um que se transforma em algo completamente diferente quando Krolic começa a gozar em sua garganta.

Ela começa a entrar em pânico. Seus olhos ficam selvagens, mas um simples movimento dos meus quadris a traz de volta ao seu estado de êxtase.

— Engula, srta. Marvel — digo a ela, traçando uma linha em sua garganta. — Nosso rei tem muito para você receber. Continue engolindo até que ele termine.

Suas unhas se cravam em meus ombros enquanto ela se agarra a mim, claramente dominada. Mas, ao se render à espiral orgástica novamente, ela afrouxa o aperto e relaxa, exatamente como eu lhe disse para fazer.

— Puta merda, garotinha — Krolic sussurra de forma reverente. — *Puta merda.* Vou continuar gozando nos seus seios.

Essa parte é para mim, o aviso um segundo antes de ele sair da boca de Ailsa para se acariciar sobre o peito dela. Afasto a mão do pescoço dela ao mesmo tempo, deixando-o reivindicar os seios enquanto continuo a gozar em sua doce boceta.

Ela mal consegue se expressar, perdida no clímax criado por nossos esforços conjuntos.

Quando Krolic coloca o pau de volta em sua boca, ela abre os lábios e continua bebendo enquanto ele aperta seu nó. Então, ele deixa seu sêmen descer pela garganta e pelos ombros dela, marcando-a como sua.

É pecaminoso.

A transa mais feroz da minha vida.

E podemos fazer isso de novo assim que terminarmos.

Saber disso me faz puxar nossa Ômega para um beijo. Ela está encharcada com a essência de Krolic, mas não dou a mínima. Preciso adorar essa mulher com minha língua. Dizer a ela o quanto aprecio esse presente. Essa experiência. Tudo isso.

Craze é o próximo, com os dedos entrelaçados em seus cabelos enquanto ele a puxa para trás para estocar sua boca com a língua.

Ele arrasta os dentes pelo lábio dela, mordendo de um jeito que com certeza vai deixar uma marca, depois a beija de novo enquanto a preenche com sua marca.

Krolic é o último. Mas ele não a toma com a boca. Em vez disso, ele a alimenta com seu pau de novo e diz:

— Não engula.

Ela arregala os olhos, com a confusão estampada no rosto enquanto ele enche a boca dela com seu esperma.

Então, ele inclina a cabeça dela para trás para olhá-la.

— Mostre-me.

Ela abre os lábios para revelar uma boca cheia do seu sêmen.

— Que boa companheira — ele diz a ela, traçando sua boca com o polegar. — Vamos te engravidar agora, Ômega. Colocar nosso herdeiro na sua barriga. Diga que você concorda.

Ailsa não diz nada imediatamente, apenas mantém o olhar fixo nele.

Então, ela engole de forma desafiadora.

— Eu concordo — ela diz com a voz rouca. — Agora, me dê mais da sua essência.

Krolic sorri, inclinando-se para beijá-la.

— Você é perfeita, Ailsa.

— Uma companheira lindamente pecaminosa — eu concordo.

Mas é Craze quem diz o que precisa ser dito.

As palavras que ressoam com a máxima verdade.

Palavras que ecoarão por todo o reino para que todos ouçam.

Porque nossa Ômega nos escolheu.

E nós a escolhemos.

Tudo isso fica perfeitamente claro quando Craze diz:

— Você é nossa Rainha de Monsterland.

AILSA

Estou flutuando.

Ou melhor, estou sendo carregada.

Mas parece que estou flutuando.

Como se estivesse no alto do céu, existindo em um lugar lindo nas nuvens.

Dedos passam pelos meus cabelos.

Lábios tocam meu ombro.

Uma voz grave murmura em meu ouvido.

Tudo é um borrão. Mas consigo sentir o cheiro dos meus companheiros. Seus aromas distintos rodopiam ao meu redor, dentro de mim, através de mim.

Suspiro, satisfeita por estar envolvida pelo calor deles.

Pelo menos, até que uma estranha dor surge na parte inferior da minha barriga. Imediatamente, seguro meu abdômen, soltando um grunhido enquanto tento determinar a causa da dor.

— Shh — um dos meus companheiros sussurra. *Krolic.* — Seu cio está começando.

— Começando? — repito e estremeço à medida que a agonia aumenta.

Acabamos de vivenciar o evento mais feliz da história da existência. E ele diz que meu cio está apenas *começando*?

Oh, deuses...

303

Esses homens já despertaram em mim um prazer diferente de qualquer outro.

Acho que não consigo aguentar outra rodada.

Ainda não.

Não até eu me acalmar do meu êxtase. Talvez depois de tomar um banho. Comer alguma coisa. Beber um copo de água também.

Como se alguém tivesse ouvido meu pedido, um canudo toca meus lábios. Eu chupo sem fazer perguntas, ganhando um gemido profundo de Craze.

— Graves, você tem a boca mais incrível, Ailsa. Mal posso esperar para senti-la envolver meu pau novamente.

— Achei que você quisesse compartilhar a boceta dela — Catum comenta e suas palavras fazem minhas bochechas arderem.

— Isso também — Craze responde. — Eu quero tudo.

O canudo desaparece e é substituído pela língua de Craze enquanto ele me leva para algum lugar. Não estou mais prestando atenção ao nosso redor. Na verdade, acho que já faz um bom tempo que não presto atenção. Porque atravessamos um portal. Para onde, não faço ideia. No entanto, o cheiro é bom.

Como fogo, cedro e especiarias.

— Você fez um bom trabalho preparando o ninho — Krolic diz enquanto Craze continua me beijando.

— Não foi fácil — Catum murmura — Não com o cronograma acelerado. Mas fiz o meu melhor.

— Acho que ela vai adorar, não é, garotinha? — Os dedos de Krolic estão de repente em meu cabelo, inclinando minha cabeça em sua direção enquanto ele exige minha atenção.

Não tenho certeza do que ele acabou de perguntar, então respondo com um hum-hum preguiçoso em aprovação.

Ele ri.

— Você está linda pra caramba, meu amor. — Seu nariz roça minha bochecha. — Posso sentir meu cheiro em você.

— Porque você gozou em cima dela — Craze diz.

— E pretendo fazer isso de novo — Krolic responde antes de tomar minha boca.

Aquela pulsação estranha dentro de mim, que é parte dor, parte outra coisa, volta à vida. Eu gemo em resposta, desconfortável e excitada ao mesmo tempo.

É... uma justaposição bizarra.

Eu não entendo.

Mas eu não entendo muita coisa.

Estou apenas abraçando o absurdo. Aproveitando a vida. Existindo com meus companheiros.

Deuses, três Alfas.

Todos eles são meus.

Posso sentir isso na minha alma.

No entanto, o vínculo não está completo.

O reino precisa de um herdeiro.

Krolic me disse algo no caminho para cá, algo sobre como não importa quem irá me engravidar primeiro, apenas que isso aconteça.

— Então, todos nós vamos te engravidar — ele sussurrou no meu ouvido. — O dia todo e a noite toda.

Minhas coxas se contraem ao lembrar dessas palavras.

Não consigo imaginar fazer isso por horas, muito menos dias. Estou... estou exausta.

No entanto, posso sentir o calor crescer dentro de mim, a necessidade despertar uma tensão intensa na parte inferior da barriga.

A língua de Krolic sussurra na minha, aprofundando esse desejo até que eu fico ofegante junto a ele.

— Humm, você está quase pronta — ele diz. — Mas preciso que você coma algo primeiro, Ailsa.

Ele me entrega para Catum, que pressiona algo em minha boca. Abro-a instintivamente, depois gemo quando percebo que o que ele me deu tem sabor de cereja.

— Linda — ele elogia. — Você está deslumbrante, srta. Marvel.

Não sei como me encontro no colo dele, mas estou. Ele alterna entre guloseimas de cereja e água enquanto Craze se inclina para me alimentar com pedaços saborosos de queijo e carne.

No entanto, a comida não parece ajudar a dor crescente dentro de mim.

Quando digo isso a Catum, ele responde:

— É porque você está entrando no cio, Ailsa. A única coisa que vai satisfazer você é um nó.

Estremeço.

— É por isso que vamos ficar... transando por dias? — *Transar* soa estranho em meus lábios. Eu raramente uso essa palavra. Mas parece apropriado agora.

E meus companheiros parecem aprovar, porque todos sorriem para mim em resposta.

— Vamos transar com você por dias porque queremos fazer isso — Craze diz, arrastando as palavras. — Não precisamos que você esteja no cio para isso.

— Tenho certeza de que vamos viver dentro de você pelo resto de nossas vidas, garotinha — Krolic acrescenta com uma piscada.

Minhas bochechas ficam em chamas em resposta.

— Isso soa... — Eu paro, incapaz de encontrar uma resposta.

— Sexy? — Craze sugere. — Quente? Muito bom? Como um sonho que se tornou realidade?

Catum ri debaixo de mim.

— Vamos deixar você tomar banho, Ailsa. E descansar. Às vezes.

Eu arregalo os olhos.

— Às vezes?

Ele dá de ombros.

— Quando estivermos com vontade.

Oh, deuses.

— Acho que não consigo fazer isso o tempo todo.

— Vou lembrar disso daqui a duas horas, quando você estiver nos implorando para nunca pararmos de te dar o nó — ele murmura, com um olhar divertido nos olhos. — Mas, antes de começarmos, há alguma coisa que você realmente teme?

Franzo a testa.

— O que você quer dizer?

— Tem alguma coisa que você não queira que façam com você? — ele reformula. — Você não parece contra a dor, o que é bom. Nós gostamos de misturar dor com prazer. Mas não como um castigo. Nós gostamos mais de brincadeiras sensuais.

— Você pode...? — Pigarreio. — Pode me dar alguns exemplos?

Ele olha para Krolic.

— Você pode me pegar a vela vermelha?

Franzo ainda mais a testa, confusa com a mudança de assunto.

Mas Catum me ignora e começa a limpar a mesa à sua frente.

Quando Krolic coloca a vela na mesa, Catum toca o pavio, criando uma chama com a ponta do dedo. Arregalo os olhos.

— Isso é impressionante.

Ele bufa.

— Não é nem de longe tão impressionante quanto as

coisas que estou prestes a fazer com você, srta. Marvel. —
Ele pega a vela e a gira. — Agora, voltemos à nossa
discussão. Preciso saber se alguma coisa te assusta. Tipo,
digamos, fogo. — Ele aproxima a vela, e eu apenas pisco
para as chamas.

— Eu... eu não quero me queimar — digo lentamente.
— Mas isso não me assusta.

Ele assente enquanto Craze aproxima sua cadeira,
girando uma faca entre os dedos.

— E lâminas?

Eu o encaro.

— Você está pedindo para me esfaquear?

Ele ri.

— Não, linda. Mas eu gosto de sangue. Apenas
pequenos cortes que causam ardência. — Ele estende a
mão. — Me dê sua mão e eu mostro a você.

Mordo a bochecha, mas faço o que ele pede. Ele se
inclina para beijar a palma. Sua língua traça a pele e
aplica uma pressão sutil que faz minhas pernas se
contraírem novamente. Relaxo no corpo de Catum,
gostando dessa sensação.

Então, grito quando Craze corta minha pele com a
lâmina.

— O que...? — Tento puxar a mão, mas ele coloca a
boca sobre o ferimento, que rapidamente percebo ser
apenas um pequeno arranhão, e *suga*.

Arregalo os olhos.

Por que...? Por que isso... é bom?

Sua língua percorre a laceração superficial, seus olhos
fixos nos meus o tempo todo.

— Agora, imagine isso no seu seio — ele murmura,
inclinando-se para trás para olhar para o meu peito.

— Humm, por falar nisso — Catum murmura, com a
vela de repente muito perto para meu conforto.

Abro os lábios quando ele inclina o frasco, fazendo com que um pouco do líquido vermelho se acumule.

— Esta é uma cera especial — ele me diz enquanto ela escorre lentamente pela borda.

Pulo quando ela cai bem no meu mamilo e a ardência me faz soltar um leve chiado.

— Ela esfria rapidamente — ele continua, como se não estivesse me torturando. — E o processo de removê-la é... bastante divertido.

Outra gota cai na minha aréola e uma terceira no meu mamilo duro.

Os três homens ficam paralisados com a visão enquanto tento decidir se dói ou se é bom. A dor temporária me distraiu do meu interior superaquecido, mas agora essas sensações parecem estar queimando com uma força renovada.

Catum coloca a vela de lado e se inclina para soprar em meu peito.

Estremeço.

— Craze? — ele murmura.

O mais temperamental dos meus companheiros sorri e pega sua faca novamente, desta vez apontando-a para o meu peito.

Prendo a respiração, ao mesmo tempo aterrorizada e interessada no que vem a seguir.

Ele raspa suavemente a cera da minha pele, tomando cuidado para não me cortar. O que é um alívio e surpreendente, já que ele acabou de mencionar que queria usar sua faca no meu peito.

Mas talvez seja o fato de não saber suas intenções que crie a excitação. *Ele vai me machucar ou me dar prazer?* eu me pergunto, apenas para sentir meu mamilo na boca de Catum.

Um gemido alto escapa de mim, a sensação de ter sua

atenção sensual depois de sentir a queimadura é... é... *incrível*.

O calor dentro de mim quase explode, minhas coxas ficam instantaneamente molhadas. *Oh, deuses...* sinto que estou prestes a gozar.

No entanto, muito rapidamente, a sensação desaparece e Craze pressiona outra delícia em meus lábios.

Estremeço.

— Você está me provocando — comento.

— Testando um pouco os seus limites — Catum responde com um brilho diabólico nos olhos castanhos. — Você está prestes a nos dar seu corpo durante os próximos dias e queremos ter a certeza de que cuidaremos bem dele.

— Não queremos te assustar — Krolic acrescenta, com voz rouca. Ele está em pé à nossa frente, com um ombro apoiado na parede e seu pênis totalmente ereto.

Catum ainda está com a camisa social e calça.

Craze está de jeans e nada mais.

E Krolic está tão nu quanto eu.

— Tudo bem se te amarrarmos? — Catum me pergunta.

— Sim — Craze responde por mim, depois me dá uma piscada.

Estremeço, me lembrando de termos terminado amarrados um no outro.

— Sim — sussurro. Eu definitivamente faria isso de novo.

— Que tal a ideia de darmos um nó duplo na sua boceta? — Krolic pergunta, fazendo meus olhos se arregalarem. — O estiramento vai doer. Mas o prazer final... bem. — Ele sorri. — Acho que você vai gostar dessa parte.

Engulo em seco, sentindo meu interior subitamente em chamas.

— Certo — digo a ele.

Porque sou louca.

Insana até.

Mas, honestamente, confio que esses homens vão cuidar de mim.

Me proteger.

Me manter segura.

E digo isso a eles.

— Aqui não há limites — concluo, olhando cada um deles nos olhos. — Porque sei que vocês nunca farão nada para me magoar e que sempre respeitarão as minhas escolhas.

Eles provaram isso mais do que suficiente.

Estes homens são o meu futuro.

Os meus alfas.

Os meus companheiros.

Quero explorar tudo com eles. Ser a rainha deles. A Ômega deles. E desenvolver uma nova existência com eles ao meu lado.

Este pequeno reino de possibilidades extraordinárias é o meu novo normal. Aceito isso. Aceito *eles*.

O que significa que só resta uma coisa a fazer.

— Levem-me para a cama — digo.

Mas Catum balança a cabeça.

— Não, querida. — Ele me levanta nos braços. — Vamos levar você para o nosso *ninho*.

Eu me agarro aos ombros dele enquanto ele se move, meu olhar procurando o dele.

— Ninho?

Ele assente.

— Nós o preparamos só para você.

— Porque esperávamos que você aceitasse nosso acasalamento — Krolic acrescenta.

— E concordasse em ser trazida aqui para o seu cio — Craze conclui.

Não faço ideia do que ele está falando. E fico ainda mais confusa quando ele me coloca em um colchão grande e bonito, coberto com lençóis de seda.

— Isso é uma cama — digo a ele.

Ele sorri.

— Uma que você vai transformar em ninho.

— Não entendo.

— Você vai entender — ele promete enquanto começa a desabotoar a camisa. — Quando seus instintos despertarem.

Acompanho seus músculos definidos com o olhar, apreciando o espetáculo de ele se despir.

— Se você diz — respondo, com a garganta seca.

— Fazer ninhos é o que as Ômegas fazem quando estão grávidas — Craze explica enquanto me puxa para seu corpo no centro da cama.

Seu pênis duro encosta na minha coxa, me fazendo suspirar. Não faço ideia de quando ele tirou a calça, mas agora ele está muito excitado. E continua a me mostrar o quanto está excitado ao me empurrar para baixo e se acomodar entre minhas coxas abertas.

Ele desliza dentro de mim com uma única estocada, provocando choques elétricos a todos os nervos do meu corpo.

— Tão molhada — ele diz, deslizando para dentro e para fora de mim enquanto Krolic e Catum se acomodam na cama ao nosso lado. — Tão *pronta para procriar*.

— Fértil — Krolic rosna. — Ela é fértil.

— Eu sei — Craze diz, gemendo enquanto começa a se mover de verdade dentro de mim. — Puta merda, linda, vou precisar que você goze no meu pau.

Agarro seus ombros enquanto ele começa a me estocar

ainda mais forte. Seus movimentos me atingem profundamente e acendem um inferno de desejo. Eu gemo enquanto a umidade se acumula dentro de mim, cobrindo o pau de Craze e escorrendo pelas minhas coxas.

É... é algo que não compreendo totalmente. Mas *ohhhh*, intensifica as sensações.

Sensações que aumentam ainda mais quando Catum toma a minha boca com a sua. Krolic é o próximo. A palma da sua mão agarra meu seio e o aperto antes de provocar o meu mamilo com o polegar.

Alguém – Catum, eu acho – desliza a mão entre mim e Craze, e leva seu polegar direto ao meu clitóris.

— Você ouviu o Craze — ele diz, com a boca perto do meu ouvido. — Ele quer que você goze no pau dele.

Contraio as coxas, arrancando um gemido de Craze.

— Tão apertada. — Ele me penetra ainda mais forte, deixando marcas em meus quadris. Mas não me importo. É tão bom. Levanto meus quadris para encontrá-lo em cada estocada.

E, de repente, estou girando, perdendo a cabeça, *gritando* de desejo.

Tudo me atinge de uma vez.

Não é um orgasmo, mas um desejo puro que me tira o fôlego. Isso fragmenta minha mente. Altera meu espírito.

Eu... eu preciso de muito mais. Isso não é suficiente. Eu... estou em *chamas*. Literalmente em *chamas*. Ou talvez não literalmente. Não sei. Sou apenas uma confusão de necessidades, as sensações são tão intensas que não consigo parar de gritar.

Os homens estão se movendo, seus toques e bocas parecem adorar cada centímetro meu ao mesmo tempo.

Mas não é suficiente.

Digo isso a eles.

Imploro.

Exijo.

Dói. Arde. É demais.

— Respire — Krolic diz no meu ouvido, com o corpo atrás do meu.

Não entendo o pedido.

Estou ocupada demais *gritando.*

E, então, sinto ele me penetrar por trás, parando momentaneamente enquanto a dor percorre meu corpo. Mas o alívio temporário logo se dissipa quando o fogo reacende.

Craze está na minha frente, massageando meus seios.

Catum está...

Ele empurra o pau em minha boca, indo tão fundo que eu me engasgo. Mas é uma ação feliz, que me ajuda a entender quem sou e onde estou.

No entanto, como tudo o mais, é passageiro.

De repente, tudo o que sou é um monte de nervos. De sensações. De *necessidade.*

E meus alfas estão me comendo. Me possuindo. Me dando seu sêmen.

Sinto o gosto na boca, sinto no meu traseiro e suspiro quando um nó se forma dentro do meu útero.

Não me importo com quem está onde, apenas que estou cheia. Possuída. *Em casa.*

Meu mundo.

Meu caos.

Meu próprio e delicioso... final feliz.

EPÍLOGO

AILSA

— ONDE ESTAMOS? — pergunto, olhando para as árvores perenes de cor violeta. É a primeira vez que realmente observo os arredores desde que meus companheiros me trouxeram aqui após o ritual.

Passei a maior parte do tempo no ninho.

Ninho, repito para mim mesma, tonta de emoção. No começo, não entendia esse termo, mas agora entendo. Acabei de dar os últimos retoques nele esta manhã, depois de roubar uma cueca boxer de Catum.

Ele a encheu de lençóis.

Eu acrescentei as roupas deles.

Porque meu ninho precisa ter o cheiro dos meus companheiros.

— Uma caminhada noturna perfeita — decido. — Cedro. Especiarias. E um toque de fumaça.

— A Floresta Violeta — Catum me diz da cozinha. Ele está fazendo chocolate quente porque nunca provei o dos Planos de Gelo e ele quer corrigir isso. — É de lá que eu venho. Por isso, é minha casa favorita entre todas as que temos.

Eu sorrio.

— Também gosto daqui.

Ele me lança um olhar indulgente.

— Depois de tudo o que fizemos aqui, você deveria gostar, Ailsa.

Minhas bochechas ficam em brasa. Ainda posso sentir os nós dele e de Krolic pulsando dentro de mim. Eles me compartilharam esta manhã, quando eu estava saindo do cio, os pênis esticando tanto minha vagina que estou surpresa por conseguir andar.

Mas uma coisa que estou aprendendo rapidamente é que não sou mais humana.

Eu me curo rápido, assim como eles.

E, pelo que entendi, os três homens são muito antigos.

A imortalidade existe neste mundo. O fato de eu ser Ômega basicamente me tornou imortal também. Ou talvez seja nosso acasalamento. Não tenho certeza.

No entanto, sou grata pelas vantagens, porque isso significa que a gravidez deve ser mais fácil.

Pelo menos, é o que espero.

Pressiono a mão na barriga, ciente de que uma pequena vida está crescendo dentro de mim. Não consigo sentir, mas meus companheiros conseguem. Eles não têm ideia de quem é o pai e, pelo que me disseram, isso não importa.

— Todos nós somos pais, garotinha — Krolic disse mais cedo. — O que importa é que vocês dois estão seguros e protegidas. — Ele me beijou na testa e me levou para a cozinha.

Está sentado no balcão agora, examinando algum tipo de tablet.

E franzindo a testa.

— O que há de errado? — pergunto e me sento no banco ao lado dele.

— Esqueci como é divertido ser rei — ele resmunga. — O reino quer uma coroação.

— Para você recuperar seu trono?

Mas ele balança a cabeça.

— Não. Para que eles possam conhecer sua nova rainha. — Seus olhos verdes se voltam para mim, o cabelo prateado brilha à luz do sol que entra pela janela entre as árvores e os vidros. — Suponho que você não esteja interessada em ir a um baile?

— Um baile? — repito.

— Vamos encontrar um vestido que caiba em você — Catum diz, colocando o chocolate quente na bancada à minha frente. — Sapatos também.

Eu bufo.

— Craze me disse esta manhã que não posso mais usar roupas. — Ele também disse que vou dormir para sempre com o nó dele dentro de mim, porque aparentemente fizemos isso algumas vezes nos últimos dias.

— Vou abrir uma exceção se o vestido tiver um espartilho — ele diz ao entrar na sala, com o cabelo escuro pingando água do chuveiro. — Um que eu possa cortar de você com uma lâmina. — Ele beija meu ombro nu, depois se vira para beliscar meu mamilo. — E bom trabalho em obedecer à minhas regras, linda.

Reviro os olhos.

— Escolhi não usar roupas porque estou com calor.

— Está, sim — ele diz. — Está, sim.

Eu o ignoro e me concentro em Krolic.

— Que tipo de baile?

— Um baile com tema de Monsterland — ele responde, com os lábios curvados. — O que significa que será extraordinariamente estranho.

— Humm — murmuro. — Talvez eu goste disso.

— Você vai gostar do que faremos com você depois — Craze interrompe. — Isso eu posso prometer. — Ele pega uma torrada da bandeja no balcão e coloca na boca. — Torradas francesas são meus favoritos.

— Eu sei — Catum diz. — Mas fiz para nossa companheira.

— Duvido que ela precise de cem, Pillar.

— Ela está comendo por dois, de Hatte.

— E ela pode escolher quantas quiser — interrompo, pegando uma para mim antes de sorrir para Catum. — Obrigada.

— De nada, Ailsa. — Ele olha para o chocolate quente. — Não se esqueça de provar.

— Por que tenho a sensação de que há algo sexual nessa bebida?

— Porque você passou cinco dias explorando nossos nós — Krolic murmura. — Sexo é tudo em que todos nós estamos pensando agora.

— E em comida — concluo, depois dou uma risadinha ao olhar para o colo dele. — Agora, em dois tipos de comida.

Catum ri.

— Acho que ela está bêbada de luxúria.

— Isso só significa que fizemos nosso trabalho — Craze murmura, dando outra mordida. — Então, quando vamos dar o baile de coroação, K?

Ele olha para nós três, depois olha para minha barriga.

— Talvez daqui a três semanas? — sugere.

— Três semanas? — Craze parece surpreso. 'Achei que você quisesse que fosse mais cedo.

Krolic balança a cabeça.

— Estamos em lua de mel de bebê.

— Lua de mel de bebê? — repito.

Seus olhos sedutores lentamente voltam para os meus.

— Ômegas precisam de muita atenção quando estão grávidas, garotinha. Quase tanto quanto quando estão no cio.

Minhas pernas formigam.

— Oh.

— Então, obviamente, precisaremos cuidar de todas as suas necessidades. — Ele se estica para puxar meu banquinho para mais perto. — Garantir que todos os seus desejos sejam atendidos. — Ele se inclina para mim. — E agradecer-lhe devidamente por ser nossa, adorando cada centímetro do seu belo corpo.

— Eu... acho que gosto disso — sussurro.

— É mesmo? — Ele sorri. — Acho que nós também.

— Seus lábios roçam os meus. — Agora, seja uma boa menina e beba esse chocolate quente. Acho que o Catum deve ter adicionado alguns temperos especiais.

Franzo a testa.

— Temperos especiais?

— Experimente e descubra — ele me diz.

Giro na cadeira para encontrar os olhos castanhos de Catum.

— Você gozou na minha bebida?

Ele explode em gargalhadas e balança a cabeça.

— Só você perguntaria isso, srta. Marvel.

— Isso não é resposta, Mestre Pillar.

Seus lábios se curvam para cima enquanto ele balança a cabeça.

— Eu não sou o Craze.

Arqueio uma sobrancelha.

— Isso ainda não é uma resposta.

— Não gozei na sua bebida, srta. Marvel. Se quisesse que você bebesse meu esperma, eu teria transado na sua boca. — Ele se inclina sobre o balcão, mantendo o olhar

319

fixo no meu. — O que agora acho que vou fazer assim que você terminar de comer.

Meus mamilos endurecem instantaneamente, e todos os sinais de alegria desaparecem entre nós.

Esses homens fazem coisas comigo. Coisas boas.

Pego o chocolate quente e dou um gole, mantendo o olhar fixo nele.

O sabor explode na minha língua, provocando um gemido profundo.

— Você colocou cerejas — sussurro.

— Coloquei — ele confirma. — Agora, termine para que eu possa lhe dar outra coisa para beber.

Esta vida não é nada como eu sonhei que poderia ser. É melhor. *Muito. Melhor.*

Porque é real.

Maravilhosa.

E perfeitamente... incomum.

Se você gostou de *O caos em Monsterland,* por favor, considere deixar uma resenha! Elas são como abraços para os autores. <3

Lexi C. Foss é uma escritora perdida no mundo do TI. Ela mora em Holly Springs, na North Carolina, com o marido e seus filhos de pelos. Quando não está escrevendo, está ocupada riscando itens da sua lista de viagem. Muitos dos lugares que visitou podem ser vistos em seus textos, incluindo o mundo mítico de Hydria, que é baseado em Hydra nas ilhas gregas. Ela é peculiar, consome café demais e adora nadar.

https://www.lexicfoss.com/Inicio